# La propuesta de verano

# VI KEELAND

# LA PROPUESTA DE VERANO

TRADUCCIÓN DE
Patricia Mata

CHIC

Primera edición: julio de 2023
Título original: *The Summer Proposal*

© Vi Keeland, 2022
© de la traducción, Patricia Mata, 2023
© de esta edición, Futurbox Project S. L., 2023
Los derechos morales de la autora han sido reconocidos.
Todos los derechos reservados, incluido el derecho de reproducción total o parcial.

Diseño de cubierta: Taller de los Libros

Publicado por Chic Editorial
C/ Aragó, n.º 287, 2.º 1.ª
08009, Barcelona
chic@chiceditorial.com
www.chiceditorial.com

ISBN: 978-84-17972-99-8
THEMA: FRD
Depósito Legal: B 10744-2023
Preimpresión: Taller de los Libros
Impresión y encuadernación: Liberdúplex
Impreso en España – *Printed in Spain*

*Toda chica tiene un chico al que nunca olvidará y un verano en que todo empezó.*

# Capítulo 1

## *Georgia*

—¿Qué quieres tomar? —El camarero me puso una servilleta delante.

—Eh… he quedado con alguien, así que mejor espero.

Dio unos golpecitos en la barra con los nudillos y contestó:

—De acuerdo. Estaré atento y volveré cuando vea que estás acompañada.

Pero cuando se alejó caminando, cambié de opinión.

—¡Disculpa! —Levanté la mano como si estuviera en el colegio.

El chico dio media vuelta con una sonrisa en los labios y una ceja arqueada.

—¿Has cambiado de opinión?

Asentí.

—Tengo una cita a ciegas, así que quería ser educada, pero me vendría bien algo para calmar los nervios.

—Es una buena idea. ¿Qué te apetece?

—Una copa de *pinot grigio,* por favor. Gracias.

Volvió al cabo de unos minutos con una copa bastante llena y apoyó el codo en la barra.

—Así que tienes una cita a ciegas, ¿eh?

Di un sorbo al vino y asentí, suspirando.

—Quería hacer feliz a mi madre, así que he dejado que Frannie, una amiga suya de setenta y cuatro años, me organizara una cita con su sobrino nieto. La mujer lo describió como

9

«algo corriente, pero majo». Hemos quedado a las cinco y media, pero he llegado un poco antes.

—¿Es la primera vez que alguien te intenta emparejar?

—La segunda, en realidad. De la primera hace ya siete años y hasta ahora no me había recuperado, no te digo más.

El camarero se echó a reír.

—¿Tan mal fue?

—Me dijeron que el chico era humorista, y pensé que salir con alguien que se ganaba la vida haciendo reír a los demás no podía ser tan horrible. Pero el tío se presentó a la cita con un títere, porque resulta que era ventrílocuo. Se negó a hablar conmigo si no era a través de su muñeco, que, por cierto, se llamaba David el Obsceno y no hacía más que soltar comentarios subidos de tono. Ah, y se veía claramente que era él quien hablaba, así que ni siquiera era bueno.

—¡Joder! —dijo el camarero, riendo—. No sé si dejaría que me organizaran otra cita a ciegas después de eso, aunque hubieran pasado años.

Suspiré.

—Yo ya empiezo a arrepentirme.

—Bueno, si se presenta alguien con una marioneta, yo te ayudo. —Señaló hacia el pasillo que tenía detrás—. Sé dónde están todas las salidas de emergencia, así que te puedo ayudar a escapar.

Sonreí.

—Gracias.

Una pareja se sentó al otro extremo del bar, y el camarero fue a atenderlos mientras yo seguía mirando hacia la entrada. Me había sentado al final de la barra para vigilar la puerta principal y así poder ver al chico antes de que él me viera a mí. No es que planeara escabullirme si no era guapo, pero no quería que viera mi rostro de decepción si no me gustaba. Nunca se me ha dado bien ocultar lo que siento.

Unos minutos después, la puerta del local se abrió y entró un chico guapísimo. Parecía salido de un anuncio de perfume para hombres, uno de esos en los que emergen del agua cristalina del Caribe. Me emocioné mucho, hasta que me di cuenta de que no podía ser él.

Frannie había descrito a Adam como un fanático de los ordenadores. Además, preguntara lo que preguntara sobre él, la mujer siempre respondía con un «normalito».

«¿Es alto? Normalito».

«¿Es guapo? Normalito».

«¿Está fuerte? Normalito».

Este chico era alto y corpulento, tenía los ojos azules y una mirada arrolladora, la mandíbula definida, el pelo oscuro y un poco despeinado, pero de una forma que le quedaba muy bien y, aunque llevaba una camisa sencilla y pantalones de vestir, se notaba que estaba fuerte. Frannie tendría que estar loca para pensar que un chico así era algo «normalito».

Oh.

«¡Vaya!».

Bueno, Frannie era un poco… especial. La última vez que fui a ver a mi madre a Florida fuimos a comer con ella, estaba naranja por haber usado demasiado autobronceador de la teletienda. Además, se pasó toda la tarde hablando de un viaje que había hecho a México para asistir a una convención de ovnis en Roswell.

Aunque bueno, ni siquiera eso hacía que el tío pareciera un fanático de los ordenadores. Sin embargo, examinó la sala y sonrió al verme.

«Tiene hoyuelos».

Muy marcados.

Ay, dios mío. Se me aceleró el corazón.

«¿Podía tener tanta suerte?».

Al parecer sí, porque el chico se acercó a mí. Debería haberme mostrado más distante y haber apartado la mirada, pero era imposible no fijarse en él.

—¿Adam?

Se encogió de hombros.

—Claro.

Me pareció una respuesta un poco extraña, pero el chico sonrió todavía más, y los hoyuelos hicieron que se me derritiera el cerebro.

—Encantada de conocerte. Soy Frannie. Mi madre es amiga de Georgia. —Negué con la cabeza—. No, disculpa. Georgia soy yo y mi madre es amiga de Frannie.

—Encantado de conocerte, Georgia.

Extendió la mano hacia mí y cuando se la estreché, sentí que la mía era… diminuta.

—He de confesar que no eres para nada lo que había imaginado. Frannie no te ha descrito nada bien.

—¿Soy mejor o peor de lo que esperabas?

«¿Estaba bromeando?».

—Me dijo que eras un cerebrito.

Se sentó en el taburete a mi lado.

—No suelo admitir esto en la primera cita, pero tengo una colección de figuritas de *La guerra de las galaxias*. —Se metió una mano en el bolsillo y sacó algo—. De hecho, casi siempre llevo una encima. Soy un poco supersticioso, y me traen suerte.

Adam abrió la mano y vi a un pequeño Yoda. Se inclinó para ponerlo delante de mí en la barra y percibí el olor de su perfume en el aire. «No solo es guapísimo, sino que además huele muy bien». Debe de tener algún defecto importante.

—A las mujeres no les suele gustar *La guerra de las galaxias*, no sé por qué —dijo—. O la idea de que un hombre adulto lleve encima una figurita.

—Pues a mí sí que me gusta *La guerra de las galaxias*.

Se puso una mano sobre el corazón.

—¿Una mujer guapa a la que le gusta *La guerra de las galaxias*? ¿Quieres que pasemos de todas estas formalidades y nos casemos en Las Vegas?

Me eché a reír.

—Puede, pero antes me tienes que prometer que no eres ventrílocuo.

Se dibujó una cruz sobre el corazón y dijo:

—Lo de *La guerra de las galaxias* es lo peor.

El camarero preguntó a Adam qué quería tomar, y me sorprendió que pidiera una Coca-Cola *light*.

—¿No te vas a tomar un cóctel ni una copa de vino conmigo?

Negó con la cabeza.

—Me encantaría, pero esta noche trabajo.

—¿En serio?

Asintió.

—Ojalá no fuera así, pero no puedo quedarme mucho rato.

Pensaba que habíamos quedado para tomar una copa y cenar, pero a lo mejor Frannie se había equivocado.

—Ah, vale —respondí, con una sonrisa forzada.

No conseguí engañarlo.

—Te juro que no es una excusa. Tengo que trabajar, pero me encantaría quedarme contigo. Y como no puedo, ¿es demasiado pronto para proponerte que nos veamos otro día?

Di un sorbo al vino.

—Mmm… No sé. Por lo general, me gusta conocer a los chicos en la primera cita y asegurarme de que no son asesinos en serie o pirados. ¿Cómo voy a saber que no eres el próximo Ted Bundy si te vas tan pronto?

Adam se pasó una mano por la barbilla y miró el reloj.

—Tengo unos quince minutos. ¿Por qué no nos dejamos de cháchara y me preguntas lo que quieras?

—¿Lo que quiera?

Se encogió de hombros.

—Soy un libro abierto, adelante.

Me bebí el vino de un trago y me giré hacia él.

—De acuerdo. Pero quiero verte la cara mientras te interrogo. Se me da fatal esconder lo que pienso, pero soy buenísima leyendo los rostros de los demás.

El chico sonrió, se giró hacia mí y me prestó toda su atención.

—Dispara.

—Vale. ¿Vives con tu madre?

—No, señora. Ni siquiera vivimos en el mismo estado. Pero la llamo cada domingo.

—¿Te han arrestado alguna vez?

—Por exhibicionismo, cuando estaba en la universidad. Estábamos haciendo las pruebas para formar parte de una fraternidad y teníamos que caminar desnudos por el centro de la ciudad. Unas chicas se acercaron a preguntarnos si sabíamos usar el hula-hop, y vi que mis compañeros seguían caminando. Pensé que eran unos gallinas, así que me detuve un momento. Sin embargo, no es que fueran unos cobardes, sino que yo había sido el único que no había visto al policía que salía de una de las tiendas de la zona.

Reí a carcajadas.

—¿Y sabes usar el hula-hop?

Me guiñó un ojo y me respondió:

—Solo cuando estoy desnudo. ¿Quieres verlo?

Sonreí todavía más.

—No hace falta, te creo.

—Qué pena.

—¿Cuándo fue la última vez que te acostaste con alguien?

Por primera vez, desapareció la sonrisa de su rostro.

—Hace dos semanas. ¿Vas a juzgarme por eso?

Negué con la cabeza.

—No. Valoro que hayas sido honesto. Podrías haberme mentido y decir que hacía mucho tiempo.

—De acuerdo. ¿Qué más?

—¿Has tenido relaciones serias?

—Dos. Una de un año en la universidad y después salí con una mujer dieciocho meses, aunque ya hace dos años que rompimos.

—¿Por qué rompisteis?

—La de la universidad porque tenía veinte años y… fue una época bastante loca. Y la de la mujer de hace un par de años porque ella quería casarse y formar una familia, pero yo no estaba preparado.

Me toqué el labio inferior con el dedo índice.

—Vaya… y sin embargo me acabas de pedir que me case contigo en Las Vegas.

Sonrió.

—Es que a ella no le gustaba *La guerra de las galaxias*.

Estábamos muy ocupados riéndonos para darnos cuenta de que un chico se acercaba a nosotros. Supuse que debía de conocer a Adam, así que sonreí con educación y lo miré, pero el chico se dirigió a mí.

—Siento la interrupción, ¿eres Georgia Delaney?

—Sí.

Sonrió.

—Soy Adam Foster. Frannie me enseñó una foto tuya, pero era de una fiesta de disfraces, así que no estaba seguro. —Movió la mano en círculos al lado de la cabeza—. Ibas vestida de princesa Leia y llevabas el pelo recogido a los lados, así que tenías un aspecto bastante diferente al de ahora.

Fruncí el ceño.

—¿Eres... Adam?

El chico parecía tan confundido como yo.

—Sí.

Este chico sí que encajaba con lo que esperaba: llevaba una chaqueta de *tweed* marrón desgastada, el pelo corto y peinado hacia un lado... Era el típico informático de oficina. Pero entonces...

Si él era Adam, ¿quién era el otro?

Miré al hombre que estaba sentado a mi lado para que me diera una explicación. En lugar de eso, me preguntó:

—¿Fuiste de Leia a una fiesta de Halloween?

—Sí, pero...

Adam, o quienquiera que fuera el chico sentado a mi lado, me puso el dedo sobre los labios para hacerme callar y se giró hacia el hombre que parecía ser mi cita.

—¿Nos das un minuto? —le preguntó.

—Eh... vale.

En cuanto el Adam normalito se alejó, cargué contra el Adam macizo.

—¿Quién demonios eres tú?

—Lo siento. Me llamo Max.

—¿Y esto de fingir que eres otro lo haces a menudo?

Negó con la cabeza.

—Es que... te he visto sentada a la barra por la ventana y tenías una sonrisa preciosa. Así que he entrado para presentarme y me he dado cuenta de que habías quedado con otra persona. Me he puesto muy nervioso, porque sabía que no ibas a hablar conmigo dado que no era Adam, así que te he seguido el rollo.

—¿Y qué habría pasado si el otro chico no se hubiera presentado? ¿Habrías seguido fingiendo en la segunda cita?

Max se pasó una mano por el pelo.

—No me lo había planteado.

Por lo general, saber que una cita me ha mentido me cabrea, pero darme cuenta de que Max no era Adam había sido más decepcionante. Teníamos mucha química y no recordaba la última vez que me había reído tanto con alguien a quien acababa de conocer.

—¿Todo lo que me has dicho ha sido mentira? ¿Incluso lo de *La guerra de las galaxias*?

Levantó las manos y respondió:

—Juro que solo he mentido con lo del nombre.

Suspiré.

—Bueno, *Max*, gracias por entretenerme un rato, pero no quiero hacer esperar al chico con el que he quedado.

Su rostro se volvió serio, pero asintió y se puso de pie.

—Encantado de conocerte. Imagino que no es buena idea que te pida el número de teléfono ahora mismo, ¿no?

Lo fulminé con la mirada.

—Pues no. Buenas noches.

Se quedó mirándome unos segundos, sacó la cartera del bolsillo y dejó un billete de cien dólares en la barra.

—Igualmente, Georgia. Me ha encantado conocerte.

Max se alejó un poco, se detuvo y volvió. Sacó la cartera del bolsillo otra vez y agarró algo que parecía una entrada y me la puso delante.

—Me encantaría volverte a ver. Si te aburres con este tío o cambias de opinión, te prometo que no te volveré a mentir. —Señaló la entrada y continuó—: Estaré en el partido de *hockey* en el Madison Square Garden a las siete y media, si quieres darme otra oportunidad.

Sus palabras parecían sinceras, pero tenía una cita con otro hombre. Además, estaba muy decepcionada. Negué con la cabeza.

—Lo dudo.

Con expresión triste, Max asintió una última vez y se marchó. No había tenido tiempo de procesarlo todo, pero sentí una extraña sensación de tristeza cuando vi que salía por la puerta. En cuanto desapareció de mi vista, mi verdadera cita apareció a mi lado.

Tuve que fingir una sonrisa.

—Discúlpame. Es que… teníamos un asunto pendiente.

—Tranquila. —Sonrió—. Me alegro de que por lo menos no estuviera intentando ligar contigo y de no haber tenido que defender tu honor. Menudo tanque. —El Adam de verdad se sentó—. ¿Quieres que te pida otra copa de vino?

—Sí, por favor.

—Entonces… ¿entiendo que te gusta *La guerra de las galaxias*?

—¿Cómo dices? Ah, por lo del disfraz.

Adam señaló hacia la barra.

—Y por el muñequito de Yoda.

Bajé la mirada y vi que Max se había dejado la figurita. Imagino que no había mentido sobre eso, en especial porque llevaba una figurita en el bolsillo. Esperaba que no fuera solo algo que usaba para hablar con desconocidas cuando les mentía y decía ser quien no era.

≫≫✕≪≪

El Adam de verdad hablaba de inteligencia artificial todo el rato.

Después de la decepción con Max intenté centrarme, pero, para cuando Adam y yo nos acabamos la copa en la barra, ya sabía que no volveríamos a quedar. Era un chico simpático, pero no conectábamos, ni física ni mentalmente. A mí no me gustaban los ordenadores ni las criptomonedas, que para él parecían ser muy importantes, y a Adam no le gustaba ninguno de mis pasatiempos, ni las excursiones, ni viajar, ni las películas en blanco y negro. ¿A quién no le gusta hartarse a palomitas y refrescos delante de una pantalla enorme? Por no mencionar que cuando le comenté de qué trabajaba me dijo que era alérgico a las flores.

Por eso, cuando el camarero se acercó con la carta de los postres, dije que no quería nada.

—¿Seguro que no quieres un café o algo? —preguntó Adam.

Dije que no con la cabeza.

—Tengo que trabajar por la mañana. Si tomo café después del mediodía, me paso la noche en vela. Pero muchas gracias.

Él asintió, pero vi que estaba decepcionado.

Una vez fuera del restaurante, se ofreció a compartir un taxi conmigo, pero yo vivía a solo ocho manzanas, así que le ofrecí la mano para que no hubiera dudas sobre cómo iba a acabar la velada.

—Ha sido un placer conocerte, Adam.

—A ti también. A lo mejor podemos… quedar otro día.

Era mucho más fácil ser directa con un tío y decirle que no quería volver a salir con él cuando era un capullo, pero siempre me había costado más darles calabazas a los majos. Me encogí de hombros y le dije:

—Bueno, a lo mejor. Que vaya bien, Adam.

Era un día de finales de abril, pero el invierno no cedía y parecía que nunca iba a llegar la primavera. Una ráfaga de viento me envolvió mientras esperaba en la intersección, en la esquina del restaurante. Me metí las manos en los bolsillos para calentarlas y noté algo puntiagudo en los dedos. Lo saqué para ver qué era.

Yoda.

Tenía las orejas de plástico redondeadas, pero la de la izquierda estaba astillada. Se me había olvidado de que lo había guardado en el bolsillo cuando habíamos dejado la barra para ir a la mesa. Miré el muñeco y suspiré. «¿Por qué tu dueño no podía ser mi cita de hoy?».

Hacía mucho tiempo que no sentía mariposas en el estómago, desde el día que conocí a Gabriel. Así que pensé que, a lo mejor, encontrar a Yoda en el bolsillo era una señal. El semáforo cambió de color y seguí caminando unas cuantas manzanas más, perdida en mis pensamientos.

¿Importaba de verdad que se hubiera hecho pasar por otro? Si me había dicho la verdad, había fingido ser otro solo para que hablara con él. Seamos sinceros, si se hubiera acercado y presentado como Max, no lo habría invitado a sentarse conmigo. Habría sido amable y le habría dicho que estaba esperando a alguien, con independencia de lo guapo que fuera, así que supongo que no lo culpaba.

Me detuve en otro semáforo en el paso de peatones de la calle Veintinueve, esta vez en la esquina con la Siete, para dirigirme a mi apartamento en la Segunda Avenida. Mientras esperaba, miré a la derecha y vi el cartel de neón del Madison Square Garden. Definitivamente, eso sí que era una señal. Después de encontrarme a Yoda y de pasar justo por delante del lugar donde el Adam falso me había dicho que estaría… Puede que fuera incluso más que una señal.

Comprobé la hora en el móvil. Pasaban veinte minutos de las ocho. Me había dicho que estaría allí a las siete y media, pero los partidos duraban un par de horas. «¿Debería acercarme?».

Me mordí el labio y vi que el semáforo se ponía en verde. La gente empezó a caminar a ambos lados… pero yo me quedé allí plantada, mirando a Yoda.

«A la mierda».

«¿Por qué no?».

«¿Qué puedo perder?».

En el peor de los casos, sentiría que la conexión que habíamos tenido al principio se había apagado o descubriría que mentir era uno de los pasatiempos del Adam falso. O, a lo mejor… esa chispa que sentíamos me proporcionaría la distracción que buscaba. No lo sabría a menos que lo intentara.

La mayor parte del tiempo, soy bastante tradicional cuando se trata de elegir a un hombre. Y mira cómo he acabado: soy una mujer de veintiocho años adicta al trabajo que va a citas a ciegas con los familiares de la amiga de mi madre. Así que decidí probar.

En cuanto tomé la decisión, me moría de ganas de llegar. Casi corrí al Madison Square Garden, y eso que llevaba los zapatos de tacón del trabajo. En el interior, le enseñé la entrada que me había dado a un acomodador que estaba en esa sección, y él se ofreció a acompañarme hasta mi asiento.

Mientras bajaba por las escaleras del estadio, miré a mi alrededor y me di cuenta de que iba demasiado arreglada. La mayoría de la gente iba con camisetas y vaqueros, incluso había unos cuantos tíos sin camiseta y con el torso pintado. Sin embargo, yo iba con una camisa de seda de color crema, una falda de tubo roja y mis tacones favoritos de Valentino. Por lo menos, Max también llevaba ropa bastante formal.

No me había fijado en el número de fila que ponía en la entrada antes de enseñársela al acomodador, pero debía de tener un asiento bastante bueno, porque no hacía más que bajar y acercarme a la pista de hielo. Cuando llegamos a la primera fila, el chico señaló con la mano y me dijo:

—Es aquí. El asiento dos es el siguiente.

—Vaya, en primera fila, justo en el centro y delante de la línea de medio campo.

Él sonrió.

—En *hockey* lo llamamos «zona neutral».

—Ah… vale. —Vi que el asiento que había junto al mío estaba vacío y no había ni rastro de Max por ninguna parte—. ¿Ha visto por casualidad a la persona que se sienta en la primera butaca? —pregunté.

El acomodador se encogió de hombros y me respondió:

—No estoy seguro, pero creo que no ha llegado nadie todavía. Disfrute del partido, señorita.

El chico se fue y yo me quedé mirando los dos asientos vacíos. No había tenido en cuenta que podría pasar esto, que me podían dejar plantada. De hecho, no sé si se consideraba dejar plantado cuando la otra persona no sabía si ibas a ir o no. No estaba segura, pero ya me encontraba allí, así que pensé que lo mejor sería sentarme y ver si Max aparecía. Había dicho que tenía que trabajar, así que a lo mejor llegaba tarde, o puede que ya estuviera allí y que hubiera ido al lavabo o a comprar una cerveza.

Cuando me senté, la mujer que tenía al otro lado me sonrió.

—Hola. ¿Has venido a ver a Yearwood? Hoy está que se sale, ya ha marcado dos veces. Aunque es poco probable que se quede la temporada que viene. Una pena.

Negué con la cabeza.

—Ah. No, es la primera vez que vengo a ver un partido de *hockey*, pero he quedado con alguien. —Cuando acabé de decirlo, dos chicos chocaron con el muro de cristal justo delante de mí. Pegué un bote, y la mujer se echó a reír mientras los jugadores se alejaban patinando.

—Esto pasa muy a menudo. Te acostumbrarás. —Alargó la mano hacia mí—. Soy Jenna, por cierto, la mujer de Tomasso. —Señaló hacia la pista de hielo—. El número doce.

—Vaya. Pues estoy sentada al lado de la persona indicada para mi primer partido. —Me llevé la mano al pecho y dije—: Yo me llamo Georgia.

—Pues si quieres que te explique cualquier cosa, avísame, Georgia.

Pasé los siguientes veinte minutos intentando seguir el partido, pero no podía dejar de mirar hacia las escaleras para ver si llegaba Max. Por desgracia, no lo hizo, y sobre las nueve me di cuenta de que había perdido el tiempo. Como tenía reuniones a primera hora de la mañana, decidí marcharme. En el reloj del estadio ponía que quedaba menos de un minuto para que acabara la segunda parte, así que esperé hasta el final para no molestar a los espectadores subiendo por las escaleras. Los hinchas parecían estar disfrutando mucho del partido.

Cuando faltaban nueve segundos para el final, uno de los jugadores marcó un gol y el público enloqueció una vez más.

Todo el mundo se puso en pie, así que hice lo mismo y aproveché para ponerme la chaqueta. Me incliné hacia la mujer que tenía al lado y le dije:

—Creo que el chico con el que había quedado no va a venir, así que me voy a ir. Buenas noches.

Pero justo en el momento en el que me empecé a girar, vi algo en la pantalla gigante que captó mi atención. El jugador que había marcado levantó el *stick* para celebrar el gol mientras sus compañeros le daban golpes en la cabeza. El casco le cubría gran parte de la cara, pero esos ojos... «Yo he visto esos ojos antes». El jugador se quitó el protector bucal, lo agitó con el brazo en el aire y sonrió a la cámara.

«Esos hoyuelos».

Esos hoyuelos tan marcados.

Abrí los ojos de par en par.

No... no podía ser.

Seguí mirando la pantalla con la boca abierta hasta que dejaron de enfocarlo.

La mujer a mi lado dejó de animar y me dijo:

—¿Ves? Ya te había dicho que hoy está imparable. Para ser la primera vez que vienes a un partido de *hockey*, has elegido el mejor. No se ven muchos *hat tricks* en un solo tiempo, pero Yearwood está haciendo su mejor temporada, es una pena que los demás jugadores no le sigan el ritmo.

—¿Yearwood? ¿Ese es el chico que acaba de marcar?

Jenna se rio al oír la pregunta.

—Sí. Es el capitán del equipo y probablemente el mejor jugador de la liga hoy en día. Lo llaman «El guaperas» por motivos más que evidentes.

—¿Cómo se llama?

—Max. Pensaba que ya lo conocías, como estás en sus asientos...

—Oye, guaperas, ¿buscas a alguien?

Al salir de los vestuarios, Max había mirado a ambos lados, pero no se había dado cuenta de que lo estaba esperando sentada en el banco de delante de la entrada.

Sonrió cuando me vio y se le iluminó la cara mientras se acercaba. Sabía que había ido al partido, porque justo antes del descanso del segundo periodo se había acercado a sus asientos y había golpeado el cristal. Lo que no sabía era que Jenna, la mujer que estaba sentada a mi lado, me había dado su pase de acceso ilimitado para que pudiera ir a los vestuarios y saludarlo al final del partido.

—Me has esperado…

Me metí la mano en el bolsillo, saqué la figurita de Yoda y extendí mi mano.

—Tenía que devolvértela. Has dicho que eras supersticioso.

Cogió la figurita y me la volvió a meter en el bolsillo de la chaqueta. Entrelazó sus dedos con los míos y me dijo:

—Sí que lo soy. Y acabo de jugar el mejor partido de mi carrera. Así que ¿sabes dónde tiene que estar Yoda a partir de ahora cuando juegue?

—¿Dónde?

—En el bolsillo de la chaqueta de mi chica, mientras contempla el partido desde mis asientos.

—Ah, así que ahora soy tu chica, ¿no?

Balanceó nuestras manos entrelazadas.

—Bueno, puede que todavía no. Pero la noche es joven.

—Eh… ya son casi las once, y mañana por la mañana tengo que trabajar.

Max me miró fijamente a los ojos y sentí que se me aceleraba el corazón.

Se llevó nuestras manos entrelazadas a los labios y besó el dorso de la mía.

—Me alegro de que estés aquí —dijo—, no sabía si vendrías.

—¿En serio? —Incliné la cabeza hacia un lado—. Pues no sé por qué tengo la sensación de que siempre consigues lo que quieres.

—¿Y eso es malo? A lo mejor es porque no me rindo con facilidad. No me importa luchar por lo que quiero.

—Y dime, ¿tuviste que luchar mucho para conseguir la atención de la mujer con la que te acostaste hace un par de semanas?

Max soltó una risita y negó con la cabeza.

—Veo que eres de las que dan guerra, ¿eh?

—¿Y si te digo que no me voy a acostar contigo solo porque me digas un par de cosas bonitas?

Arquea una ceja.

—¿No te vas a acostar conmigo nunca?

Reí.

—Ya sabes qué quiero decir.

—No pasa nada, no tengo prisa. Pero tómate aunque sea una copa conmigo.

Sonreí.

—Pero solo una. Que tengo que madrugar.

—De acuerdo. Me conformo con eso. —Me rodeó los hombros con el brazo y empezamos a caminar—. Aunque tengo que advertirte de que, salga por la puerta que salga, siempre hay unos cuantos seguidores esperando para que les firme unos autógrafos. Me sabe mal ignorarlos, así que puede que tardemos un poco en irnos.

Me gusta que sea el tipo de persona que se detiene por sus admiradores.

—De acuerdo.

En cuanto salimos, la gente empezó a gritar su nombre, y no eran solo unos cuantos seguidores. Los miembros del equipo de seguridad nos protegían a ambos lados mientras Max firmaba autógrafos sin parar. Algunas personas le pidieron que se hiciera fotos con ellas, y él se inclinaba y sonreía para las cámaras. Sin duda, esos hoyuelos estaban muy bien aprovechados. Hubo quien le profesó amor eterno, otros le hicieron preguntas sobre el partido. Max se lo tomó con calma y respondió de buen rollo. La muchedumbre no empezó a disminuir hasta al cabo de una media hora. Cuando nos acercamos a los últimos, un chico que debía de tener unos dieciocho años me señaló con la barbilla mientras Max le firmaba un autógrafo y le preguntó:

—¿Es tu novia? Está buena.

Max se detuvo en medio de la firma y lo fulminó con la mirada.

—Oye, no te pases. No faltes al respeto a las mujeres, y mucho menos a esta. Puede que sea la futura señora de Year-wood. —Me miró rápidamente a los ojos y continuó—: Aunque todavía no lo sabe.

# Capítulo 2

## *Georgia*

—¿Y a qué se dedica mi amuleto de la suerte? Espera, no me lo digas…

Max alargó el brazo y me limpió la comisura del labio con el pulgar. Me enseñó el azúcar del borde de la copa de mi *lemon drop* Martini y se lamió el dedo con una sonrisa traviesa que me provocó un cosquilleo entre las piernas.

Di otro trago a la bebida para relajarme antes de responder.

—Qué interesante. ¿A qué crees que me dedico?

Me recorrió el atuendo con la mirada. Era casi la una de la madrugada, habíamos caminado hasta el primer bar que habíamos encontrado y nos habíamos sentado en la mesa más apartada, en la esquina trasera. Todavía llevaba la ropa del trabajo porque había ido de la oficina a la cita y luego al partido.

—Vistes elegante, pero *sexy* —dijo. Se inclinó hacia un lado para mirarme los pies—. Y llevas unos zapatos *supersexys* que no creo que sean muy cómodos si tienes que pasarte todo el día de pie, así que supongo que trabajas en una oficina o algo parecido. Has salido antes del trabajo para ir a la cita, así que lo más probable es que seas la jefa y te organices el horario como quieras. Además, has dejado plantada a tu cita para ir a un partido, aunque has dicho que no tienes ni idea de *hockey*, y no sabías que yo era uno de los jugadores. Es decir, que trabajas en algo bastante arriesgado o en algo para lo que tienes que ser bastante optimista.

Puse cara de impresionada.

—Continúa.

Se acarició la barba, que, sin duda, se había vuelto más oscura en las pocas horas que habíamos pasado separados.

—Creo que eres abogada o ejecutiva en una empresa de publicidad.

Negué con la cabeza.

—Ibas bastante bien.

—¿Me he acercado?

—Bueno, es cierto que últimamente paso la mayor parte del día sentada y que decido mis horarios. Y supongo que crear mi propia empresa fue arriesgado. Soy la dueña de Eternity Roses.

—¿Eternity Roses? Me suena mucho...

—Es curioso, aunque nunca había estado en un partido de *hockey*, teníamos carteles publicitarios en el Madison Square Garden. Vendemos rosas que duran un año e incluso más. Puede que hayas visto las vallas publicitarias.

—¿Son esas en las que sale un tío durmiendo en el sofá?

Sonreí.

—Sí. Mi amiga Maggie se encarga de la publicidad. Se le ocurrió la idea porque siempre mandaba a su futuro exmarido a dormir al sofá cuando se enfadaban y él siempre le regalaba ramos de flores para disculparse.

—Le compré un ramo de los tuyos a mi cuñada. La última vez que estuve en su casa, mi hermano y yo le rompimos una silla haciendo el tonto, pero no me dejó que se la pagara, así que le mandé uno de esos ramos grandes y redondos que parecen una sombrerera. La página web también es graciosa, ¿verdad? Recuerdo que había una sección con sugerencias de mensajes para cuando te peleas con tu pareja. Puse uno de los textos predeterminados en la tarjeta que mandé junto a las rosas.

Asentí.

—Cuando empecé la empresa, una de mis tareas favoritas era la de escribir los mensajes, pero ahora los actualizamos tan a menudo que no me da tiempo.

—Está muy bien. Aunque tengo que decir… que era todo carísimo. Si no me equivoco, el ramo que compré me costó unos seiscientos dólares.

—¿A tu cuñada le gustaron?

—Le encantaron.

—Pues las rosas normales solo duran una semana. Si compraras una docena de rosas, que eran las que venían en el ramo que le mandaste, te gastarías por lo menos doscientos cincuenta dólares. Si se las mandaras una vez a la semana, te gastarías, en un año, unos trece mil dólares, así que seiscientos no son nada.

Max sonrió.

—¿Por qué tengo la sensación de que has dicho eso cientos de veces?

Reí.

—Porque es cierto.

—¿Y cómo acabaste en ese mundo?

—Siempre supe que quería crear una empresa, aunque no sabía de qué tipo. Mientras me sacaba la carrera y el máster, trabajé de florista. Uno de mis clientes favoritos era el señor Benson, un hombre de ochenta años que venía todos los lunes del primer año que estuve trabajando allí para comprarle flores a su mujer. Le había regalado rosas frescas cada semana durante los cincuenta años que llevaban casados. Durante mucho tiempo, él mismo había plantado las rosas en el invernadero que tenían en el jardín, pero a su mujer le dio un derrame cerebral y se mudaron a una residencia porque él solo no podía hacerse cargo de ella. Fue entonces cuando empezó a comprarle las rosas cada semana en la floristería. Un día me dijo que iba a tener que empezar a regalarle flores una vez al mes porque tenía que pagar una parte de los medicamentos de su esposa y eran muy caros. Me dijo que sería la primera vez en más de medio siglo que su mujer no tenía rosas frescas en la mesita de noche. Empecé a investigar cómo alargar la vida de las flores con la esperanza de que los ramos de la señora Benson duraran más entre las visitas a la tienda. Aprendí mucho sobre el proceso de conservación y así fue como empecé. Acabé abriendo una tienda en línea donde vendía los ramos que hacía en casa. Los comienzos fueron duros, hasta que una famosa con más de doce millones de seguidores en Instagram compró un ramo y lo compartió en la red social diciendo que le encantaba. A partir de ese momento, las ventas empezaron a aumentar, y en un mes tuve que dejar de hacer los ramos en el comedor y la cocina y mudarme a una tiendecita. Y ahora, unos cuantos años después, tenemos tres plantas de producción, ocho tiendas y acabamos de adquirir la licencia para vender en Europa.

—Caray —exclamó Max, sorprendido—. ¿Lo hiciste todo tú sola?

Asentí, orgullosa.

—Sí. Bueno, con Maggie, mi mejor amiga. Ella me ayudó con todo y ahora es propietaria de una parte de la empresa. No podría haberlo hecho sin ella.

Echó un vistazo por encima de su hombro y miró a su alrededor.

—¿Guapa e inteligente? Seguro que hay un montón de chicos que se mueren de envidia de que esté sentado contigo ahora mismo.

Aunque se suponía que era un cumplido y que pretendía ser gracioso, dejé de sonreír por primera vez en toda la cita. La realidad de por qué estaba en una cita me golpeó sin piedad. Me había dejado llevar por la emoción de la velada y no le había contado a Max lo de Gabriel. Frannie había puesto a Adam al corriente, así que no había tenido que pensar en cómo sacar el tema, pero la oportunidad de contárselo a Max se me había presentado en bandeja de plata, y pensé que era el momento de decírselo.

Sonreí, pensativa.

—A ver... tengo que ser sincera contigo, estoy medio saliendo con alguien.

Max agachó la cabeza y se llevó una mano al corazón.

—Por un momento, he pensado que la flecha había sido de Cupido. Me has hecho daño, Georgia.

Reí ante su dramatismo.

—Lo siento, es un poco raro tener que sacar el tema, pero he pensado que es mejor ser sincera con mi situación.

Max suspiró.

—Cuéntame más. ¿Qué rollo te llevas con ese tío al que le voy a romper el corazón?

—Bueno, es que… —Vaya. No era algo sencillo de explicar—. Supongo que podemos decir que tengo una relación abierta.

—¿Supones? —preguntó, con una ceja arqueada.

—No, perdona… —respondí, asintiendo—. No lo supongo, tengo una relación abierta.

—¿Y por qué me parece que es algo más complicado que una relación abierta?

Me mordí el labio inferior.

—Estábamos prometidos.

—¿Y ya no?

Negué con la cabeza.

—Es una historia complicada, pero creo que es mejor que te la cuente.

—Vale…

—Conocí a Gabriel en el máster de Administración de Empresas. Él daba clases de Filología Inglesa en la Universidad de Nueva York, y yo estaba estudiando allí, en la Escuela de Negocios Stern. Cuando nos conocimos, él acababa de empezar a escribir una novela y, aunque daba clases para pagar las facturas, quería ser escritor. Finalmente, vendió el libro a una editorial que compró también los derechos para el siguiente, aunque todavía no lo había escrito. Nos prometimos. Todo iba bien hasta hace un año, más o menos, cuando el libro se publicó. No se vendieron muchos ejemplares, de hecho, fue un gran fracaso de ventas y recibió muy malas críticas. Gabriel se deprimió bastante y, al poco tiempo, se enteró de que sus padres no eran sus padres biológicos, sino que lo habían adoptado. Después, su mejor amigo desde el instituto falleció en un accidente de coche. —Suspiré—. Bueno, en pocas palabras, Gabriel se sentía totalmente perdido y decidió ir a trabajar durante dieciséis meses como profesor invitado a una universidad de Inglaterra. Ni siquiera me lo comentó antes de aceptar el puesto. Me dijo que quería encontrarse a sí mismo y, después de todo por lo que había pasado, le entendí. Sin embargo, unos días antes de que se marchara, recibí otra sorpresa: me dijo que quería mantener una relación abierta mientras estuviera en el extranjero.

—¿Y las cosas os iban bien antes de todo esto?

—Pensaba que sí. Paso muchas horas trabajando, más de las necesarias, o más de las que debería, y a veces Gabriel se quejaba de que trabajaba demasiado. Creo que era el motivo principal de nuestras discusiones. Pero si preguntas para saber si nos pasábamos el día discutiendo, no éramos de esas parejas.

Max se pasó el pulgar por el labio inferior.

—¿Cuánto tiempo hace que se marchó?

—Ocho meses.

—¿Y os habéis visto alguna vez en estos ocho meses?

—Solo una. Hace unas seis semanas. Abrí una franquicia de la tienda en París, así que fui para la inauguración y pasamos el fin de semana juntos.

—¿Y los dos habéis estado saliendo con otras personas estos meses?

Negué con la cabeza.

—Parece que él sí, pero yo casi nada. —Me volví a morder el labio—. De hecho, Adam ha sido la segunda cita que he tenido en años. La primera fue un chico de Tinder con el que quedé hace dos semanas y no pasamos del café. Para ser sincera, ni siquiera quería salir esta noche, pero me estoy esforzando mucho por cambiar algunas cosas importantes en mi vida ahora que estoy sola. Así que he hecho una lista de cosas que he ido posponiendo y, como salir con chicos era la primera, me he obligado a ir a la cita.

Max me miró a los ojos con indecisión.

—¿También te has obligado a venir al estadio?

—No, al revés. Estaba intentando no ir.

—¿Por qué?

Me encogí de hombros.

—No lo sé.

Me siguió mirando.

—¿Cuándo volverás a verlo?

—No tenemos planes de volver a quedar en persona hasta que deje de trabajar en Londres y regrese a Nueva York. Así que supongo que en diciembre, cuando vuelva.

—¿Esto lo haces para vengarte de él porque ha salido con otras chicas o porque quieres ver qué otras opciones tienes?

Esa era una muy buena pregunta, pero no tenía una respuesta para ella. La relación con Gabriel estaba en una zona gris y yo era una chica de blanco o negro. Sabe Dios que ya había sufrido suficiente con algunas decisiones que había tomado por Gabriel, como para acabar cuestionándome todas y cada una de las cosas que había decidido.

Miré a Max a los ojos:

—Sinceramente, no sé lo que quiero. —Incliné la cabeza hacia un lado—. ¿Te supone un inconveniente?

Vi que una sonrisa se formaba poco a poco en su rostro.

—Solo quiero saber en qué me estoy metiendo. —Alargó el brazo y me tomó la mano, entrelazando sus dedos con los míos. Sus ojos brillaban cuando me dijo—: Pero acepto el reto.

Me eché a reír.

—Veo que eres difícil de convencer.

—No puedo evitarlo. Quiero saberlo todo sobre ti.

Entrecerré los ojos y pregunté:

—¿Por qué?

—No tengo ni la más remota idea. Pero así es.

—¿Qué quieres saber?

—Todo. Lo que sea.

—¿Como por ejemplo?

Se encogió de hombros y continuó:

—Has dicho que hay veces que trabajas más de lo necesario. ¿Por qué sigues trabajando tanto si no te hace falta?

Sonreí con tristeza.

—Le he dado muchas vueltas porque era algo sobre lo que discutíamos mucho. Creo que trabajo tanto porque siempre lo he necesitado. Soy disléxica, así que he trabajado más que los demás desde que iba a la escuela. Si mis amigos hacían un ejercicio de lectura en veinte minutos, a mí me llevaba por lo menos una hora, así que estoy acostumbrada a tener que esforzarme más. Además, siempre analizo las cosas hasta la saciedad, cosa que me ocupa más tiempo, y soy muy competitiva, a veces es hasta molesto. Pero también me encanta mi empresa y disfruto viendo cómo evoluciona con mi esfuerzo. Dicho eso, hace cuatro meses contraté a una jefa de operaciones para poder trabajar menos cuando me apetezca. Mi madre está cada vez más mayor y vive en Florida, quiero visitarla más a menudo. Y me encanta viajar. Pensé que Gabriel se alegraría, pero ya sabemos cómo ha acabado ese tema.

—Trabajar mucho cuando te encanta tu trabajo no tiene nada de malo. Es probable que, si no lo hubiéramos hecho, no habríamos llegado tan lejos. Por lo menos, yo, no.

—Gracias.

—Y ser competitivo es bueno porque te ayuda a mejorar.

Negué con la cabeza.

—Ni siquiera mis amigos quieren jugar a juegos de mesa conmigo, y me han prohibido participar en la búsqueda de huevos de Pascua en la comunidad donde vive mi madre por... —Levanté las manos y abrí comillas con los dedos— por un «incidente» con un niño de nueve años demasiado sensible al que hice llorar sin querer.

Max sonrió.

—Pues sí que es para tanto.

Limpié la condensación de la base de la copa con el dedo.

—Estoy intentando encontrar un término medio. Hace unos meses fui a un retiro de meditación de cuatro días para aprender a relajarme.

—¿Y cómo fue?

Se me crispó el labio.

—Me fui un día antes de que acabara.

33

Max se echó a reír.

—¿Qué hay de tu familia? ¿Tienes muchos hermanos?

—No, soy hija única. Mis padres me tuvieron cuando eran mayores. Se casaron a los treinta y acordaron que no tendrían hijos, así que mi padre se hizo una vasectomía al poco tiempo de casarse. A los cuarenta y dos años, mi madre se quedó embarazada. Parece que las vasectomías no son seguras al cien por cien. El médico corta los conductos deferentes, pero en algunos casos pueden volver a crecer y a conectarse. Se llama recanalización.

—Joder. —Max se movió en la silla.

Reí.

—¿Acabas de juntar las piernas?

—Ya te digo. Solo con oír que te cortan algo ahí abajo se me pone el cuerpo a la defensiva. ¿Cómo se tomaron la noticia a los cuarenta años?

—Mi madre se quedó en *shock,* pero cuando escuchó el latido en la primera cita con el médico, supo que era el destino. Mi padre no estaba tan contento. Había vivido una infancia muy dura y tenía motivos para no querer formar una familia, así que se fue y tuvo un lío con una tía que se había hecho una ligadura de trompas. Acabaron divorciándose cuando yo tenía dos años. No tengo mucha relación con mi padre.

—Lo siento.

Sonreí.

—Gracias. Aunque no hay nada que sentir, suena más triste cuando cuento la versión abreviada. Mi madre es una supermamá, así que nunca sentí que me faltara nada. Se jubiló hace dos años y se mudó a Florida. Y cuando era niña, a veces veía a mi padre. ¿Y tú? ¿Tienes una familia grande?

—Soy el pequeño de seis hermanos, somos todos chicos. —Negó con la cabeza—. Mi pobre madre. Creo que nos cargamos todos los muebles de casa por lo menos una vez haciendo el tonto.

—Ya… ¿igual que la silla de tu cuñada?

—Exacto.

—Antes, cuando te he preguntado si vivías con tu madre, me has dicho que ni siquiera vivís en el mismo estado. ¿Eso quiere decir que no eres de Nueva York?

—No. Nací en Washington, pero hace tiempo que no vivo allí, me fui de casa cuando tenía dieciséis años y me mudé con una familia de Minnesota para jugar al *hockey*. Luego me mudé a la costa este para jugar con el equipo de la universidad de Boston y luego a Nueva York para jugar en los Wolverines.

—Y ¿cómo es la vida de un deportista profesional?

Max se encogió de hombros y dijo:

—Me gano la vida jugando a un deporte que me encanta, es como un sueño hecho realidad. La gente dice que Disney es el mejor lugar del mundo, pero yo prefiero mil veces los vestuarios después de ganar un partido.

—¿Si tuvieras que ponerle una pega? Hasta los mejores trabajos tienen pegas.

—Perder un partido no mola nada. Y mi equipo ha perdido bastantes en estos dos últimos años. Cuando me ficharon, el equipo estaba pasando por una buena racha y llegamos a la ronda eliminatoria en mi primer año. Sin embargo, entre las lesiones y los malos intercambios de jugadores, estos últimos años han sido difíciles. Es un deporte de equipo, así que requiere de algo más que la racha de un solo jugador. Además, se viaja mucho. Una temporada tiene ochenta y dos partidos, sin contar las eliminatorias, y la mitad de los partidos son fuera de casa. Creo que veo al dentista del equipo más que el interior de mi apartamento.

—Ostras, sí que son muchos viajes.

Max se había pedido un ron con Coca-Cola y agua. Supuse que se tenía que hidratar después del partido, pero me di cuenta de que aún no había tocado el ron, y llevábamos tanto tiempo sentados que el hielo se le había derretido. Señalé el vaso pequeño y le dije:

—No has bebido nada.

—No bebo alcohol cuando tengo que entrenar o jugar al día siguiente.

Fruncí el ceño.

—Entonces, ¿por qué te lo has pedido?

—He pensado que, a lo mejor, si veías que no pedía nada, tú tampoco lo harías.

Sonreí.

—Qué considerado. Gracias.

—Cuéntame cómo ha ido la cita. ¿Era tan soso como parecía o es solo que no se podía comparar con el chico al que has conocido justo antes? —preguntó, guiñándome el ojo.

—El Adam de verdad ha sido muy majo.

—¿Majo? —Sonrió todavía más—. O sea, que ha sido una mierda, ¿no?

En la mesa, delante de mí, había una servilleta. La cogí, hice una bola con ella y se la lancé. Él la pilló en el aire.

—Bueno, ya basta de interrogarme. Ahora me toca a mí preguntar —dije—. Háblame de la última mujer con la que te acostaste. ¿Estabas saliendo con ella?

—Solo fue un rollo. Para los dos.

—Ajá. —Di un trago a la bebida—. Ya que has sacado el tema, ¿sueles tener muchos líos? Es decir, eres un deportista profesional, eres guapo y viajas mucho.

Max me observó.

—Te he dicho que si me dabas otra oportunidad, no volvería a mentirte, pero tampoco quiero contarte algo que no te gustaría. Así que solo diré que no me cuesta encontrar a alguien para pasar el rato cuando me apetece. Pero que lo tenga fácil y que haya pasado muchos años soltero no quiere decir que lo haga siempre. Estoy convencido de que, si entraras en cualquier bar de la ciudad, saldrías acompañada, si quisieras. Pero eso no implica que lo vayas a hacer si estás con alguien, ¿no?

—Supongo que no. —Me encogí de hombros—. Pero seguro que tienes algún fallo. Dime cuáles son tus peores defectos.

—Madre mía —dijo, suspirando profundamente—. Ya veo que intentas encontrar una excusa para no casarte conmigo, ¿eh?

—Si todo lo que me has contado es cierto, eres demasiado perfecto para ser real. No puedes culparme por pensar que hay gato encerrado.

Se acarició el labio inferior con el pulgar, se incorporó en el asiento y apoyó los codos en la mesa.

—De acuerdo. Te contaré algunos de mis trapos sucios, pero luego quiero que tú me cuentes los tuyos.

Reí y acepté:

—De acuerdo, trato hecho.

—Sellémoslo con un apretón de manos. —Alargó el brazo hacia mí y cuando nuestras manos se tocaron, tomó la mía y dijo, sin soltármela—: Ay, qué monada, quieres agarrarme de la mano.

Negué con la cabeza y le dije:

—Corta el rollo y confiesa, guaperas. ¿Cuál es tu defecto?

El rostro del chico se volvió serio.

—Puedo ser un poco obsesivo y algo compulsivo. Lo que para la mayoría de la gente suele ser un impulso, para mí se convierte en una especie de instinto. Me olvido del resto de cosas en mi vida y a veces, cuando quiero algo con muchas ganas, ignoro mi salud e incluso a la gente que me rodea.

—Bueno… vale, supongo que tiene sentido si tenemos en cuenta a qué te dedicas. Eres el primer deportista profesional al que conozco, pero imagino que ese impulso ferviente es parte de lo que os ha ayudado a llegar hasta donde estáis.

—También tengo una personalidad adictiva. El *hockey* es mi droga favorita, pero también es el motivo por el que no bebo, ni tomo drogas ni apuesto. En la universidad, acumulé una deuda de veinte mil dólares con un corredor de apuestas. Mi hermano mayor tuvo que rescatarme, después de presentarse en Boston y darme una buena tunda.

—Madre mía. ¿Tu hermano es muy grande?

Max rio.

—Soy uno de los más pequeños.

—Vaya.

—Bueno… ¿He conseguido asustarte ya? Por ahora has logrado que confiese que me he liado con una tía hace poco, que me arrestaron por hacer hula-hop desnudo, que tengo una personalidad adictiva y que a veces, cuando cuando me centro en el *hockey*, olvido que el mundo existe. ¿Qué será lo siguiente? ¿Confesar que le tengo fobia a los lagartos y que me meé en los pantalones cuando tenía nueve años porque mis hermanos me escondieron seis camaleones en la cama?

—Dios mío, ¿lo dices en serio?

Max agachó la cabeza.

—Sí. Pero en mi defensa diré que un niño de cuatro años no tendría que ver *Godzilla* porque lo puede traumatizar.

La idea de que un hombre tan corpulento como él tuviera miedo de un lagarto diminuto me pareció graciosísima. Pero me había convencido por lo sincero que se había mostrado al responder mis preguntas. Seguíamos cogidos de la mano, así que se la estreché y decidí que la sinceridad tenía que ser mutua.

—Tenías razón. Intentaba encontrar una excusa para no tener que volverte a ver.

—¿Y has encontrado alguna?

Negué con la cabeza.

—Los defectos no me asustan. Lo que me asustaría sería que no supieras que tienes defectos o que no los admitieras.

—¿Eso quiere decir que nos vamos a Las Vegas?

—No del todo —respondí, riendo—. Es mi turno, ¿no? Ahora soy yo la que tiene que confesar sus defectos. Porque creo que antes no ha quedado del todo claro lo complicada que llego a ser cuando me pongo competitiva. De hecho, te he lanzado una servilleta y la has pillado al vuelo y me está matando que tú no me la hayas lanzado a mí para poder atraparla también. Y ahora quiero contarte todas mis imperfecciones para demostrar que son peores que las tuyas. Aunque creo que debería acabarme la bebida antes de seguir con mis trapos sucios, por si acabas huyendo.

Max negó con la cabeza.

—Qué va. No hace falta que me digas qué es lo peor de ti, porque ya lo sé.

—¿Ah, sí? Me da miedo preguntar. ¿Qué es?

Nuestros ojos se encontraron. La intensidad innegable con la que me miró hizo que sintiera mariposas en la parte baja del abdomen.

—¿Lo peor de ti? Es muy fácil. Creo que has dicho que se llamaba Gabriel.

# Capítulo 3

## *Georgia*

—¿Cómo te fue la cita a ciegas? —preguntó Maggie mientras me ofrecía un café y unos analgésicos.

Por algún motivo, era mi mejor amiga, además de la directora de publicidad de Eternity Roses.

—¿Son para mí?

Asintió.

—Sé que estás intentando beber solo una taza de café al día, pero espero que tu cita te mantuviera despierta toda la noche y que necesites tomarte otro.

—¿Y para qué son los analgésicos?

Maggie sonrió y dio un trago a su café.

—Por si te golpeaste la cabeza contra el cabecero de la cama. Te he dicho mil veces que te deshagas del que tienes de madera y te compres uno acolchado.

Reí y le hice un gesto con la mano para que se llevara el medicamento.

—No lo necesito. Anoche no hubo golpes. Aunque el café sí que me viene bien, gracias.

Abrió el bote de analgésicos y lo sacudió boca abajo.

—Menos mal, porque solo me quedan dos y el dolor de cabeza me está matando. ¿Sabes dónde no tienen ningún tipo de acolchado? En los lavabos del juzgado.

Me detuve con el café a medio camino de mis labios.

—No me digas que…

Sonrió.

—Pues sí… dos veces.

Reí entre dientes. Maggie había perdido un poco la cabeza. Llevaba casi un año lidiando con un divorcio complicado. Hace unos meses, su futuro exmarido, Aaron, no se presentó a la audiencia de conciliación en el despacho de su abogado. En lugar de aplazarlo, Maggie decidió aprovechar la ocasión para seducir al abogado, y desde ese momento se lo había tirado en los lugares más inapropiados. Yo estaba convencida de que, si alguien se enteraba, lo inhabilitarían.

—¿Aaron estaba allí?

—Sí —respondió con los ojos brillantes.

—¿Y qué habría pasado si hubiera ido al baño?

—Pues que habría dejado que mirara, como cuando yo me lo encontré con la vecina. —Se dejó caer en la silla para invitados al otro lado del escritorio y sorbió el café—. Entonces, la cita fue un rollo, ¿no? Ya te dije que dejar que Frannie te emparejara no era muy buena idea. ¿Te moriste de aburrimiento en el bar?

—La verdad es que… el rato que pasé en el bar fue lo mejor de la cita.

—¿Y eso? ¿Tan buenas eran las bebidas?

Dije que no con la cabeza y sonreí.

—No. El que estaba bueno era el tío que fingió ser Adam antes de que llegara el de verdad.

Maggie abrió los ojos de par en par.

No pude evitar reír. Hoy en día era casi imposible sorprender a Maggie.

—Cuéntamelo todo —dijo.

Durante los siguientes veinte minutos, le conté cómo había conocido a Max, cómo había estado a punto de irme del estadio antes de verlo en la pantalla gigante y que habíamos estado hablando hasta las dos de la madrugada. Cuando acabé, Maggie agarró su móvil.

—¿Max qué más?

—Yearwood. ¿Por qué lo preguntas?

—Porque quiero buscarlo en internet y ver de quién estamos hablando.

Escribió el nombre en el buscador y se le iluminaron los ojos.

—Joder, es guapísimo.

—Ya.

—¿Cuándo vamos a volver a quedar con él?

Reí cuando habló en plural.

—Le di mi número de teléfono, pero no sé si quedaré con él.

—¿Estás loca? ¿Por qué no?

Negué con la cabeza y respondí:

—No lo sé. Es que me siento mal.

—¿Por Gabriel? ¿El mismo que ha huido a Europa a tirarse a otras?

—Es que no sé si podría liarme con otra persona sabiendo que Gabriel volverá a finales de año.

—Estáis viviendo separados y él sale con otras. Si vuelve y queréis estar juntos, será porque estáis hechos el uno para el otro. Si antes de que regrese ocurre algo que te haga cambiar de opinión, eso querrá decir que no teníais que estar juntos. Hazme caso, es mejor darse cuenta de estas cosas ahora y no cuando estés casada. Por el motivo que sea, Gabriel necesitaba un tiempo, y lo está aprovechando al máximo, así que ¿por qué no haces tú lo mismo? —Negó con la cabeza—. ¿Qué ha cambiado? Parecía que lo habías aceptado antes de ir a la cita.

Me encogí de hombros.

—Supongo que me pareció algo seguro y sencillo. Por la descripción que Frannie me había dado del chico, supe que no saldría nada de ahí.

—¿Y qué ha cambiado?

—Max parece… —Negué con la cabeza e intenté descubrir qué me molestaba tanto. No sabía qué era exactamente—. Max no parece algo seguro y sencillo, sino algo arriesgado y complicado.

Maggie sonrió.

—Porque te gusta de verdad.

—Puede ser. —Me encogí de hombros—. No sé por qué la idea de salir con él me pone tan nerviosa. Creo que ya no me fío de mis decisiones.

—A lo mejor parecía más fácil cuando sabías que no te enamorarías del chico. Dijiste que te ibas a arriesgar, pero no lo decías en serio. Solo te dejabas llevar para hacer tiempo hasta que Gabriel regrese.

Se inclinó hacia delante y puso las manos sobre el escritorio.

—Pero, cariño, ¿qué pasará si Gabriel no vuelve? ¿O si vuelve, pero no quiere retomar lo que dejasteis? No quiero ser mala, de verdad. Gabriel me cae bien, bueno, me caía bien hasta que hizo lo que hizo antes de marcharse. Pero ¿por qué vas a perder más de un año de tu vida cuando él lo está aprovechando al máximo?

Suspiré.

—Supongo que tienes razón, pero también pienso que es injusto para la otra persona. No sé si podría ofrecerle a Max lo mismo que una chica soltera, ¿sabes?

—Has dicho que le habías contado lo de Gabriel. ¿Qué te dijo?

—Me preguntó si quería vengarme o si quería ver qué otras opciones tenía.

—¿Y tú qué le dijiste?

—Le dije la verdad, que no estoy segura.

—¿Y le pareció bien?

Asentí.

—Dijo que solo quería saber en qué se estaba metiendo.

—¿Quieres saber qué haría yo?

Incliné la cabeza.

—Creo que no. Últimamente estás como una cabra.

—Es verdad, pero te lo voy a decir de todos modos. Creo que tendrías que follártelo hasta la saciedad, tener una aventura o como quieras llamarlo.

No podía decir que la idea de darme un revolcón con Max Yearwood no me atraía ni lo más mínimo. De hecho, solo de pensarlo sentía un cosquilleo en el vientre. Hoy estaba muy cansada porque no había podido dormir al llegar a casa por la noche. La lujuria se había apoderado de mi cuerpo al imaginar que me miraba con esos ojos tan grandes y azules. Además, estaba segura de que tenía las piernas fuertes de tanto patinar. Era un chico alto y corpulento, todo lo opuesto a Gabriel, que tenía un físico esbelto de corredor. Imaginé el cuerpo desnudo de Max, pero parpadeé rápido para borrar la imagen de mi cabeza.

Cuando volví a enfocar la mirada, vi que Maggie me observaba con una sonrisa pícara.

—Te lo estabas imaginando, ¿verdad?

—No —respondí demasiado deprisa.

Sonrió con suficiencia.

—Seguro que no. ¿Sabes qué voy a hacer?

—No.

—Voy a conseguir uno de esos marcadores electrónicos y te lo colgaré aquí —dijo, señalando a la pared frente al escritorio—. A lo mejor si contamos las veces que Gabriel se acuesta con alguien y lo convertimos en una competición conseguiré que dejes de perder el tiempo y pases a la acción. No soportarás la idea de perder.

Aunque era cierto que me gustaba ganar, no estaba segura de que conseguir puntos en esa competición fuera a beneficiar mi relación con Gabriel.

Por suerte, la conversación se quedó a medias antes de que Maggie pudiera profundizar más en el tema. Ellie, la administradora de la empresa, llamó a la puerta y la abrió.

—Mark Atkins ha llegado para la reunión de las diez. Me ha dicho que ha venido antes porque tiene que preparar varios prototipos, así que lo he acompañado a la sala de reuniones y le he dicho que me pasaría en un rato.

—De acuerdo. Gracias, Ellie.

Estaba trabajando en una nueva línea de productos con el fabricante de jarrones. Pensé que sería genial que los clientes pudieran conservar sus rosas durante un año y que, además, cambiaran de color. Por eso habíamos diseñado un jarrón con un panel inferior extraíble. Se podía comprar un panel intercambiable con un tinte que impregnaba los tallos de las flores de un nuevo color. Cuando ya hace unos meses que tienes rosas blancas, puedes quitar la parte inferior e insertar un tinte rosa y, veinticuatro horas después, *¡voilà!* Flores rosas. Si empiezas por los colores claros y vas cambiando a los más oscuros, lo puedes hacer varias veces.

Maggie se frotó las manos.

—Este día ha empezado de maravilla. Te vas a acostar con un jugador de *hockey* superatractivo y vamos a ver cómo cobra vida tu nueva idea.

—No he dicho que vaya a volver a quedar con Max.

Me guiñó el ojo y se puso de pie.

—No hace falta que me lo digas. Voy a ver si Mark necesita ayuda. Tú quédate aquí y acaba tu fantasía. Vendré a buscarte cuando esté todo listo.

≫≫≪≪

Después de la reunión, vi que tenía dos llamadas perdidas. La primera era de Gabriel, que me había dejado un mensaje de voz en el contestador. La segunda era de Max, que no había dejado ningún mensaje. Me decepcionó que no hubiera sido al revés. Sin embargo, esperé hasta llegar a casa por la noche para escuchar el mensaje de Gabriel.

«Hola, nena. Solo llamaba para ver cómo estabas. Hoy he hablado con el editor y me ha dicho que le ha gustado lo que le he mandado hasta ahora del nuevo libro. Evidentemente, el primero le gustó lo suficiente para hacerme una oferta por los dos, aunque como el primero fue un fracaso, el hecho de que le haya gustado no quiere decir nada. Pero supongo que es mejor que le guste. Hace bastante que no hablamos y te echo de menos. Seguro que todavía estás en el despacho pateando traseros, pero llámame cuando tengas un minuto. Te quiero».

Fruncí el ceño, me bajé la cremallera trasera de la falda, me la quité y la lancé a la cama. Cuando volví del viaje a París, donde me enteré de que Gabriel había empezado a salir con chicas y acostarse con ellas, dejé de ser yo la que se ponía en contacto con él. Por lo visto, ya no me apetecía seguir siendo la única que se esforzaba, así que pasamos de llamarnos cada dos o tres días a hablar una vez a la semana o menos. No estaba segura de que Gabriel se hubiera dado cuenta del cambio. Sin embargo, había muchas cosas del mensaje que me molestaron. En primer lugar, decía: «Seguro que todavía estás en el despacho…». Debía de ser agradable asumir eso en lugar de pensar que estaba acostándome con otro. Porque, por ahora, eso era lo único que imaginaba yo cuando pensaba en él. También me fastidiaba que me llamara para contarme que al editor le había gustado su libro. Nos habíamos comprometido cuando vendió los derechos del primero y nos separamos cuando fue un fracaso, así que me daba la sensación de que el trato que recibía dependía de circunstancias externas. ¿Siempre sería así? ¿Nuestra relación dependería de sus éxitos y fracasos profesionales? ¿Por qué no me había dado cuenta antes?

Me daba igual. Eran las ocho de la noche, la una de la madrugada allí, así que no lo iba a llamar ahora. Además, casi no tenía batería en el móvil, por lo que lo enchufé al cargador en la mesita de noche de la habitación y fui a ducharme.

Una hora y media después, me tumbé en la cama y miré el móvil. Tenía otra llamada perdida de Max. Me mordí el labio, y mientras debatía si llamarlo o no, recibí un mensaje. Por lo general, usaba el asistente de voz para leer y enviar mensajes, así ahorraba tiempo, porque a mi cerebro le costaba procesar las letras. Sin embargo, cuando vi que el mensaje era de Max, lo empecé a leer.

**Max:** ¿Me estás evitando o es que estás ocupada?

Sonreí y respondí:

**Yo:** He estado muy liada.

**Max:** ¿Sigues ocupada?

**Yo:** No, acabo de meterme en la cama.

Unos segundos después, me empezó a sonar el teléfono.

—Quería hacerte una videollamada para ver qué te pones para dormir —dijo Max—, pero he pensado que sería mejor que me comportara como un caballero.

Solté una risita.

—Gracias. Porque me acabo de duchar y no me apetecía secarme el pelo, así que me he hecho una trenza y voy sin maquillar.

—¿Te has hecho una trenza? Al estilo de la princesa Leia...

Reí.

—¿De verdad eres fan de *La guerra de las galaxias* o tienes un fetiche con la princesa Leia?

—No lo llamaría fetiche. Pero ¿qué niño no se sentía atraído por ella? Era una mujer de armas tomar.

Alargué el brazo hacia la mesita de noche y cogí la figurita de Yoda.

—Por cierto, todavía tengo tu figurita. Se me había olvidado que me la metiste en el bolsillo cuando te la intenté devolver.

—Tendrás que cuidar de mi amuleto.

Jugueteé con Yoda entre los dedos.

—¿Cómo es que se ha convertido en tu amuleto? ¿Es por tu amor por la princesa Leia?

—No. Fue por una chica, Amy Chase.

—Conque una chica, ¿eh? ¿Por qué no me sorprende?

—No te pongas celosa. Me odia.

Reí.

—Qué interesante. ¿Cuál es la historia de Amy y Yoda?

—Amy iba a noveno cuando yo estaba en séptimo curso. Era amiga de mi hermano Ethan, que trabajaba en un cine en la esquina. Mi hermano dejaba que la gente se colara y viera las películas gratis. Un fin de semana estaban haciendo maratón de *La guerra de las galaxias,* por entonces solo había seis películas, así que duraba unas doce o catorce horas. Fui con Amy y unos amigos de mi hermano, pero todos se marcharon a la segunda o tercera película y Amy y yo fuimos los únicos que nos quedamos hasta el final. —Hizo una pausa—. No es por faltarle al respeto, pero para ir a noveno tenía un buen par. Bueno, la cuestión es que estábamos sentados en la última fila de butacas, viendo *La amenaza fantasma* (que, por cierto, es la peor de todas) y nos empezamos a aburrir. Comenzamos a hablar de cosas del colegio más que nada y, de repente, Amy me preguntó si alguna vez había tocado una teta. Le dije que no y le pregunté si ella había tocado un pene. Me respondió que no, y, como es obvio, le sugerí que lo enmendáramos.

—En séptimo solo tienes trece años, ¿no?

—Sí. Y ella tenía quince. En su defensa diré que yo parecía mayor, tenía el cuerpo de un chico de noveno. Bueno, nos dimos treinta segundos cada uno para tocar las partes del otro. Ella me metió la mano por los pantalones y me cogió el pene y le dio un apretón. Evidentemente, la tenía dura, porque me había empalmado en cuanto había oído la palabra «tetas». Cuando acabó, me dejó jugar con sus pechos «por debajo del sujetador» durante medio minuto.

No pude evitar echarme a reír por cómo había enfatizado «por debajo del sujetador».

—¿Y por eso ha acabado Yoda en mis manos? ¿Porque le metiste mano a una tía cuando tenías trece años?

—¿Qué más podría haber pedido? Vi las seis películas de *La guerra de las galaxias* gratis y toqué unas tetas por primera vez.

—Estás un poco mal de la cabeza. Aunque supongo que tienes razón, por lo menos teniendo en cuenta la edad. —Reí—. Pero ¿por qué te odia Amy?

—Ah, porque se lo conté todo a mis amigos y empezaron a llamarla facilona. Solo tenía trece años y me creía el más guay del mundo. No fue mi mejor momento. Mi hermano me dio una paliza cuando se enteró de que lo había ido contando, y

Amy se vengó diciendo que la tenía flácida. Aprendí una valiosa lección sobre que estas cosas no se cuentan.

—Ya imagino.

—Bueno… ¿ibas a llamarme?

—Pues… —Iba a decirle que sí, pero pensé que lo mejor sería ser honesta—. No lo sé.

—¿No lo pasaste bien el otro día después del partido?

—Sí. Hacía mucho que no me reía tanto.

—¿No te parezco atractivo?

—¿No tienes espejos en casa? Creo que todas las mujeres de entre ocho y ochenta años te encuentran guapo.

—¿Entonces el problema es el tonto del bote?

—¿Tonto del bote?

—Es el único nombre que se me ocurre para el tío que te ha dicho que puedes salir con otros mientras pasa un año fuera del país. Tonto del bote.

Sonreí y dije:

—Gracias.

—No has dicho que no ibas a llamarme, me has dicho que no lo sabías. Eso quiere decir que una parte de ti sí que está interesada.

—Sin duda. No lo voy a negar. Me gustas, ese es el problema. Era más sencilla la idea de salir con alguien cuando la persona no me gustaba. No estoy segura de poder entregarme a dos relaciones a la vez, incluso aunque en realidad no haya nada que me detenga.

Max se quedó callado un momento. Pensé que a lo mejor había colgado.

—¿Sigues ahí?

—Sí. ¿Vendrás al menos a mi partido de mañana? Vuelvo a jugar en casa y no puedes dejarme jugar sin mi amuleto de la suerte. Si no quieres quedarte hasta después del partido, puedes dárselo a los de seguridad.

Bajé la mirada y observé la figurita de Yoda que tenía en la mano.

—Vale. Supongo que no pasa nada por ir a otro partido.

—Puedes traerte a una amiga, si quieres. Os dejaré dos entradas en la taquilla.

—De acuerdo.

—Perfecto. Se está haciendo tarde, así que te dejo.

—Buenas noches, Max.

—Dulces sueños, Georgia.

# Capítulo 4

## *Georgia*

—Hola. —Di un paso hacia delante cuando llegó mi turno en la taquilla—. Quería recoger dos entradas para el partido de esta noche.

—Necesito tu nombre y alguna identificación, por favor.

Le pasé el carné de conducir y le dije:

—Georgia Delaney.

Levantó el dedo y respondió:

—Eres la invitada de Yearwood. Dame un segundo, ha dejado una bolsa para ti.

Miré a Maggie y me encogí de hombros. Ella sonrió.

—Espero que sea comida. Tengo mucha hambre y no me vendría mal un poco de regaliz.

Solté una risita.

—Hemos llegado con tiempo, así que podemos ir a comprar algo cuando entremos.

Un minuto después, el chico de la ventanilla regresó. Me entregó dos entradas y una bolsa con el logo de los Wolverines. Como había gente esperando en la cola, me aparté antes de abrir la bolsa.

—Gracias.

Encima de todo había un sobre, así que lo abrí y saqué un trozo de cartulina. Había algo escrito con una letra clara e inclinada:

*Quiero que lleves la camiseta con mi nombre para el partido. Puede que sea mi única oportunidad.*

*Besos,*
*Max*

*P. D.: También hay una camiseta para tu acompañante. A no ser que hayas venido con un tío; en ese caso, que le den. Para él no hay regalos.*

Me eché a reír y le enseñé la nota a Maggie.

La leyó y se le curvaron los labios.

—Ya me cae bien. Está bueno, quiere que te sientes en su asiento y que lleves la equipación con su nombre, y tiene regalos para mí. Si al final decides no salir con él, te aviso de que le daré mi número de teléfono.

Moví la cabeza de un lado al otro y sonreí.

—Venga, vamos a cambiarnos y a por algo de comida antes de que empiece el partido.

Llegamos a los asientos cargadas con dos perritos calientes, dos refrescos enormes y un paquete grande de regaliz. La misma mujer de la otra vez estaba sentada al lado.

—Hola, Jenna.

—Hola, Georgia. Me habían comentado que a lo mejor venías hoy.

Me senté en el asiento y fruncí el ceño.

—¿Cómo que te lo habían comentado?

—Mi marido le preguntó a Max si alguien iba a usar los asientos en el partido de hoy porque mi suegra quería venir a verlo. Pero Max le dijo que vendría su nuevo amuleto de ojos verdes. Imaginé que hablaba de ti. Por cierto, gracias, me has librado de pasar tres horas con la desagradable de mi suegra.

Reí y señalé a Maggie.

—Ella es mi amiga Maggie. Maggie, ella es Jenna. Es la mujer de uno de los jugadores.

—Encantada de conocerte. —Maggie se inclinó hacia nosotras—. Entonces, ¿supongo que conoces bastante a Max?

—Lo suficiente como para haberle visto el culo un par de veces —respondió Jenna con una sonrisa—. Tenemos una casa de vacaciones en el este y tiene una ducha al aire libre. A Max le encanta, pero no consigo que se deje puesto el bañador para ducharse.

—Bien. —Maggie sonrió—. ¿Puedo hacerte una pregunta sobre él?

Jenna se encogió de hombros y respondió:

—Claro.

—¿Dejarías que saliera con tu hermana pequeña?

—No tengo una hermana pequeña, pero intenté emparejarlo con mi mejor amiga, si eso responde a tu pregunta. Es modelo y le gustaba mucho Max. Se conocieron en mi casa y cuando acabó la fiesta, ella le preguntó si quería ir a algún sitio para pasar un rato juntos. Él rechazó la oferta y le dijo que tenía que madrugar al día siguiente. Podría haber pasado un buen rato con ella y luego quitársela de encima, pero prefirió que quedaran como amigos. Al día siguiente, cuando le pregunté qué le había parecido, me dijo que era muy buena chica, pero que no era su tipo y no quería aprovecharse de ella. No sé de muchos chicos que le hubieran dado calabazas, sobre todo teniendo en cuenta que Lana ha salido en los catálogos de Victoria's Secret.

Maggie me miró con una sonrisa de satisfacción.

—Qué interesante. Gracias.

El partido empezó y Maggie y yo lo pasamos muy bien. La experiencia era muy diferente cuando tenías a alguien con quien animar. Nos poníamos de pie cuando el equipo de Max marcaba y abucheábamos cuando lo hacía el equipo visitante. Durante el intermedio, Jenna nos llevó a una sala secreta que había para las esposas de los jugadores donde servían bebidas alcohólicas y todo el mundo era muy amable. Max marcó un gol en el tercer tiempo y cuando la cámara enfocó su rostro sonriente, me pareció que me miraba directamente a mí. Guiñó un ojo y el público enloqueció. Estaba convencida de que todas las mujeres del estadio también pensaban que les había guiñado el ojo a ellas.

En el último tiempo, el acomodador que nos había acompañado a los asientos se acercó y me entregó otro sobre y dos pases para colgar. Reconocí los pases de acceso ilimitado porque Jenna me había dejado el suyo en el partido anterior. Jenna y Maggie sonrieron una a cada lado cuando saqué la nota del sobre.

*En caso de que quieras devolverme a mi amiguito en persona en lugar de dárselo al de seguridad. Espero verte luego.*

*Besos,*
*Max*

⟫⟪

—¿Me puedes decir cómo hemos acabado aquí? —pregunté a Maggie, negando con la cabeza mientras miraba hacia la barra.

—Pues, al acabar el partido, hemos ido poniendo un pie delante del otro y hemos caminado unas dos manzanas desde el Madison Square Garden. —Señaló con la barbilla a Max, que hablaba con el camarero mientras esperaba nuestras bebidas—. He de admitir que no recuerdo mucho de lo que ha pasado después de que ese tiarrón nos haya mostrado esos hoyuelos y nos haya pedido que lo acompañáramos.

Suspiré.

—Te entiendo perfectamente. Hace un momento estaba esperándolo a la salida del vestuario, convencida de que solo le iba a devolver la figurita, darle las gracias y despedirme, pero aquí estoy. Creo que tiene poderes hipnóticos en los hoyuelos o algo así.

Max regresó a la mesa con dos copas de vino y una botella de agua. Se sentó delante de nosotras y nos miró primero a una y luego a la otra un par de veces.

—¿Por qué me da la sensación de que las dos juntas, ahí sentadas, tenéis más peligro que patinar con una cuchilla finísima hacia un defensor de ciento cuarenta kilos y sin dientes?

Maggie sonrió.

—Veo que no se te escapa una.

—Solo ella. —Sus ojos se posaron sobre los míos un instante—. Dime, ¿cómo puedo conseguir que salga conmigo?

Maggie movió el dedo índice de un lado al otro y dijo:

—No tan deprisa. Antes tengo que asegurarme de que eres adecuado para ella. Tengo unas cuantas preguntas.

Max sonrió.

—Ya veo por qué sois tan amigas. —Alzó los brazos y los apoyó sobre el respaldo del banco—. Pregúntame lo que quieras, Maggie.

—¿Perros o gatos?

—Perros. Tengo dos.

—¿De qué raza?

—Un mestizo y un pomerania.

No pude evitar reír.

—¿Tienes un pomerania?

Max asintió.

—No lo elegí yo. Mi hermano se lo compró a sus hijas las Navidades pasadas. Una de ellas no podía dejar de estornudar y las otras dos se echaron a llorar cuando les dijeron que no se podían quedar al perro. La pequeña me enredó para que me lo quedara y así poder verlo de vez en cuando.

—¿Cómo te enredó?

Max sonrió.

—Con una sonrisita.

Las dos nos echamos a reír.

—¿Cómo se llaman los perros? —preguntó Maggie.

—Fred y Cuatro. Adopté a Fred de la perrera. Mis sobrinas le pusieron nombre al pomerania y, como siempre las llamaba «la primera», «la segunda» y «la tercera», mi hermano empezó a llamar al perro «el cuarto» mientras pensaban en un nombre para él. Al final le dejamos ese nombre, pero lo cambié un poco.

—¿Qué haces con los perros cuando estás de viaje?

—Contrato a una persona que se instala en el cuarto de invitados y cuida del apartamento y de mis chicos. La empresa es de dos hermanas. Les doy mi calendario con mucha antelación y ellas se reparten las fechas en las que estoy fuera. Les encantan los perros. Y es genial para ellos, porque se quedan en su casa y así no les afectan tanto los cambios cuando me voy unos días. Una de las hermanas vende chuches caseras orgánicas para perros y cuando se queda en mi casa, las hace en mi cocina, así que prueban todos los sabores con ellos. A veces hasta creo que molesto cuando regreso.

—¿Tienes alguna foto? —Maggie se inclinó hacia él—. Si tienes alguna, te daré puntos extra. Los capullos no suelen llevar fotos de sus perros en el móvil.

Max se sacó el teléfono del bolsillo.

—Creo que también tengo unos cuantos vídeos en los que se los ve roncar. Son dos cerditos dormilones, aunque hay uno que ronca más fuerte que el otro.

Maggie me señaló y dijo:

—Ah, como Georgia.

—Yo no ronco.

Maggie respondió, impávida:

—Sí que ronca, sí. Y muy fuerte.

Me eché a reír.

—Cállate, anda, vamos a ver la foto.

Max introdujo la contraseña en el móvil y nos lo pasó al otro lado de la mesa.

Maggie lo cogió y parpadeó sorprendida.

—¿En serio me vas a dejar que mire las fotos de tu móvil, así, sin más?

—¿Por qué no? —respondió él, encogiéndose de hombros.

—No sé. Por lo general, cuando los chicos me dejan su móvil, no me quitan los ojos de encima, listos para quitármelo de las manos en cuanto he visto la foto que me querían enseñar.

Se echó a reír.

—No tengo nada que esconder.

Maggie empezó a pasar de una foto a otra.

Max señaló el móvil y dijo:

—Tiene que haber una carpeta por ahí que se llama «Perros». Me la creó mi sobrina mayor y tiene infinidad de fotos. Mis sobrinas me piden que les mande fotos de vez en cuando. Un día cometí el error de eliminarlas y la pequeña se echó a llorar, así que ahora las guardo todas.

Miré por encima del hombro de Maggie cuando abrió la carpeta y empezó a pasar de una foto a otra. En la mayoría de las imágenes salían solo los perros, pero Max también salía en unas cuantas. Me di cuenta de que mi amiga se detuvo cuando llegó a una foto en la que salía Max, sin camiseta y con una gorra de béisbol hacia atrás. Los abdominales se le marcaban bajo la piel dorada. Maggie me pilló y sonrió con suficiencia.

—¿Tienes guardado el número de Georgia? —preguntó ella.

—Sí.

Tocó la pantalla unas cuantas veces y mi móvil vibró en el bolso. Me guiñó el ojo y me dijo:

—He pensado que podrías usar la foto que te acabo de mandar para ponerla en su contacto. Por si se te olvida su aspecto.

Cuando acabamos de mirar las fotos de los perros, Maggie le devolvió el móvil.

—Tengo algunas preguntas más. Creo que intentabas distraerme con esas fotos tan adorables.

—Has sido tú la que ha sacado el tema —respondió Max.

—Eso no quiere decir nada —dijo ella, encogiéndose de hombros—. De acuerdo, siguiente pregunta. ¿Cuánto dirías que ha sido el máximo tiempo que has dejado comida en el suelo antes de recogerla y comértela?

—¿Sobrio o borracho? —preguntó Max con una ceja arqueada.

—Cualquiera de los dos.

Agachó la cabeza y respondió:

—Una vez me comí una oreo que había estado en el suelo unos cinco minutos. De hecho, me la acabé comiendo del fregadero. Solo quedaba una y mi hermano y yo nos estábamos peleando porque los dos la queríamos. Yo la había cogido del suelo y me la estaba llevando a la boca cuando mi hermano me dio un golpe en la mano y la galleta salió volando al otro lado de la cocina. Aterrizó en una olla grasienta que mi madre había usado para cocinar y había dejado en remojo. Creo que debió de flotar en el agua unos treinta segundos que pasamos pegándonos para ver quién llegaba a ella primero.

Maggie arrugó la nariz.

—Qué asco. Pero no te lo tendré en cuenta porque eras un crío.

Max hizo una mueca.

—Fue hace seis meses, cuando fuimos a comer a casa de mi hermano.

No pude evitar reír.

—Menos mal que has ganado puntos extra por acoger al pomerania de tus sobrinas y adoptar de la perrera —dijo Maggie—, porque acabas de perder un punto. Menuda guarrada.

Max hizo un gesto de desestimación con la mano.

—Sigue con tus preguntas. Ganaré, sé que puedo.

—Muy bien.

Maggie apartó la mirada unos segundos mientras daba golpecitos con los dedos en la mesa. A continuación, levantó el índice, y yo imaginé una bombilla gigante en un bocadillo de diálogo encima de su cabeza.

—Ya lo sé. Dime qué comida consumes con frecuencia.

—Qué fácil. Cereales.

—¿En serio? Esperaba algo menos raro, no sé, como pan o pollo, incluso pasta o arroz. No cereales.

—Pues sí, me encantan.

Maggie se encogió de hombros.

—Si tú lo dices. ¿Cuál es tu libro favorito?

—Supongo que el de *The Boys of Winter*.

—No sé cuál es.

—Es sobre el equipo de *hockey* olímpico de 1980.

Maggie puso cara de asco y me señaló.

—Parece igual de interesante que la bazofia que lee ella. Hace unos años la pillé releyendo *El Gran Gatsby*. ¿Se puede saber quién narices lee a F. Scott Fitzgerald si no es porque te obligan en el instituto? Y, en ese caso, te lo lees un poco por encima y te compras la edición con notas —añadió, negando con la cabeza—. Bien. Siguiente pregunta. Esta es doble o nada, así que más vale que aciertes. ¿Tienes intención de irte a vivir a Londres en un futuro cercano?

A Max se le marcaron los hoyuelos cuando me miró sonriendo.

—Ni pensarlo. No soy un tonto del bote.

—Respuesta correcta —dijo Maggie, con una sonrisa—. Dime algo que te guste pero que te dé vergüenza admitir.

Max agachó la cabeza otra vez.

—A veces veo Jersey Shore.

—Qué interesante. ¿Con quién preferirías pasar el rato, con Snooki o con JWoww?

—Con Snooki, sin duda.

Maggie suspiró y movió la cabeza de un lado a otro.

—Me lo temía.

—¿Qué pasa? ¿La respuesta correcta era JWoww?

—No... qué va. Eres perfecto para Georgia. Por eso no quiere salir contigo.

—¿Qué hago para que me haga caso? ¿No sujetarle la puerta cuando pasa y mirar a otras mientras me habla?

—No sé si eso servirá de algo.

—Eh... —Los miré a uno y después a la otra y me señalé con el dedo—. ¿Se os ha olvidado que estoy aquí o qué?

Maggie me guiñó el ojo. Agarró la copa de vino y se lo bebió de un impresionante trago. Dejó la copa en la mesa e hizo un ruido de satisfacción antes de levantarse de repente.

—Ha sido un placer, chicos.

Fruncí el ceño.

—¿A dónde vas?

—Mi trabajo aquí ha terminado. Creo que pasaré a ver al abogado de Aaron para que me dé un buen meneo. Tanta testosterona me ha puesto un poco tontorrona. —Se inclinó para darme un beso en la mejilla—. Pasadlo bien. —Se despidió de Max con la mano y añadió—: Cuida de mi chica, guaperas.

Sin decir nada más, dio media vuelta y se dirigió a la salida. Parpadeé, incrédula.

—Vaya, qué... interesante.

—¿Quién es Aaron?

—Su casi exmarido.

Max levantó las cejas.

—¿Va a acostarse con el abogado de su exmarido y no con el suyo?

—Sí. —Negué con la cabeza—. ¿Conoces esa cita que dice: «Nunca te acuestes enfadado, quédate despierto y trama una venganza»? Pues Maggie la ha reescrito: «Nunca te acuestes enfadado, quédate despierto y tírate a alguien para vengarte».

Max rio.

—Me cae bien. Parece una tía directa.

—Y que lo digas.

—Además...—Alargó una mano hacia mí y enlazó sus dedos con los míos—, ha conseguido que vinieras.

—Es cierto. Aunque me siento estafada ahora que sé que planeaba escabullirse. No sé cómo no lo he visto venir.

—Gracias por acercarte hoy al partido. —Me estrechó los dedos y miró mi camiseta—. Te queda muy bien mi equipación.

Sentí que se me revolvía el estómago, como siempre que me quedaba a solas con él. Este chico era demasiado *sexy*. ¿Quién estaba tan guapo a las once de la noche después de pasar horas haciendo deporte con intensidad? ¿Por qué no tenía moretones y manchas en la cara que lo hicieran parecer un poco más feo?

Miré nuestras manos entrelazadas.

—Me ha gustado llevarla. Pero... no creo que sea buena idea que sigamos quedando. Pareces un chico muy majo, pero lo mío con Gabriel... no sé cómo acabará.

—Pero no te importa usar Tinder para liarte con alguien o quedar con un chico que sabes que no te va a gustar.

—Me resulta más fácil, no sé por qué.

Max me miró a los ojos, pensativo.

—¿Y si te dijera que me iré a finales de verano?

Sentí una inesperada punzada de decepción en el corazón.

—¿Te irás?

Asiente.

—Todavía no se ha hecho público, pero se me acaba el contrato. Mi agente no ha cerrado nada todavía, pero esta mañana me ha dicho que jugaré con los Blades de California. Con ellos tengo más posibilidades de clasificarme en la postemporada.

—Vaya. ¿Cuándo te irías?

—Los entrenamientos no empiezan hasta la primera semana de septiembre, aunque me gustaría estar allí a principios de agosto como muy tarde, para ir adaptándome.

Max me miró con atención mientras yo asimilaba lo que me acababa de decir. Ya casi estábamos a finales de abril, así que le quedaban poco más de tres meses. Me mordí el labio inferior y dije:

—No sé...

—Pasa el verano conmigo. No busco nada serio, pero te aseguro que lo pasaremos bien. Además, tenemos una fecha de caducidad y eso hará que las cosas sean, como has dicho, más fáciles.

La oferta parecía muy tentadora, me apetecía conocer a gente. Al principio lo había hecho porque Gabriel salía con otras chicas, pero cuanto más pensaba en ello, más claro me quedaba que a lo mejor necesitaba plantearme la vida de otra manera. Hace un año tenía toda la vida planificada. A lo mejor lo que necesitaba era dejar de planear y de analizarlo todo y vivir un poco más, improvisar. Aunque eso sonaba genial, las palmas de las manos me sudaban.

—¿Me dejas que lo piense?

Max sonrió.

—Claro. Me gusta mucho más esta respuesta que un no rotundo.

Nos quedamos unas horas más hablando en el bar. Luego, Max paró un taxi y lo compartimos. Mi apartamento estaba de camino al suyo, así que le dijo al taxista que me llevara primero a mí. Cuando llegamos a mi edificio, sacó la cartera y le dio algo de dinero al conductor.

—Dame un par de minutos para que pueda acompañarla.

El taxista miró el billete y asintió.

—Claro, jefe.

Caminamos uno al lado del otro hasta la entrada del edificio.

—Estaré fuera los próximos cuatro días: tengo un partido en Seattle y otro en Filadelfia. Tengo una agenda bastante liada hasta el final de la temporada, pero ya está a punto de acabar. He invitado a unos amigos a casa el sábado que viene, por si te apetece venir. No quiero presionarte, pero… es mi cumpleaños.

—¿En serio?

Max asintió.

—Si quieres, puedes venir con Maggie o con quien quieras. Así no sentirás que es una cita, si no has tomado todavía una decisión sobre lo nuestro.

—Gracias.

Abrió la puerta del edificio y me acompañó hasta el ascensor.

—Gracias por las bebidas y por acompañarme a casa —le dije.

Cuando pulsé el botón de subir, Max alargó el brazo y me tomó la mano. Miró nuestros dedos entrelazados durante un buen rato antes de subir poco a poco los ojos. Se detuvo en mi boca y negó con la cabeza.

—Es la segunda vez que me despido de ti y cada vez se me hace más difícil no darte un beso de despedida. —Me miró a los ojos y la intensidad que irradiaba de ellos me dejó sin aliento—. Joder, me muero de ganas de besarte.

No pude decir nada, aunque me pareció que esperaba una respuesta. Mi cerebro estaba demasiado ocupado enviando corrientes eléctricas a través de mi cuerpo.

Sin apartar los ojos de los míos, Max dio un paso hacia mí, pensativo.

Por el rabillo del ojo vi que las puertas del ascensor se abrían. Estábamos justo al lado, así que los dos lo oímos a la perfección, pero no dejamos de mirarnos. Max se acercó un poco más.

Creo que en ese momento yo ya no respiraba.

Dio otro paso, estábamos tan cerca que nuestros pies se tocaban. Max levantó un dedo, despacio, y me recorrió el labio inferior de un lado al otro. Me acarició la barbilla y siguió bajando por el cuello hasta la clavícula. Dibujó un círculo con el dedo y dijo, como si se dirigiera a esa zona:

—No te voy a preguntar si me dejas que te dé un beso porque sería incapaz de controlarme si me dejaras. —Negó con la cabeza—. Quiero dejarte marcas por todo el cuerpo.

«Madre mía».

Max tragó saliva, y el movimiento de su nuez me dejó atontada, aunque eso no era nada en comparación con lo que sentía al ver cómo me miraba. Puede que los mareos tuvieran que ver con el hecho de que hacía rato que contenía la respiración.

Tenía la boca seca, así que me humedecí los labios. Max se fijó y gruñó. Oí un ruidito en la distancia, pero no entendí qué era hasta que Max detuvo la puerta con la mano. Señaló con la cabeza hacia el ascensor.

—Es mejor que te vayas —dijo entre dientes—. No quiero cagarla antes de que me des una oportunidad. Pero espero que pienses en la propuesta de verano que te he hecho.

—Lo haré. —Tuve que obligarme a entrar en el ascensor—. Buenas noches, Max.

—Dulces sueños, cariño. —Sonrió—. Yo sé que los tendré.

# Capítulo 5

## Max

—¿Qué tal, viejo? ¿Ya te estás aprovechando otra vez de un pobre chico para que haga tu trabajo?

Otto Wolfman se giró. Me hizo un gesto con la mano para que me fuera e intentó esconder una sonrisa.

—¿A quién llamas viejo? Mírate al espejo. ¿Sabes a quién no verás? Al delantero que os marcó tres goles el otro día. Creo que está en la soleada Filadelfia, disfrutando de un bocadillo tradicional de carne y queso.

*Au.* Eso había dolido. El otro día nos dieron una paliza en Filadelfia, aunque Otto y yo solo nos metíamos con el otro en broma. Me acerqué al banquillo de penalizaciones y le choqué la mano antes de darle un café. Otto Wolfman había sido el encargado de la pista de hielo durante los siete años que yo llevaba jugando en el Madison Square Garden, y durante los treinta y un años antes de que yo llegara. El viejo gruñón me recordaba muchísimo a mi padre, aunque nunca se lo había dicho. Todos los sábados por la mañana, llegaba una hora antes de que empezara el entrenamiento y le traía la bazofia de café que le gustaba del carrito al otro lado de la calle. Un día le traje un café del Starbucks. Nunca volví a cometer ese error.

Señaló al chico que conducía la pulidora.

—El muy idiota ha pagado diez mil dólares para poder pulir el hielo. ¿No te parece increíble? En una de esas subastas donde los ricos, tipos como los de Wall Street, hacen pujas para conseguir tonterías. ¿Qué debe de tener, veintitrés años? —Otto negó con la cabeza—. Pero en fin, es por una buena causa.

Miré hacia la pista. El chico que conducía la pulidora sonreía de oreja a oreja. Estaba disfrutando. Me encogí de hombros.

—Sobre gustos no hay nada escrito.

—Hoy tienes la mañana libre después del entrenamiento, ¿verdad?

—Sí. —Di un trago al café.

—¿Tienes planes?

Dije que no con la cabeza y reí.

—Al parecer, voy a dar una fiesta de cumpleaños.

Las cejas pobladas de Otto se juntaron cuando frunció el ceño.

—¿Cómo que «al parecer»? Lo dices como si no estuvieras seguro.

—Es que no tenía pensado dar una fiesta, pero lo usé como excusa para volver a ver a una chica.

—Sería más fácil que la invitaras a salir, ¿no crees?

Fruncí el ceño.

—Lo he hecho, varias veces, pero no está segura de querer salir conmigo. Por eso le dije que hoy daba una fiesta de cumpleaños en mi casa, para que pareciera algo más informal. Supuse que quizá aceptaría si sabía que no íbamos a estar los dos solos.

—¿Una mujer te ha rechazado? —Otto inclinó la cabeza hacia atrás de la risa—. Eso me ha alegrado el día.

—Vaya, gracias.

—¿Qué tiene de especial esa chica para que se te dé tan mal?

Era una muy buena pregunta. Tenía unos ojos grandes y verdes, la piel pálida y suave y un cuello largo y delicado que me hacía sentir como un maldito vampiro. Aunque con Georgia eso solo era un añadido. Lo que más me gustaba de ella era que parecía saber quién era y, aunque bromeaba al respecto, estaba orgullosa y no se avergonzaba de ello. Muchas mujeres fingían ser quienes no eran.

—Parece una chica auténtica —respondí, encogiéndome de hombros.

Otto asintió.

—La autenticidad está muy bien. Pero, escúchame, guaperas. Las cosas buenas cuestan trabajo. Cuando conocí a Dorothy, yo trabajaba en el centro, de segurata en un bar de chicas ligeritas de ropa. Por aquel entonces, era joven y guapo, y me lo pasaba de lujo con las chicas que trabajaban allí. Tuve que buscarme otro trabajo solo para que Dorothy aceptara salir conmigo.

—No me trago eso de que eras joven y guapo, pero entiendo lo que quieres decir.

—Los deportistas no os hacéis una idea de lo que es currárselo para salir con una mujer. He visto a las mujeres medio desnudas que se te acercan a la mínima. No te vendrán nada mal un par de golpes, tienes el ego más grande que una secuoya. Me gusta esta chica. Seguro que es muy inteligente.

—Puede que incluso demasiado para mí. Se sacó la carrera de empresariales en la Universidad de Nueva York y es la directora de su propia empresa.

—Mi Dorothy lleva treinta años siendo bibliotecaria. Ha leído más libros que cervezas me he bebido yo. Y ya sabes que me encanta la cerveza. Deja que te dé un consejo.

—A ver.

—Las mujeres inteligentes no se creen lo que les dices. Se creen lo que haces.

Asentí.

—Por una vez tienes razón.

Nos quedamos sentados uno al lado del otro mientras observábamos al chico que había pagado diez mil dólares por conducir la pulidora.

—Lo está haciendo bastante bien. —Le di un codazo—. Más te vale que te andes con ojo. Seguro que se puede permitir cincuenta mil dólares por reemplazarte.

Otto puso mala cara.

No pude evitar reír.

—Solo lo he dicho para vengarme por el comentario que me has hecho de Filadelfia. Dime, ¿cómo llevas el tratamiento?

Abrió y cerró las manos.

—No puedo quejarme, aunque siento hormigueo en las manos y los pies todo el tiempo. El doctor me dijo que la quimio daña los nervios. Espero que se me pase pronto.

Hacía un año que le habían diagnosticado cáncer de colon en fase cuatro. Estaba recibiendo tratamiento, pero no tenía muy buen pronóstico, sobre todo porque había hecho metástasis en cuanto dejó la primera ronda de tratamiento.

—¿Y qué puedes hacer? —pregunté.

—Tomar más medicamentos. El doctor me dijo que la fisioterapia me puede venir bien, pero la odio.

Sonreí. Los jugadores de *hockey* se pasaban media vida en la consulta del fisioterapeuta. A mí tampoco me gustaba. «Dime qué ejercicios tengo que hacer y déjame en paz».

—¿Y has probado la acupuntura?

—¿Eso es lo de las agujas? Pero si lo que yo quiero es que me pinchen menos, capullo. ¿Sabes qué me vendría bien?

—¿Qué?

—Un clima más cálido. Si sabes de alguien que busque un gestor de instalaciones en la costa oeste, háblale bien de mí.

Negué con la cabeza y sonreí. Otto no se iba a ir a ningún lado y eso lo sabíamos los dos. Todavía no le había contado que estaban negociando mi traslado al equipo de Los Ángeles, pero debía de haberse enterado de algún modo.

—Parece que las paredes hablan, aunque nunca he dicho nada sobre otro equipo en este edificio.

Otto se levantó, puso las manos a ambos lados de la boca y gritó:

—¡Deja las putas fotitos mientras conduces! —Se volvió a sentar, refunfuñando—. Parecen idiotas con los teléfonos.

Sonreí. Efectivamente. No se me ocurría mejor forma de empezar la mañana del sábado que pasando un rato con Otto.

—Gracias por ayudarme.

Jenna dejó una bandeja con verduras en la mesa del comedor. Se sacudió las manos para limpiárselas y miró a su alrededor.

—La palabra ayudar implica que tú has hecho algo.

Alargué el brazo para coger una zanahoria de la mesa, pero me dio una palmada en la mano.

—Son para los invitados.

—¿Y tendré que esperar a que lleguen para comer?

—Puedes comerte una, pero no la mojes en la salsa. Me ha quedado muy bien.

El marido de Jenna, Tomasso, se acercó con una sonrisa.

—No te deja que la mojes, ¿no? Ya te avisé de que estaba loca cuando se ofreció a ayudarte.

Jenna puso los brazos en jarras.

—¿Me has llamado loca? La próxima vez que quieras invitar gente a casa te encargarás tú de que todo quede bien. Seguro que a tus invitados les encantan las galletas saladas y el queso de untar.

La mujer medía poco menos de metro sesenta, y su marido le sacaba por lo menos una cabeza. A pesar de eso, Tomasso se metió las manos en los bolsillos y puso cara de enfurruñado.

—Lo siento, nena.

Reí.

—¿Y tú de qué te ríes? —preguntó, apuntándome con el dedo—. Ocúpate de esa bola de pelo. No hace más que intentar subirse a la mesita donde he puesto los embutidos.

Levanté las manos a modo de rendición.

—Sí, señora.

Llevé los perros a la cocina y les di de comer, aunque eso no evitaría que intentaran robar algo.

Al cabo de un rato, llegaron los primeros amigos. Había invitado solo a doce personas, bueno, los había invitado Jenna. Dijo que era el número idóneo para que contara como una fiesta, pero no para que tuviera que pasar la noche haciendo de anfitrión, lo que me impediría pasar más tiempo con Georgia.

No se lo discutí, porque ella se estaba encargando de todo, aunque solo venían mis amigos, y a ellos les daría igual que los ignorara. Y eso era lo que planeaba hacer en cuanto llegara Georgia. La chica me había cautivado.

Alrededor de las ocho casi todo el mundo había llegado, excepto la persona por la que había organizado la fiesta de mentira. Tenía el móvil cargando en la cocina, así que fui a ver si me había mandado algún mensaje.

Tenía una llamada perdida a las seis y media y un mensaje sobre las siete.

**Georgia:** Hola. Solo quería asegurarme de que has oído mi mensaje. Siento haber cancelado a última hora.

«Mierda».

Fui al contestador y reproduje el mensaje:

«Hola, soy Georgia. Siento llamar a última hora, pero al final no podré ir esta noche. Ayer empecé a encontrarme mal y esta mañana me he levantado con el cuerpo dolorido y muy cansada. Me he tomado un analgésico hace un rato y me he echado para ver si me encontraba mejor, pero me acabo de despertar. Nunca duermo la siesta, así que no esperaba pasarme tres horas durmiendo, sino te habría llamado antes. Me duele un poco la garganta y tengo unas décimas de fiebre. Siento mucho tener que cancelar el día de tu cumple, pero no voy a poder ir. Lo siento, Max. Espero que lo pases muy bien».

Fruncí el ceño. «Qué putada». Al leer el mensaje, había asumido que era una excusa para no venir, pero se le notaba en la voz que no se encontraba bien, y eso me provocaba un dolor en el pecho. Decidí devolverle la llamada, me apoyé en la encimera y esperé a que contestara.

Cuando el tono sonó por tercera vez, pensé que me iba a saltar el contestador, pero respondió. Su voz se oía peor que en el mensaje del contestador.

—Hola —dijo con voz ronca.

—No suenas muy bien.

—Ya, no me encuentro bien. Me duele al tragar y siento que la cabeza me pesa un montón. Siento mucho no poder ir.

—No te preocupes. Es una pena que estés enferma.

—Hacía años que no me ponía enferma, ni siquiera con un catarro. Soy como un bebé grande cuando me encuentro mal. Seguro que piensas que soy una floja, los jugadores de *hockey* estáis acostumbrados a salir al campo con huesos rotos y todo tipo de lesiones.

—No, no tiene nada que ver.

Rio.

—Gracias por mentir. ¿Qué tal va la fiesta?

—Bien. Cuatro está haciendo jugarretas de las suyas, como siempre. Ha perfeccionado su carita de pena y pone ojitos a las mujeres, que siempre se lo tragan. Se sienta a sus pies y las mira hasta que lo cogen y le dicen lo mono que es. Luego mira lo que están comiendo como si hiciera un año que no come nada y, claro, nueve de cada diez veces me regañan por no darle suficiente comida. Y el tío tiene el cuenco a rebosar de comida en la cocina. Si fuera un hombre, sería uno de esos tíos que preparan timbas amañadas para timar a los turistas en la estación de Pensilvania.

Georgia se echó a reír, pero la carcajada acabó convirtiéndose en un ataque de tos.

—Vaya, disculpa.

—No pasa nada.

Suspiró.

—Tenía muchas ganas de conocer a Cuatro.

—Él también tenía ganas de conocerte. Tendrás que compensárselo de alguna manera.

—¿Solo a él? ¿Qué me dices del cumpleañero? —preguntó, y se notaba que lo decía con una sonrisa en la voz.

—Bueno, si te ofreces…

Jenna entró en la cocina y dijo:

—Acaba de llegar el *catering* con los platos calientes para la cena.

—Un momento. —Tapé el micrófono del móvil—. Por favor, diles que lo traigan todo a la cocina. Ahora voy.

—Vale. ¿Puedes abrir otra botella de vino tinto?

—Marchando.

En cuanto Jenna cerró la puerta de la cocina, retiré la mano del micrófono.

—Disculpa.

—Pareces muy ocupado, será mejor que hablemos en otro momento.

Aunque no quería dejar de hablar con ella, sabía que debía hacerlo.

—Bueno, vale. Te llamaré mañana para ver cómo te encuentras.

—Pásalo muy bien y feliz cumpleaños, Max.

—Gracias. Mejórate y descansa.

Cuando colgué el teléfono, pagué a los del *catering* y abrí unas cuantas botellas de vino. Intenté entablar conversaciones un par de veces, pero tenía la cabeza en otra parte. Por eso, cuando vi que Jenna iba a la cocina con una bandeja vacía, la seguí.

—¿Quedaría muy mal si me escapara de mi fiesta una hora o dos?

—¿A dónde quieres ir?

—A casa de Georgia. No se encuentra bien.

—Me preguntaba por qué no había venido. ¿Lo haces porque crees que miente y quieres ver si de verdad está en casa?

Negué con la cabeza.

—No, la creo. He pensado que podría llevarle un poco de sopa y pastillas para la garganta.

—Te gusta de verdad, ¿eh? —comentó Jenna, sonriendo.

—Sé que me arrepentiré de habértelo contado, pero… el único motivo por el que he organizado la fiesta ha sido porque Georgia no quería salir conmigo, pero aceptó la invitación a la fiesta.

Jenna sonrió todavía más y cantó:

—Al guaperas le han dado calabazas.

—¿Por qué os alegráis todos de que me rechacen?

—Porque nos gusta ver que te tratan como a un mortal más, ya sabes, como nos tratan a todos.

Puse los ojos en blanco.

—¿Me vigilas el fuerte una hora o dos? Solo tienes que darles de comer y de beber.

Jenna movió la mano y dijo:

—Lárgate.

Me incliné hacia ella y le di un beso en la mejilla.

—Gracias, Jen.

Cuando estaba a punto de salir por la puerta de la cocina, Jenna gritó:

—Espera.

Me di media vuelta hacia ella.

—Llévate a Cuatro. A las chicas les encanta.

Creo que me he pasado un poco.

Llevaba tantas cosas que tuve que dejar dos de las bolsas en el suelo para llamar a la puerta del apartamento de Georgia. Había decidido no decirle que iría, aunque en ese momento pensaba que a lo mejor no había sido buena idea. No quería salir conmigo, pero acababa de plantarme en la puerta de su casa, después de buscar su nombre en el buzón como si fuera un acosador. Aunque al principio me había parecido una buena idea, ahora pensaba que tal vez era un gesto un tanto temerario.

A tomar por culo. Ya estaba allí y llevaba suficientes medicamentos para abrir una farmacia pequeña, así que llamé a la puerta.

En cuanto lo hice, noté que se me aceleraba el corazón, como cuando a los trece me quedé a solas en el cine con Amy Chase. ¿Qué demonios me pasaba? No estaba seguro, pero cuando vi que nadie abría la puerta de inmediato, me planteé si debía llamar otra vez. ¿Y si estaba durmiendo? No quería despertarla si estaba descansando. Justo cuando tomé la decisión de marcharme a casa si no abría la puerta en el siguiente minuto, alguien abrió la puerta del apartamento de al lado. Cuatro empezó a ladrar como un loco y sus ladridos agudos inundaron el pasillo e hicieron que el hombre mayor que acababa de salir diera un bote. El susto fue tal que casi se cae. Intenté calmar al perro guardián de menos de tres kilos y me disculpé con el vecino. Estaba intentando callar a Cuatro cuando la puerta de Georgia se abrió de par en par.

—¿Max? ¿Qué haces aquí? —preguntó con el ceño fruncido.

Me agaché y agarré las bolsas llenas de suministros, se las mostré como si fueran una ofrenda de paz.

—Te he traído sopa y pastillas para la garganta. Y… más cosas.

Intentó alisarse un mechón despeinado que tenía en la parte alta de la cabeza.

—Estoy hecha una mierda.

Georgia llevaba un batín rosa peludo, la cara lavada y unas gafas grandes con la montura oscura que se le torcían en la cara. Tenía los ojos hinchados y la nariz roja, pero incluso así estaba guapa.

Alargué el brazo y le puse bien las gafas.

—Estás muy mona.

—Te voy a pegar el resfriado.

—Correré el riesgo. —Estaba pálida y sudada, así que le puse la mano en la frente—. Tienes fiebre.

—Se me han acabado los analgésicos.

—Entonces tienes suerte de que esté aquí. ¿Puedo pasar?

Miró a Cuatro y dijo:

—Oh, Dios mío, es la cosita más mona que he visto en mi vida.

Mentalmente choqué un puño conmigo mismo. «Bien visto, Jenna». Le mandaría un ramo de flores para darle las gracias.

Georgia abrió la puerta un poco más y se apartó con las manos levantadas.

—¿Puedo cogerlo o, mejor, quedármelo para siempre?

«O un coche. Quizá Jenna prefiera un coche».

El apartamento era muy bonito: tenía un comedor con las paredes de ladrillo visto, una cocina grande con electrodomésticos de acero inoxidable, techos altos y, como es obvio, ramos de flores por toda la casa. Además, olía de maravilla. Me dirigí a la encimera de la cocina y empecé a sacar todo lo que había comprado en la farmacia. Encontré los analgésicos, abrí el bote y cogí dos pastillas. Luego saqué una botella de agua de la nevera, la abrí y me dirigí hacia la sala de estar. Georgia estaba en el sofá y tenía a Cuatro sobre el regazo.

—Toma —dije.

—Muchas gracias. —Se tragó las pastillas y bebió un sorbo de agua.

—¿Tienes hambre? He traído sopa de pollo.

Negó con la cabeza.

—No he tenido hambre en todo el día. Aunque a lo mejor como algo de todos modos, pero cuando acabe de mimar a esta cosita.

Le rascó la cabeza con las uñas, y Cuatro se acurrucó contra sus pechos. Con la cara en el escote, la bola de pelo me miró. Juraría que lo hacía para darme envidia.

«Sí, me muero de estar ahí, cabroncete».

Cogí la otra bolsa y me senté junto a Georgia en el sofá.

—Al lado de la farmacia hay una tienda de discos. En un cartel ponía que también vendían películas, aunque no tenían gran cosa. —Metí la mano en la bolsa y saqué dos de las tres películas que había comprado—. Esta es muda, pero esta no. No sabía cuál preferirías.

Georgia abrió la boca de par en par.

—¿Son en blanco y negro? ¿Cómo sabías que me gustan las películas antiguas?

—Lo comentaste el día que nos conocimos.

—¿Ah, sí?

Asentí.

—Creo que lo dijiste cuando te quejabas de que no tenías nada en común con el chico de la cita a ciegas.

—No me acuerdo ni de eso.

Me encogí de hombros.

—También he traído esta.

Georgia me arrancó la película de las manos, riendo.

—¿*La amenaza fantasma*? ¿No dijiste que esta era la peor de todas las de *La guerra de las galaxias*?

—Sí, pero he pensado que a lo mejor me volvía a dar suerte —dije, moviendo las cejas con picardía.

Georgia sonrió.

—¿Quieres intentar meterme mano cuando estoy enferma?

Levanté las manos.

—No era mi intención, pero si es lo que quiere el de arriba…

Rio y se puso la mano en la garganta.

—Ay… no me hagas reír que me duele.

Vaya, su sonrisa hizo que sintiera una sensación extraña en el pecho. Pensé que a lo mejor yo también me estaba poniendo enfermo.

Georgia levantó a Cuatro en el aire y sonrió al mirarle la cara.

—No puedo creer que este sea tu perro. Es tan adorable. Ya me hago una idea de las reacciones que provocáis cuando salís a pasear. ¿Se ha desmayado alguna mujer al veros?

Cuando sonreí, Georgia me apuntó con un dedo a las mejillas.

—Más vale que escondas los hoyuelos, Yearwood. Estoy muy débil y no sería justo.

—Sí, señora —dije con una sonrisa todavía más grande, asegurándome de mostrarle aquello que, al parecer, tanto le gustaba.

Georgia acarició la cabeza de Cuatro.

—Me sorprende que la fiesta haya terminado tan pronto. Solo son las nueve.

Moví la cabeza de un lado al otro.

—No se ha acabado. Me he escapado un ratito.

—¿Te has ido de tu fiesta de cumpleaños?

Me encogí de hombros.

—Tienen comida y bebida de sobra. La mayoría ni se dará cuenta de que me he ido.

—Me parece increíble que te hayas ido de tu propia fiesta para venir a hacer de enfermero.

Me incliné hacia ella y le pregunté:

—¿Te cuento un secreto?

—Dime.

—Solo organicé la fiesta por ti.

Georgia dejó de acariciar al perro.

—¿Lo dices en serio?

Asentí.

—Pero el plan no me ha salido del todo bien.

—No te entiendo.

—¿Qué es lo que no entiendes?

—Puedes entrar en una sala llena de mujeres guapísimas y solteras y acurrucarte con la que quieras. ¿Por qué prefieres arriesgarte a enfermar por una chica que tiene un montón de asuntos pendientes?

Me encogí de hombros.

—No lo sé. No podemos controlar la química, supongo. ¿Acaso puedes decir, con sinceridad, que no sientes nada cuando estamos juntos?

—Bueno, sí, ya he admitido que me atraes.

—La química es mucho más que atracción. Quería pasar un rato contigo, aunque solo sea estar aquí sentados.

Me observó. Parecía que intentaba discernir si le estaba contando un cuento chino o no. No sé si acabó sacando alguna conclusión, porque empezó a estornudar. No una, ni dos, sino muchas veces. Cada vez que estornudaba, la mata de pelo castaño que tenía recogido en un moño sobre la cabeza se movía de un lado al otro y de delante hacia atrás. Alargó la mano hacia la mesita de café, agarró una caja de pañuelos y enterró la cara en ellos hasta que dejó de estornudar.

—Jesús —dije.

—Gracias. —Todavía tenía la nariz y la boca cubiertas con los pañuelos cuando me miró con ojos llorosos—. ¿Todavía sientes la química?

Sonreí.

—Tengo que admitir que me parece muy gracioso que se te mueva el moño de delante hacia atrás.

Georgia rio y se sonó la nariz.

—Creo que te han dado demasiados golpes en la cabeza, guaperas.

—Puede ser. —Noté la llamada de la madre naturaleza, así que miré a mi alrededor—. ¿Te importa que vaya al lavabo?

Georgia señaló hacia el pasillo.

—Claro que no. Es la primera puerta a la derecha.

Cuando acabé y me lavé las manos, me giré para secarme con la toalla. Sin embargo, en la barra donde normalmente se cuelgan las toallas, había otra cosa: tangas de encaje. Dos negros, dos de color crema y uno rojo. Los miré durante más rato del que se consideraría apropiado. Durante unos segundos, incluso me pregunté si se daría cuenta de que le faltaba uno. Me sequé las manos en los pantalones y me obligué a salir del lavabo, como habría hecho una persona respetable.

Cuando regresé, Georgia estaba tirada en el sofá, bostezando.

—¿Por qué no tomas un poco de sopa? Te pongo una de las películas y te dejo descansar.

—¿No quieres comer conmigo?

No había comido nada desde que me había ido de la fiesta, así que asentí.

—Vale.

Georgia quiso ponerse de pie, pero levanté la mano.

—No te muevas, yo me encargo.

—Gracias.

En la cocina, busqué por los armarios hasta que encontré los cuencos. Luego seguí buscando para ver si tenía galletitas saladas. No tenía, y comprobé que su reserva de alimentos era bastante escasa en general.

—Veo que no cocinas a menudo. —Le pasé un cuenco de sopa, una cuchara y me senté a su lado en el sofá con mi bol—. Tienes los armarios casi vacíos.

—Ya. No cocino casi nada. A menudo trabajo hasta tarde y cocinar para una persona es un rollo.

—¿Estás insinuando que te encantaría cocinar algo para mí? Porque si es así, acepto.

Soltó una risita.

—¿Y tú qué? ¿Cocinas a menudo?

—¿Ahora quieres que sea yo el cocinero? Decídete, mujer.

Sonrió de oreja a oreja. Podría pasarme toda la noche respirando sus gérmenes si seguía sonriendo así. Aunque tuviera la piel pálida y los ojos hinchados, seguía queriendo besarla. Tuve que fijar la vista en la sopa.

Cuando terminamos, llevé los cuencos al fregadero y los lavé. Luego tomé una de las películas y busqué en la sala de estar.

—¿Tienes un reproductor de DVD?

Asintió y señaló el mueble debajo del televisor.

—Ahí dentro.

—Menos mal. Cuando he comprado las películas, he dado por hecho que tenías uno. Por lo general, alquilo las películas directamente en la tele cuando quiero ver algo.

—En las plataformas digitales no tienen muchas películas antiguas. Siempre tengo que comprar los DVD.

El mueble debajo de la televisión estaba a rebosar de cintas de vídeo y libros. En la parte de arriba había unos cuantos marcos de fotos en los que no me había fijado. Me agaché y agarré una foto de Georgia y Maggie en lo que supuse que era la boda de la segunda, ya que llevaba un vestido de novia.

—Estás preciosa en esta foto.

Georgia hizo una mueca.

—¿Quieres decir en comparación con el aspecto que tengo ahora?

—No. Ahora también estás guapa. Los mocos en la cara te favorecen mucho.

Puso los ojos como platos y se limpió las mejillas.

Sonreí y dije:

—Es broma.

Me miró con los ojos entrecerrados y movió la cabeza de un lado al otro.

Examiné las demás fotos. Había una en la que llevaba una toga y un birrete y posaba junto a su madre en la fiesta de graduación de la universidad; una foto que me dijo que era de su abuela; y otra en la que Georgia salía cortando un lazo con unas tijeras grandes. Georgia me contó que era la inauguración del primer centro de distribución de su empresa. Cuando vi que la última foto estaba boca abajo, miré a Georgia y le pregunté:

—¿Se ha caído?

Negó con la cabeza.

—Es una foto con Gabriel. La tumbé un día que nos peleamos antes de que se mudara, y supongo que se me ha olvidado volver a colocarla.

Teniendo en cuenta que hacía ocho meses que Gabriel se había ido y que el marco no tenía ni una pizca de polvo, supuse que no era algo que solo se le hubiera olvidado. Tenía curiosidad por ver al tío, así que toqué la foto y miré a Georgia.

—¿Te importa que le eche un vistazo?

Negó con la cabeza, así que giré la foto. Aunque no había pensado en qué aspecto tendría el ex, era justo como me había imaginado: alto, delgado y bastante guapo… Llevaba unas gafas con montura de carey que confirmaban que era profesor de filología, vestía una camisa blanca con una rebeca y pantalones formales. Georgia estaba de perfil, con la cabeza inclinada hacia él, mirándolo con una sonrisa de veneración en el rostro. De repente, sentí celos.

Cuando miré a Georgia, vi que me observaba. En lugar de devolver la foto a su sitio, la escondí en el mueble, entre los libros. Me di media vuelta y le guiñé un ojo.

—Me he deshecho de ella por ti.

Sonrió y dijo:

—Qué amable.

Cuando terminé de preparar el DVD, agarré el mando y me senté en el sofá de nuevo. Georgia parecía encontrarse mejor, así que le puse una mano en la frente.

—Creo que ya no tienes fiebre.

—La verdad es que me encuentro mejor. Creo que han debido de ser la sopa y los analgésicos. Gracias.

Cuatro estaba tumbado sobre su regazo roncando mientras ella le acariciaba el pelo. Negué con la cabeza.

—Tiene mucho cuento.

Vimos la película sentados uno al lado del otro. Georgia apoyó la cabeza sobre mi hombro y llegó un momento en el que me di cuenta de que Cuatro no era el único que roncaba. Georgia también se había quedado frita, así que apagué el televisor e intenté levantarme del sofá sin despertarla, aunque, cuando conseguí ponerme en pie, Cuatro empezó a moverse en su falda y la despertó.

Lo tomé en brazos y dije:

—Duerme. La bola de pelo y yo nos vamos.

Se frotó los ojos.

—Ah, bueno.

—¿Quieres que te lleve a la habitación?

—Creo que me quedaré a dormir en el sofá.

Agarré un cojín que se había caído al suelo y lo puse en un extremo del sofá. A continuación, le levanté las piernas y la guie para que se girara y se tumbara.

Colocó las manos entre la cara y el cojín y se puso en posición fetal.

Me agaché y le di un beso en la mejilla.

—Buenas noches, cariño. Que te mejores.

—Gracias. —Cerró los ojos—. Oye, Max.

—Dime.

—Feliz cumpleaños. Te debo una noche de juerga por haberte estropeado la fiesta.

Sonreí.

—Te tomo la palabra.

# Capítulo 6

## *Max*

—Tengo dos noticias para ti —dijo mi agente, Don Goldman, recostado en la silla con las manos detrás de la cabeza y una sonrisa de suficiencia—. ¿Qué quieres primero, la buena o la buenísima?

—Sorpréndeme.

—Empezaré por los patrocinadores y dejamos lo mejor para el final. ProVita quiere prorrogar el contrato de la bebida isotónica. También hemos recibido ofertas de Nike, una empresa de relojes deportivos y de Remington, que, por algún motivo que no acabo de entender, quieren que salga tu careto en sus anuncios de cuchillas eléctricas. En total, estamos hablando de casi tres millones y medio.

—¡Joder!

—Y eso que estás en un equipo que ni siquiera llega a las eliminatorias. Imagínate cuánto ganarías si jugaras en un equipo mejor.

—Sí, qué barbaridad.

—Sé que te gusta probar los productos antes de decidir, así que le he pedido a Samantha que te los prepare todos para que te los puedas llevar o, si lo prefieres, le puedo pedir que te los mande a casa.

—Me parece bien.

Don se reacomodó en el asiento y puso las manos sobre el escritorio.

—Ahora hablaremos de dinero de verdad. Hemos negociado con tres cifras: el mínimo que aceptarías, lo que te gustaría cobrar, y el salario de tus sueños. —Agarró un bolígrafo, escribió un número en una nota adhesiva y me la acercó.

La levanté para confirmar que había visto bien el número.

—¿Lo dices en serio?

—Sería un contrato de ocho años. Enhorabuena, te vas a convertir en uno de los jugadores mejor pagados de la Liga Nacional de Hockey.

Esperaba que me hicieran una buena oferta, pero no había imaginado algo así. Ya no era un jovencito de veintitrés años, y no es común que te ofrezcan un contrato tan largo a los veintinueve.

—Joder, qué pasada.

Don sonrió.

—Creo que quieres decir que tu agente es una pasada.

—Lo que tú digas. Puedes atribuirte el mérito, si quieres. De hecho, por esa cantidad de dinero, llevaría una camiseta donde pusiera «mi agente es una pasada».

Volvió a reír.

—Encargaré un par.

—¿Y qué pasa con las pruebas físicas? ¿La cifra viene acompañada de algún tipo de condición?

—Lo de siempre. Tendrás que hacerte análisis, un electrocardiograma, un examen físico y una revisión con el ortopedista. —Don entrecerró los ojos—. No es la primera vez que me sacas el tema de los médicos. ¿Hay algo que quieras contarme?

Negué con la cabeza y tragué saliva.

—Nada.

Me miró fijamente a los ojos.

—¿Estás seguro?

—Sí.

—Está bien. Me llevará un tiempo cerrar el trato, y ellos tienen que hacer unos cambios para ceñirse al límite salarial. Pero te quieren en su equipo y la oferta ya es definitiva.

Después me quedé un rato para hablar de todos los negocios que se rumoreaba que estaban haciendo otros agentes. A Don le encantaba hablar de negocios, sobre todo porque entre sus clientes tenía muchos peces gordos y las ofertas de los demás agentes dejaban mucho que desear en comparación con las suyas. Pero era cierto que merecía una palmadita en la espalda. Se había dejado la piel, y su trabajo se le daba muy bien.

Cuando iba al entrenamiento, mi hermano me llamó.

—¿Cómo estás, monaguillo? —preguntó.

Tate me había apodado así después de un desafortunado incidente cuando tenía seis años y él, once. Mis padres habían salido por la noche y él me convenció de que teníamos otro hermano al que no conocíamos y que era un año mayor que él. Me dijo que el niño se había vuelto loco y que vivía en el cobertizo que teníamos en el patio. Yo no tenía ni idea, pero sí que había alguien o, mejor dicho, algo viviendo allí: una familia de mapaches que mi padre había descubierto ese mismo día y de la que todavía no se había deshecho. Había dejado la puerta del cobertizo abierta con la esperanza de que se fueran por su propio pie.

La cuestión es que, cuando se hizo de noche, Tate me hizo salir al jardín y cerró la puerta. Empecé a llorar y a dar golpes porque me daba miedo que el hermano que había perdido la cabeza viniera a por mí. Entonces, escuché un ruido a mi espalda y, cuando me di la vuelta, vi unos ojos que brillaban en la oscuridad del cobertizo. Me asusté muchísimo y me puse a llorar y a gritar, pero Tate me dijo que no me dejaría entrar si no me ponía de rodillas y rezaba tres avemarías. Como era de esperar, me grabó desde la ventana, y cuando se lo enseñó a mis otros hermanos, empezaron a llamarme monaguillo.

—¿Qué tal, comemierda?

—Te llamé para felicitarte, pero no contestaste.

—Perdona. Estaba viendo una película y puse el móvil en silencio. Cuatro se había quedado dormido y cuando se despierta de un susto, se mea. No me apetecía que se me meara encima.

—Vaya… por lo que veo, tu perro es como tú de pequeño.

—Que te den.

Si alguien escuchara nuestra conversación, pensaría que no nos llevábamos bien, pero tenemos muy buena relación.

—¿Celebraste tu cumpleaños viendo una película? Madre mía, te estás haciendo viejo. Pensaba que no me habías cogido el teléfono porque estabas de fiesta con alguna de esas chicas que intentan cazar a los jugadores de *hockey*. Bueno, te llamaba para confirmar que la cena de mañana sigue en pie. No porque quiera ver tu cara de culo, sino porque las niñas no paran de preguntar si Cuatro vendrá.

—Ahí estaremos.

—Muy bien. Nos vemos mañana, entonces.

Cuando colgué, recibí un mensaje que hizo que me vibrara el móvil.

**Georgia:** Hola. Quería darte las gracias una vez más por lo de anoche. Fuiste muy amable al traerme tantas cosas.

Respondí:

**Max:** El placer es mío. ¿Cómo te encuentras?

**Georgia:** Mucho mejor. Ya no tengo fiebre y ya casi no me duele la garganta. Me siento menos cansada, así que a lo mejor voy a la tienda de bricolaje a por una pistola de encular para arreglar la bañera.

Arqueé las cejas. «¿Una pistola de encular?».

Antes de que me diera tiempo a responder, recibí otro mensaje.

**Georgia:** Madre mía. Maldito autocorrector. Una pistola de encolar, quería decir encolar. Ja, ja…

Solté una risita y respondí:

**Max:** Qué pena. Te iba a proponer pasarme por tu casa con mi pistola de encular para ayudarte.

**Georgia:** Ja, ja. Bueno, ya me encuentro mucho mejor. Gracias.

**Max:** Me alegro.

**Georgia:** Me sabe mal haberte fastidiado el cumpleaños.

Tuve una idea.

**Max:** ¿Cómo de mal? ¿Quieres compensarme de alguna manera?

Vi que estaba escribiendo. Se detuvo durante un minuto antes de continuar.

**Georgia:** Creo que es mejor que no conteste que sí hasta que sepa a qué te refieres.

Sonreí. «Chica lista».

**Max:** Nada raro. Pero no me vendría nada mal que me acompañaras mañana por la noche. Tengo una cena de cumpleaños en casa de mi hermano. Si vienes, mi cuñada no se pasará la noche hablándome de sus amigas e intentando emparejarme con alguna.

**Georgia:** Ja, ja. Una cena de cumpleaños en casa de tu hermano parece un plan bastante inofensivo. De acuerdo, iré. Es lo mínimo que puedo hacer después de fastidiarte el cumple.

**Max:** ¿Puedes salir de trabajar a las cuatro? Está a una hora de aquí.

**Georgia:** No creo que haya problema. Mi jefa es bastante guay.

**Max:** Y tiene muy buen culo ;) Hasta mañana.

Y yo que pensaba que mi día no podía mejorar.

# Capítulo 7

## *Georgia*

—¿Cómo ha ido con la pistola de encular? —Max me miró con una sonrisa de suficiencia antes de volver a fijar la vista en la carretera.

Reí.

—Ha ido bien. Aunque creo que tengo que confesar algo. A veces cuesta entender mis mensajes porque uso el asistente de voz para leerlos y responder. Es más rápido porque tengo dislexia, pero creo que debería ir con más cuidado.

Max se encogió de hombros.

—Por mí no hace falta. Hazlo como te sea más cómodo. Ya supuse que había sido el corrector. De todos modos, si algún día te hace falta una pistola de encular, soy tu hombre.

Sonreí.

—Lo tendré en cuenta.

—¿Cómo es eso de tener dislexia?

—A veces es muy frustrante. ¿Alguna vez has intentado leer cuando ibas muy pedo? ¿Tanto que te cuesta descifrar las palabras y entrecierras los ojos para verlas mejor, pero, como te cuesta tenerte en pie, no acabas de concentrarte? Es como si vieras un montón de símbolos que no tienen mucho sentido.

—¿Es una pregunta trampa para juzgarme como persona?

Fruncí el ceño y respondí:

—No.

—Pues sí que me ha pasado.

Me eché a reír.

—Así me siento yo cuando leo.

—Aunque no parece haberte frenado en tu carrera.

Negué con la cabeza.

—Creo que, de algún modo, me ha ayudado. Me enseñó lo que era la ética laboral desde muy joven.

Max puso el intermitente y tomó la salida hacia el aeropuerto.

—Eh… ¿A dónde vamos?

Sonrió.

—Ya te lo he dicho. A casa de mi hermano a cenar.

Miré a mi alrededor.

—¿Acaso vive en el aeropuerto?

Max se había presentado delante de mi casa con un Porsche descapotable negro y elegante. Cuatro iba en el asiento de atrás en un transportín. Me había dicho que tardaríamos una hora en llegar a casa de su hermano, así que supuse que vivía en Westchester o en Long Island.

—Mañana entreno a las ocho de la mañana. Te prometo que no llegaremos tarde.

—Pero ¿a dónde vamos?

—Ya lo verás.

Dejamos atrás varias señales de colores que diferenciaban las terminales del aeropuerto, pero Max no siguió ninguna. En lugar de eso, condujo hacia un área que parecía industrial donde había una combinación de hangares y edificios de oficinas. Cuando pasamos unos cuantos bloques, aparcó en un estacionamiento.

—¿Ya hemos llegado? —Miré el cartel que colgaba del edificio—. ¿Qué es «Empire»?

Sonrió con satisfacción.

—Te pone de los nervios, ¿verdad?

Un hombre que vestía pantalones y un polo salió del edificio, caminó directo hacia el coche de Max y abrió la puerta del conductor.

—Buenas tardes, señor Yearwood. Lo tenemos todo listo.

Max apagó el motor y le lanzó las llaves.

—Gracias, Joe. —Salió del vehículo y corrió hacia mi lado para abrir la puerta, me ofreció una mano para ayudarme a salir. A continuación, tomó al perro del asiento de atrás.

—¿No te había dicho que mi hermano vive en Boston? Empire es una empresa de aviones privados.

—¿Tienes un avión privado?

Negó con la cabeza.

—Es del dueño del equipo, pero nos deja usarlo cuando lo necesitamos.

Max no me había soltado la mano desde que me había ayudado a salir del coche. Entrelazó sus dedos con los míos y entramos agarrados de la mano.

—Nunca he estado en un avión privado. Estoy impresionada —dije—. Pero no voy a acostarme contigo.

—¿Entonces les pido que recojan los pétalos de rosa que han puesto en la cama?

Me detuve.

—Es broma, ¿no?

Max me guiñó el ojo.

—Claro que sí. El vuelo a Boston solo dura cuarenta minutos. Voy a necesitar mucho más tiempo cuando consiga tenerte debajo.

⊰⊱

Cuando aterrizamos, un coche de lujo negro nos esperaba en el asfalto. Nos recogió y empezó a conducir hacia el centro de Boston. Media hora después, se detuvo en la acera de una zona residencial muy bonita a la orilla del río Charles, en un área llamada Back Bay.

—¿Es aquí?

Max asintió y señaló una casa antigua preciosa.

—¿Recuerdas que te dije que mi hermano mayor me salvó el pellejo cuando me metí en el follón de las apuestas en la Universidad?

—Sí.

—Pues creo que no mencioné que, después de eso, Tate se quedó a pasar unos días conmigo. La noche antes de que se marchara, fuimos a un bar de la zona y conoció a una chica que se llamaba Cassidy. Hicieron buenas migas, así que mi hermano canceló el vuelo y se quedó unas cuantas semanas más. Es programador, por lo que puede trabajar desde donde sea. Cuando por fin regresó a Washington, solo aguantó dos semanas antes de empaquetar todas sus cosas y mudarse a Boston. Llevan siete años casados y tienen tres hijas.

—¿Ellos son los que te dieron a Cuatro?

—Sí. Katie es alérgica, pero su madre le da una buena dosis de antihistamínicos cuando vengo y así, por lo menos, pueden verlo de vez en cuando.

Sacudí la cabeza de un lado al otro.

—Sigo sin creer que me hayas traído a Boston a cenar en un avión privado.

Max sonrió.

—¿Estás enfadada?

—No, lo conviertes todo en una aventura. Aunque es un poco raro ir a cenar con la familia de un chico al que acabas de conocer.

—Se te hará menos raro si en lugar de pensar que vas a conocer a la familia de un chico al que acabas de conocer, piensas que vas a conocer a la familia del chico con el que vas a salir este verano.

Solté una carcajada.

—Estás muy seguro de ti mismo.

—Tienes que manifestar al universo lo que quieres para que se cumpla.

Por el rabillo del ojo percibí movimiento en la puerta principal del hermano de Max. Una mujer salió de la casa saludando y sonriendo. Max me había dicho que su hermano era mayor que él, pero la mujer tenía edad para ser su madre. Aunque, ¿quién era yo para juzgar?

—¿Es tu cuñada?

—No. Se me ha olvidado comentarte otra cosa de la cena.

Max parecía nervioso, así que no pude evitar estar nerviosa también.

—Oh, madre. ¿Qué es?

Miró por encima de mi hombro hacia la casa de su hermano y usó su arma más poderosa: mostró sus hoyuelos como si fuera un niño al que han pillado robando galletas.

—Mi madre también ha venido. Y el resto de mis hermanos y sus esposas.

➤➤➤✦◀◀◀

Un rato después, la mujer de Tate, Cassidy, y yo nos quedamos solas en la cocina.

—¿Quieres beber algo? —me preguntó—. Seguro que te viene bien después de conocer a toda la familia.

—Ay, menos mal —dije medio en broma—. Estaba a treinta segundos de ir al lavabo a beberme los botes de perfume o el enjuague bucal.

Soltó una risita y sacó dos copas de vino.

—La familia Yearwood es… especial.

Suspiré.

—No tenía ni idea de que iba a conocer a todo el mundo hasta hace cinco minutos, cuando hemos aparcado en la puerta.

Cassidy sonrió.

—No me extraña, aunque nosotros sí que sabíamos que ibas a venir. ¿Sabes por qué? —Llenó las copas y me ofreció una.

—Gracias. Me da miedo preguntar.

—Max nos llamó un día a las seis de la mañana para hablarnos de ti.

Estaba dando un trago al vino, pero tosí y se me fue por el otro lado.

—¿En serio?

—Sí. —Asintió y dijo—: Bueno, a las seis y cuarto. Es decir, sabe que a esa hora ya estamos despiertos, pero nunca llama tan pronto. De hecho, nunca llama, siempre es Tate el que tiene que localizarlo para ver cómo está. —Cassidy inclinó la copa hacia mí—. Además, eres la única chica a la que ha traído.

No sabía qué responder, así que di otro trago al vino.

—Los chicos Yearwood son como árboles muy grandes —continuó—. Cuesta mucho talarlos, pero cuando lo consigues, es imposible moverlos. —Su voz se volvió suave—. Son buenos hombres, eso te lo aseguro. Son los más leales y honestos. Dicen que, si quieres saber cómo un hombre trata a su mujer, solo tienes que ver cómo trata a su madre. Y estos chicos no se atreven ni a decir una palabrota delante de Rose porque no le gustan las groserías.

De repente, la puerta de la cocina se abrió y dos hombres enormes entraron rodando. Entraron rodando por el suelo, literalmente. Max y su hermano Tate se peleaban como dos adolescentes.

Cassidy los señaló sin inmutarse.

—El primero en hacer una llave de cabeza al resto de hermanos no tiene que ayudar a fregar los platos. Hace unos años, en Nochebuena, volcaron el árbol. No sé cómo, pero lo partieron y se rompieron la mitad de los adornos. Tengo tres niñas pequeñas que se levantan de madrugada para ver qué ha dejado Papá Noel debajo del árbol. Así que tuve que ir rápido a comprar otro árbol y buscar adornos para reemplazar los rotos para que las niñas no se dieran cuenta. La mayoría de las tiendas ya estaban cerradas, solo estaba abierta la de Lalique. ¿Sabes cuál es?

—Esa en la que tienen esos jarrones tan caros y los cuencos sofisticados, ¿no?

Cassidy asintió.

—Esa es. Pero parece que también venden adornos de Navidad de coleccionista. Max compró todos los que les quedaban. Casi me muero cuando me enseñó el recibo. Se gastó veintisiete mil dólares, y él no había sido el que había volcado el árbol.

Puse los ojos como platos.

Cassidy asintió.

—Ya te lo he dicho, son especiales.

Unos minutos después, Max puso a su hermano boca arriba y le hizo una llave de cabeza. Tate se estaba empezando a poner rojo cuando la señora Yearwood entró y les gritó. Los hermanos, jadeantes, pararon y Max apuntó con el dedo a su hermano.

—Eso cuenta. Te habrías rendido si tu mami no te hubiera salvado.

—Ni lo sueñes, monaguillo.

La señora Yearwood puso los ojos en blanco y dijo:

—Los dos fregaréis los platos, por ser tan idiotas.

Mientras contemplaba las payasadas, de pie en la cocina, me di cuenta de algo raro. El hecho de que un chico con el que ni siquiera estaba saliendo me llevara a Boston en avión a conocer a su familia me tendría que haber puesto los pelos de punta. Sin embargo, ahí estaba. Llevaba quince minutos en la casa y en lugar de estar nerviosa o angustiada, estaba conmovida.

Max se acercó y me rodeó el cuello con el brazo. Se inclinó hacia mí y me preguntó:

—¿Estás bien?

Le devolví la sonrisa y le dije:

—Sí, creo que sí.

La cena con la familia Yearwood fue una de las comidas más entretenidas que había tenido en mucho tiempo. Los hermanos no hacían más que pelearse, la madre contaba historias vergonzosas y los demás no parábamos de reír. Después, me levanté para ayudar a recoger la mesa. Una de las sillas tenía un cubierto que nadie había usado y di por hecho que alguien llegaría más tarde.

—¿Quiere que deje los cubiertos? —le pregunté a la señora Yearwood—. ¿Falta alguien todavía?

Sus ojos y los de Max se encontraron un instante, y la mujer me sonrió.

—Puedes recogerlos, querida. Es el asiento de Austin, el segundo más joven. Falleció hace años, pero me gusta incluirlo en las comidas familiares cuando estamos todos juntos. En las vacaciones, cuando comemos en mi casa, suelo invitar a alguna persona necesitada de la iglesia para que ocupe su lugar. Y si no, lo dejamos vacío para él.

Tragué saliva.

—Vaya. Qué... bonito.

Sonrió.

—Me alegro de que pienses así. Durante mucho tiempo, algunos de mis hijos pensaron que era un poco siniestro, pero, con los años, se han acabado acostumbrando. Ahora se meten conmigo y me dicen que pongo un plato para mi hijo y no para su padre, me acusan de favoritismo.

Cuando acabamos de recoger las cosas de la cena y llenamos el lavavajillas, Cassidy sugirió que fuéramos a la terraza y encendiéramos la chimenea. Hacía una noche preciosa, una de esas que recuerdan que se acerca el calor.

Tate preparó el fuego y las mujeres se pusieron alrededor de este, formando un semicírculo, mientras los demás hermanos jugaban al fútbol en el jardín. Sin embargo, lo que en principio era un juego amistoso, cambió rápidamente y los chicos acabaron haciéndose placajes y revolcándose por el césped.

La señora Yearwood movió la cabeza de un lado al otro.

—Todavía se comportan como si tuvieran doce años.

—Pero ahora cuando reciben un golpe se pasan una semana quejándose —añadió Cassidy—. Tate nunca lo admitiría, pero tuvo que ir al quiropráctico después de la que liaron en Pascua.

Otra de las mujeres intervino:

—Lucas tuvo que llevar una rodillera durante un mes.

Otra de las esposas se echó a reír y añadió:

—Will se dislocó el hombro en Navidad. El único que no queda fuera de juego después de una celebración familiar es Max. Es el más joven y su trabajo consiste en que lo estrellen contra paredes.

—Hablando de trabajo —dijo Cassidy—, ¿sabíais que Georgia es la propietaria de la empresa que hizo las flores preciosas que tengo de centro de mesa en el comedor? Las que me mandó Max el año pasado.

—¿Ah, sí? ¿De eso os conocéis?

Negué con la cabeza.

—Las compró antes de que nos conociéramos.

—¿Cómo os conocisteis? —preguntó la señora Yearwood.

—Bueno, se podría decir que en una cita a ciegas.

Una de las mujeres se mofó.

—¿Me estás diciendo en serio que Max fue a una cita a ciegas? Siempre intentamos emparejarlo y se niega a que le hagamos de casamenteras.

—Bueno, en realidad la cita no era con él, pero fingió ser el chico con el que había quedado hasta que el otro apareció y lo desenmascaró.

Todas se echaron a reír.

—Eso tiene más sentido —dijo Cassidy.

Volvimos nuestra atención hacia el jardín cuando oímos los cuerpos de los hombres chocando y sus gruñidos. Dos de los hermanos estaban tumbados en el suelo y Max y Tate chocaron los cinco. Solo habían estado jugando unos diez o quince minutos, pero estaban empapados de sudor y tenían manchas de césped en la ropa. Max se levantó el dobladillo de la camisa para limpiarse el sudor de la frente y sentí que, de repente, yo también tenía calor.

«Madre mía». Qué cuerpazo. Nunca había visto unos abdominales como esos en una persona real. La mayoría de los hombres con los que había salido estaban en forma, pero no tenían nada que ver con el cuerpo de Max. Tenía cada uno de los músculos del torso definidos, como si los hubieran esculpido. Cuando me di cuenta, me estaba imaginando que le arañaba uno a uno los abdominales mientras le observaba el rostro para ver cómo reaccionaba. La imagen hizo que se me secara la boca. Me pasé la lengua por el labio inferior sin pensarlo y la suerte quiso que Max me mirara en ese preciso momento. Su rostro perfecto cambió cuando sonrió con picardía y, por un momento, pensé que sabía a la perfección lo que estaba pensando. Intenté disimular sonriendo y apartando la mirada, pero algo me dijo que mi plan había fallado estrepitosamente.

Una hora después, empezamos a prepararnos para volver a casa y fui al lavabo antes de que nos pusiéramos en marcha. Cuando volví, Max y su madre estaban solos en la cocina. No se dieron cuenta de que estaba allí.

—Me gusta mucho. Dime que se lo has contado.

—¿Podemos hablar de esto en otro momento, mamá?

La mujer frunció el ceño.

—Max…

Él levantó la mirada y me vio.

—Aquí está. Me alegro de que nos hayamos visto, mamá. Hablamos la semana que viene.

—De acuerdo. —Sonrió y se giró hacia mí—. Eres un soplo de aire fresco. Espero volver a verte pronto.

—Igualmente.

Me dio un abrazo y tardamos otros quince minutos en despedirnos de los demás. El pobre Max casi tuvo que arrebatar a Cuatro de los brazos de sus sobrinas. Evitó que la mayor llorara prometiéndole que la próxima vez que fuera a la ciudad a jugar, llevaría al perro.

Cuando por fin subimos al coche, inhalé y exhalé con fuerza. Max sonrió.

—¿Tan mal ha ido?

—No, no… me he divertido. Es solo que ha sido… un poco abrumador, con tanta gente. Como soy hija única, en las reuniones familiares solo somos dos: mi madre y yo. Mi madre tiene una hermana que vive en Arizona, y la vemos una vez cada dos años, más o menos. Pero me lo he pasado bien. Aunque por un momento pensaba que no íbamos a conseguir marcharnos, con tus tres sobrinas llorando porque nos llevábamos a Cuatro. Menos mal que podrás traerlo para el próximo partido.

—Seguro que me acaban multando por volver a colarlo en el avión del equipo. Pero prefiero la multa antes que los llantos de las niñas. Menos mal que solo tuve hermanos, porque no me gusta ver llorar a las chicas. Keri, la mujer con la que salí durante dieciocho meses hace un par de años, se echó a llorar cuando le dije que quería cortar con ella. Le acabé regalando el coche.

Reí, pero vi que Max estaba serio.

—Lo dices de broma, ¿verdad?

Negó con la cabeza y se encogió de hombros.

—Conseguí que dejara de llorar.

—Ostras. Vale, bueno, lo tendré en cuenta cuando quiera salirme con la mía...

Max me miró con ternura y me acarició la mejilla con los nudillos.

—Créeme, no tendrás problemas para conseguir lo que quieras de mí.

Una sensación cálida me inundó el vientre y sentí la necesidad de apoyar la cabeza sobre su hombro, así que lo hice sin más. Pasamos gran parte del viaje hasta el aeropuerto en silencio, pero no me pareció extraño, y eso me gustó. En cuanto embarcamos en el avión, Max y yo nos sentamos el uno frente al otro.

Bajó la mirada hasta mi tobillo y vio el moretón que tenía en el interior de la pierna.

—¿Cómo te has hecho eso?

—Eh, salí corriendo de la ducha para apuntar una idea que se me había ocurrido mientras me lavaba el pelo y resbalé al volver a entrar. Me golpeé la pierna con el borde de la bañera. Tengo otro igual en la cadera.

Max parecía divertido.

—¿Siempre sales de la ducha corriendo?

Suspiré.

—Pues la verdad es que sí. No sé por qué, pero en la ducha me acuerdo de lo que se me olvida en el trabajo. Puedo pasarme una hora sentada al escritorio y no me acuerdo de nada. Sin embargo, una vez me he enjabonado, vuelven todas las ideas. ¿A ti no te pasa?

—No. Yo me pongo música y disfruto del rato que tengo para mí.

—Ya. A mí no se me da muy bien eso.

Max sonrió.

—Mientras estabais en la terraza, ¿te han contado mi madre y mis cuñadas lo malo que soy?

—¿Quieres decir como cuando os cargasteis el árbol de Navidad de Cassidy en una de vuestras peleas?

Max agachó la cabeza.

—Fue un accidente. Y le compramos uno nuevo, aunque era un poco feo porque era Nochebuena y no les quedaban más. Ese año fue un desastre. ¿Te ha contado que nos robaron los regalos?

Arrugué la frente y pregunté:

—¿Alguien os robó los regalos?

Asintió.

—Desde que mi madre empezó a involucrarse con la iglesia, siempre trae a desconocidos durante las fiestas. Normalmente lo hace cuando vamos a su casa en Washington y son gente pobre de la iglesia. Sin embargo, hace unos años, empezamos a celebrar la Navidad en casa de Tate y Cassidy porque son los únicos que tienen hijos, así que, el día de Nochebuena, mamá fue a una iglesia cerca de donde vive mi hermano y se trajo a una mujer que acababa de conocer. No es por ser malo, pero la mujer parecía drogadicta. No hacía más que rascarse los brazos y no te miraba a la cara cuando hablaba. Pero como mi madre la había invitado a cenar, todo el mundo fue muy educado con ella. Cuando acabamos de cenar, fui con mis hermanos al garaje a preparar algunos de los regalos de las niñas mientras las mujeres recogían la mesa o lo que fuera. Cuando acabamos y entramos a casa, les pregunté dónde estaba la mujer. Se había ido sin despedirse de nadie. Entonces Cassidy se dio cuenta de que faltaban la mitad de los regalos debajo del árbol.

—No me digas.

Max asintió.

—A veces mi madre confía demasiado en la gente. Me parece genial que quiera ayudar a los menos afortunados, pero tiene que ir con más cuidado cuando toma decisiones así.

—Sí, no cabe duda. ¿Siempre ha estado tan involucrada con la iglesia o es algo reciente?

—Siempre ha sido una mujer de fe. Nos educaron en el catolicismo, tuvimos que ir a clases de religión desde pequeños y mi madre iba a misa todos los domingos. Pero hace diez años, empezó a ir cada día y a involucrarse en todo tipo de programas filantrópicos.

—¿Pasó algo para que recurriera a la iglesia? —En cuanto lo dije, me di cuenta de que a lo mejor no había sido de buena educación preguntar.

Max miró por la ventana y asintió.

—Empezó después de la muerte de mi hermano Austin. Tenía veintiún años cuando falleció.

—Dios mío, lo siento mucho.

Max continuó mirando por la ventana.

—Tuvo un aneurisma aórtico abdominal. Los dos estudiábamos en la Universidad de Boston, él iba un curso más avanzado. Solo nos llevábamos trece meses.

No supe qué decir, así que le agarré la mano y se la estreché. Me había preguntado de qué hablaba con su madre antes de que yo llegara, pero ahora entendía qué era lo que no me había querido contar. Pasamos el resto del viaje en el avión sin decir nada, aunque esta vez el silencio fue más incómodo.

En el coche de camino a mi apartamento charlamos de cosas sin importancia. Noté que algo había cambiado. Por eso, cuando Max aparcó al lado de mi edificio, me sentí obligada a decir algo.

—Oye, Max.

Esperé hasta que me miró para continuar:

—Lo siento si me he excedido y te he estropeado la noche al sacar el tema.

Negó con la cabeza.

—No me has estropeado la noche. Perdóname por hacerte sentir así. A veces me pierdo en mis pensamientos.

El sonido de la vibración del móvil desde el bolso interrumpió la conversación. No pensaba contestar, pero lo saqué para ver quién era y mandar la llamada al contestador. Vi el nombre de Gabriel en la pantalla. Rechacé la llamada y miré a Max. Su rostro me decía que él también había visto el nombre.

Sonrió con tristeza.

—Es tarde. Cuatro y yo te acompañaremos a la puerta.

Esta vez Max no me cogió la mano cuando nos dirigimos al edificio. Llevaba a Cuatro en brazos, pero el perro no era la causa de la distancia que nos separaba. Cuando llegamos al ascensor, no pulsé el botón. Me giré hacia él y le dije:

—Me lo he pasado bien. Gracias por invitarme.

Max se agachó y dejó al perro en el suelo. Cuando se levantó, me tomó la mano.

—Oye, Georgia. Te lo voy a decir una última vez. Me encantaría pasar el verano contigo. Cuando acabe la semana que viene, ya no tendré más partidos ni viajes. Aparte de mantenerme en forma y buscar un apartamento donde quedarme en agosto, no tengo ningún otro plan. Podríamos pasarlo bien. Sin ataduras. Entiendo que tienes otros asuntos sin resolver, pero sabes que me iré en unos meses. Para mí, eso lo hace más fácil. —Levantó las manos y continuó—: Pero no insistiré más. Si cambias de opinión, tienes mi número de teléfono. Solo tienes que llamarme.

Puse una cara larga.

—¿No podemos ser amigos?

Max me miró el cuerpo de arriba abajo y recorrió con sus ojos cada curva antes de volver a mi cara.

—La amistad entre dos personas de sexos opuestos no funciona cuando uno quiere ver al otro desnudo. Sé que es lo que diría un idiota, pero es cierto.

Pulsó el botón para llamar al ascensor, que debía de estar esperando, porque las puertas se abrieron al instante. Max se acercó mi mano a los labios y me dio un beso en el dorso.

—Espero que me llames.

Tragué saliva y asentí. Pero en cuanto subí al ascensor, tuve una sensación desagradable. La idea de no volver a verlo me puso muy nerviosa, así que cuando las puertas ya casi se habían cerrado del todo, las detuve con la mano en el último momento.

—¡Max, espera!

Me miró. Di un paso hacia delante y sujeté las puertas.

—Nunca hago nada sin antes pasarme una eternidad pensando en las ventajas e inconvenientes. —Negué con la cabeza—. Y no estoy convencida de que esto vaya a salir bien, pero de lo que sí estoy segura es de que quiero volver a verte. ¿Podríamos ir despacio?

Max sonrió de oreja a oreja.

—A mí me encanta hacerlo despacio.

Me reí.

—Ya sabes a qué me refiero.

Asintió y me agarró la mano.

—Podemos ir a la velocidad con la que te sientas más cómoda.

Respiré hondo y solté el aire por la boca.

—Vale.

—¿Eso es un sí?

Asentí.

—Quiero hacerlo… lo de pasar el verano juntos, quiero decir.

Max tiró de la mano por la que me sujetaba y choqué con su cuerpo, duro como una pared de ladrillos.

—Ay… —dije entre risas. Apoyé las manos sobre su pecho y le di dos palmaditas—. Me has hecho daño, estás muy duro.

—Me muero de ganas de enseñarte algo duro de verdad. Acércate y deja que te bese. He dicho que me parecía bien ir despacio, pero quiero probarte antes de volverme loco.

No pude responder porque nuestros labios chocaron. Me agarró con fuerza y me estrechó contra su cuerpo duro. Me temblaron las piernas. Había notado la intensidad con la que Max me miraba desde que nos conocimos, pero el beso… estaba a otro nivel. Me lamió los labios y me abrió la boca a la vez que subía una mano hacia mi cuello y me lo sujetaba. Ningún hombre me había agarrado así. Parecía un movimiento desesperado y ansioso a la vez que dominante, aunque no demasiado. Le acaricié el pelo, y él me levantó y me arrinconó contra una pared. Me olvidé de dónde estaba cuando noté su erección contra mi abdomen.

«Madre mía».

Nos quedamos enredados en el otro durante un buen rato, metiéndonos mano y manoseándonos como dos adolescentes cachondos. Max me agarró del pelo y me echó la cabeza hacia atrás para lamerme el cuello, justo donde se nota el pulso, que me latía frenético. Cuando paramos para tomar aire, apoyó la frente sobre la mía y me secó el labio inferior con el pulgar.

—Lo sabía.

Yo no podía ni hablar, pero me alegraba de que no me hubiera dejado en el suelo, porque tenía las piernas hechas un flan.

—¿El qué?

—Ha sido mágico, cariño —dijo—. Juntos haremos magia.

Sonreí tanto que pensé que se me iba a agrietar la piel.

—¿Quieres… subir un rato conmigo?

Max me agarró las manos con una de las suyas y me las puso detrás de la espalda.

—Me encantaría. Pero te costaría mucho echarme y tengo que entrenar por la mañana. Además… —Presionó su cuerpo contra el mío y noté su erección contra la cadera—. Mi cerebro entiende lo de ir despacio, pero creo que el resto de mi cuerpo no ha pillado el mensaje. ¿Qué te parece si cenamos juntos el viernes? Así podremos tener una cita de verdad.

Asentí.

—Me encantaría.

Max volvió a pulsar el botón del ascensor y las puertas se abrieron de inmediato. Se inclinó hacia mí y me besó una vez más.

—Todavía no me he ido y ya tengo ganas de volver a verte.

Entré en el ascensor con el corazón acelerado y negué con la cabeza mientras sonreía de oreja a oreja.

—Sin ataduras, ¿no?

Me guiñó un ojo.

—Puede que sí te ate en algún momento.

Parecía un plan perfecto. Demasiado perfecto. Cuando las puertas se cerraron, noté que el sudor me mojaba las palmas de las manos. Me las froté y cerré los ojos un instante. A ver, ¿qué podía salir mal?

# Capítulo 8

## *Max*

*Diez años antes*

—Eh… ¿se puede saber qué haces?

Me encogí de hombros, pero no me giré.

—¿A ti qué te parece que hago?

—Me parece que estás llenando una botella vacía de dos litros con la leche que se supone que es para el café.

—No veo ningún cartel en el que ponga que hay un límite. —Levanté la taza vacía que tenía en la mano—. He pagado el café.

Cuando la botella de plástico acabó de llenarse, la aparté y le puse el tapón. Me di media vuelta esperando ver a una de las mujeres que trabajaban allí con el uniforme de la cafetería, pero, en lugar de eso, vi a una chica rubia guapísima a la que no había visto antes. Parecía unos años mayor que yo. Miré a mi alrededor para ver si me había llamado la atención otra persona, pero no… Solo estaba ella.

Vi que tenía el pie apoyado en una silla y me fijé en su tobillo.

—¿Qué es eso? —pregunté, señalando la pierna. Llevaba varios polos de colores pegados con cinta aislante.

—Me he torcido el tobillo jugando al voleibol. Se me está empezando a hinchar, pero nadie tiene compresas de gel frío.

Así que eran polos o cervezas y he pensado que los polos estarían más fríos y que, si no los abro, Andrea me dejará devolverlos.

—¿Andrea?

Señaló con la barbilla a una mujer.

—La mujer a la que le has pagado un dólar por el vaso de café vacío que justifica que robes dos litros de leche.

Me reí.

—Eres muy estricta conmigo teniendo en cuenta que has robado los helados.

—No los he robado. Los he pagado. Y los devolveré intactos cuando haya acabado con ellos.

—Pero ya no estarán congelados, ¿verdad?

—Puede que no.

—Ya. Entonces los estás robando. La universidad va a tener que pagar la electricidad que se usará para volver a congelarlos.

Puso los ojos en blanco.

—Lo que tú digas.

—Es más, ¿por qué no los devuelves ahora que siguen congelados y así evitas convertirte en una ladrona? Tengo compresas de gel frío en la habitación. Te daré un par para que te cures el tobillo como es debido.

—¿Por qué tienes tantas compresas frías?

—Juego en el equipo de *hockey*. Siempre tengo algo a lo que ponerle hielo.

—No te lo estás inventando para llevarme a tu habitación, ¿no?

Solté una risita.

—Espérame aquí, yo te las traigo.

Inclinó la cabeza hacia un lado.

—¿Por qué te molestas?

—Porque hay que bajar la hinchazón con hielo y... —Me encogí de hombros—. Porque estás buena.

Sonrió con una timidez repentina.

—Vale. Gracias.

Levanté la barbilla.

—¿Cómo te llamas?

—Teagan Kelly. ¿Y tú?

—Max Yearwood. Ahora vuelvo, Teagan Kelly.

Corrí a mi habitación, agarré las compresas frías instantáneas, una caja de cereales y volví a la cafetería. Teagan seguía donde la había dejado, pero se había quitado los polos del tobillo y los estaba intentando despegar de la cinta aislante.

Miró lo que cargaba y preguntó:

—¿Por qué has traído cereales?

—Para desayunar.

—¿Y qué has hecho con la leche?

Sonreí, le enseñé el vaso de café vacío de antes y señalé la máquina. Había dejado mi preciada botella de dos litros de leche en la nevera de la habitación.

Teagan se echó a reír.

—¿Qué estudias, Max?

—Matemáticas.

Alzó las cejas.

—¿En serio?

—¿Por qué te sorprende?

—No sé. No pega mucho con el *hockey.*

—Ya veo. —Asentí—. Por el estigma de que los jugadores de *hockey* son tontos.

—No es eso.

—¿Como soy tan guapo tengo que ser tonto?

Soltó una risa.

—Lo siento. Supongo que te he juzgado sin querer.

Me encogí de hombros.

—No pasa nada. Te perdono. ¿Estudias para ser animadora? Como estás buena…

Lo dejé todo sobre la mesa, excepto una de las bolsas de gel frío, que golpeé para que se activara. La bolsa interior reventó y empezó a hincharse. Cuando acabé de preparar la segunda compresa, le señalé el pie y le pregunté:

—¿Puedo echarle un vistazo?

—Estoy en tercer año de Medicina. Haré que me lo miren luego en el hospital. Acabo de empezar los turnos en urgencias y eso implica pasar cuatro horas seguidas de pie. Quería que me bajara un poco la hinchazón antes de tener que volver de aquí a un rato.

Fruncí el ceño.

—¿Estás estudiando tercero de Medicina y tu plan era tratar la lesión con polos y cinta aislante?

—Cierra el pico. No tenía nada más.

—¿Me dejas que lo mire de todas formas?

Suspiró.

—Claro, ¿por qué no?

Quince años jugando a *hockey* y muchas visitas al médico para que valoraran el estado de mis huesos maltratados me habían convertido en todo un experto en juzgar la gravedad de una lesión. Puse la mano sobre el tobillo y apreté.

¿Te duele?

—No mucho.

Moví la mano hacia la parte blanda del tobillo y volví a apretar.

—¿Y aquí?

—¡Ay! Sí, ahí es donde me duele.

—¿Se te duerme el pie o tienes cosquilleo?

Negó con la cabeza.

—No, solo me duele donde me has tocado.

Asentí.

—Bien. No parece roto, porque si estuviera roto lo notarías en el hueso. Apuesto lo que quieras a que solo es un moretón.

—¿Tú qué vas a apostar? Si acabas de traer un vaso vacío para robar leche. Espero que no te ofenda si no me influye lo más mínimo lo que acabas de decir.

—Eso es verdad. —Le ofrecí las compresas frías—. ¿Dónde tienes el calcetín? Deberías ponértelo y meter las compresas dentro, es mucho mejor que la cinta aislante.

Teagan se agachó y recogió la mochila del suelo. Agarró el calcetín, se lo puso e introdujo las compresas frías en el inte-

107

rior. Mientras miraba, me rugió el estómago, así que abrí la caja de cereales, me llené mi práctico vaso de café y serví un poco de leche del dispensador antes de sacar una cuchara del bolsillo trasero y sentarme delante de la chica.

Se echó a reír.

—¿Te has traído un cubierto, pero no leche?

Me llevé la cuchara a rebosar de cereales a la boca y le contesté:

—Es que las cucharas que tienen aquí son muy pequeñas.

—Ah, claro —dijo, asintiendo—. Porque tú eres más de palas.

—Acabo de quemar dos mil quinientas calorías en el entrenamiento. Me muero de hambre. —Señalé la colección de polos en la mesa—. Más vale que los escondas si no quieres que me los coma cuando acabe con esto.

Me acabé la primera ración de cereales y me serví otra de inmediato.

—¿Te piensas comer toda la caja?

—¿Quieres unos cuantos?

—No.

—Entonces, es probable que sí —respondí, encogiéndome de hombros.

Teagan rio. Pensaba que bromeaba, pero era cierto que normalmente me comía la caja entera. Me encantaban los cereales.

—¿Se te da bien? —me preguntó.

—Se me da bien casi todo, así que vas a tener que concretar un poco más.

Puso los ojos en blanco.

—Quiero decir si se te da bien el *hockey*. Es decir, si te lesionas tan a menudo que sabes si un hueso está roto o no, entiendo que no eres muy bueno, ¿no?

Sonreí.

—No tienes ni idea de *hockey*, ¿verdad?

—Pues no.

—Las lesiones solo son parte del juego. Si no tienes que ponerte hielo en algo quiere decir que has jugado poco. Y yo soy el capitán del equipo.

—¿Estás en último año?

—En primero.

—Pensaba que los de primer año no podían ser capitanes.

—Por lo general, no.

Teagan ladeó la cabeza.

—¿Debería estar impresionada?

—No. Tengo muchas más cosas para impresionarte.

—¿Como qué?

—Si sales conmigo te las enseñaré.

Rio.

—Qué sutil, capitán Yearwood.

—¿Eso es un sí?

—¿Cuántos años tienes?

—Diecinueve. ¿Por?

—Yo tengo veinticuatro.

Me encogí de hombros.

—¿Y qué? A mí no me importa, ¿a ti sí?

Se llevó un dedo al labio.

—No lo sé. Si decidiera salir contigo, ¿a dónde iríamos? ¿«Salir contigo» quiere decir enrollarnos en tu habitación? ¿O quieres que salgamos de verdad?

—Te llevaré adonde quieras. —Levanté el vaso de cereales—. Aunque no me apasionan las marcas blancas, así que elige algún sitio razonable.

—¿Las marcas blancas?

—Sí, las marcas de imitación. Como muchos cereales y si me quedo sin dinero tendré que comprar los de marca blanca, y saben a cartón.

Teagan sonrió.

—Es una pena que la gente no coma cereales con el café y no haya una máquina de la que puedas robarlos, ¿eh?

Me acabé la segunda ración de cereales y me bebí la leche de la taza antes de servirme más cereales. Miré a mi alrededor en la cafetería vacía.

—No veo ninguna máquina de cereales, pero debe de haber un dispensador de sarcasmo por aquí cerca, porque vas sobrada.

Teagan intentó esconder una sonrisa.

—¿Qué te parece ir a una fiesta con tus amigos?

—¿Es una cita?

Asintió y dijo:

—Ya no voy a fiestas muy a menudo. Pero creo que puedes conocer a una persona por sus amigos. Además, es una opción barata y así podrás seguir comprando los cereales de la marca que tanto te gusta. Así que ¿por qué no? Así veré si la diferencia de edad es solo una cuestión de números o de madurez.

«Mierda». La mayoría de mis amigos eran unos niñatos. Ir a una fiesta no era buena idea.

Teagan vio que no me emocionaba la idea y arqueó una ceja.

—A no ser que por algún motivo no quieras que conozca a tus amigos.

Parecía que me estuviera retando a aceptar su plan. Yo tenía diecinueve años y jugaba al *hockey,* así que me gustaban los retos. Sonreí y le pregunté:

—¿Te va bien el sábado por la noche?

# Capítulo 9

## *Georgia*

Pasé la mañana siguiente haciendo listas y pensando en la decisión que había tomado la noche anterior respecto a la propuesta de verano. Cuando llegué a una conclusión, no dejé de analizarla de manera obsesiva y compulsiva; pasé de pensar en cómo actuar en una situación a preguntarme si había tomado la decisión equivocada. No podía evitarlo. El problema era que... no veía cómo no acabar con el corazón roto.

Sin embargo, uno de los muchos beneficios de haber contratado a mi mejor amiga para que trabajara conmigo era que, si lo necesitaba, siempre tenía una psicóloga disponible. Maggie entró en mi despacho a las once de la mañana con la idea de que íbamos a hablar de los últimos diseños que había hecho para una campaña publicitaria, pero no podría enseñarme ni una página del material que había traído.

Preparada para hablar de negocios, me pasó una pila de papeles que debía de medir unos diez centímetros y se fijó en que fruncía el ceño.

—No te preocupes, no nos llevará mucho tiempo. Solo son un par de conceptos, pero los he hecho en diferentes gamas de colores y por eso hay tantas páginas.

—Anoche le dije a Max que me acostaría con él.

Maggie parpadeó unas cuantas veces.

—¿Puedes repetir eso?

Me froté las sienes.

—Tiene un perrito peludo y adorable, se pone de rodillas para jugar con sus tres sobrinas, se seca la maldita cabeza sudada con el dobladillo de la camisa y tiene unos abdominales duros como la piedra. Es horrible.

Maggie frunció el ceño.

—Sí, suena fatal. Yo prefiero a los hombres que maltratan a los animales, son crueles con los niños y tienen barriga cervecera.

Escondí la cara entre las manos.

—Además, me hace reír todo el rato y me trae sopa de pollo cuando estoy enferma. ¡Sopa de pollo! ¡Y pastillas!

—Ahora me he perdido. ¿Te trajo crac y por eso estás tan rayada?

Negué con la cabeza.

—¿Qué haré cuando vuelva Gabriel, Mags?

—Ah... —Asintió como si por fin todo cobrara sentido—. Te da miedo enamorarte de Max y que eso complique las cosas cuando el señor «quiero una relación abierta» vuelva a tu vida.

—Quiero a Gabriel, Maggie. Sé que tienes tus dudas desde que decidió lo que decidió, pero le dije que sí cuando me preguntó si quería pasar el resto de mi vida con él. Sabes que no tomo decisiones hasta que no estoy convencida de dónde me estoy metiendo. El año pasado estaba convencida al cien por cien de que quería despertarme a su lado cada mañana y formar una familia con él. Pensé muchísimo en si era el momento perfecto para mí, en si Gabriel estaba listo y en si él era el amor de mi vida. No tenía ninguna duda.

Maggie me observó un momento antes de inclinarse hacia delante en la silla.

—¿Qué es lo que te asusta, pensar que será difícil despedirte de Max cuando llegue el momento o la idea de no querer cortar con él porque eso supondría que te equivocaste al decirle que sí a Gabriel?

Me masajeé las sienes.

—Me duele la cabeza.

—Es porque estás muy estresada. —Sonrió y añadió—: Seguro que acostarte con Max te vendría bien. Algo me dice que el chico te dejará hecha un flan.

Suspiré.

—Nunca me he acostado con alguien con quien no tuviera una relación.

—Lo sé, cariño. —Maggie alargó el brazo y me dio una palmadita en la mano—. Pero no te preocupes, yo lo he hecho por las dos, así que es un tema con el que puedo ayudarte.

Sonreí con tristeza.

—Cuando estoy con Max, estoy tan absorta que no pienso en nada más. Pero en cuanto se va, vuelven la culpa y la incertidumbre. Siento que le estoy poniendo los cuernos a Gabriel.

—Vamos a empezar por lo más fácil. No le estás poniendo los cuernos a Gabriel. El muy cabrón está en Inglaterra tirándose a inglesas. Fue él quien quiso esto. No puedes ponerle los cuernos a alguien con quien no tienes una relación.

—Sé que, técnicamente, no le estaría siendo infiel, pero mi corazón me dice otra cosa.

Maggie negó con la cabeza.

—Dios mío, siento la tensión que irradias. Me estreso solo de estar en la misma habitación que tú. Creo que tienes que poner en práctica lo que aprendiste hace un tiempo en meditación para poder relajarte y a lo mejor se te aclaran las ideas.

—¡Me he pasado una hora meditando esta mañana! Por eso he llegado tarde.

Maggie arqueó una ceja.

—¿Y esta es tu idea de estar calmada?

Respiré hondo y suspiré.

—No sé qué hacer.

—¿Recuerdas cuando volviste del retiro de meditación? Me dijiste que fuiste a las sesiones para gente que piensa demasiado las cosas y que habían sugerido implementar unas normas para que las decisiones fueran más fáciles.

Asentí.

—Los llamaban los seis de la serenidad.

—¿Cuáles eran?

—A ver… Había un acrónimo. ¿Cómo era? —Me puse un dedo sobre el labio—. Ya me acuerdo. TUPIDA. La T era de Tiempo. Sugirieron poner un tiempo máximo para tomar decisiones y luego pasar página. Treinta segundos para las cosas insignificantes como qué comer ese día. Treinta minutos para las cosas un poco más importantes, y hasta que acabe el día para las realmente importantes. La U era de *Ubhaya padangusthasana*, una postura de yoga que mejora el equilibrio y que recomiendan hacer cuando estás muy nervioso porque ayuda a centrarse. La P era de Personas. No recomiendan que te asocies con personas indecisas cuando tienes que tomar una decisión. La I es de Improvisar. Tengo que trabajar en ser más espontánea e improvisar más. La D es de deporte, que es evidente, y la A es de Ahora. Tengo que enfocarme en el presente y no pensar tanto en el pasado.

—Vale, bueno…, no me acordaba de eso y tengo que admitir que no he escuchado ni la mitad de lo que has dicho, pero las partes que sí he escuchado parecían muy útiles. Como lo del límite de tiempo. Supongo que para ti esta es una decisión muy importante, así que tienes hasta que acabe el día para pensar en ella y luego tienes que pasar página. O lo haces o no lo haces. Si lo haces, tienes que centrarte en el presente. No pienses en Gabriel. Porque no está aquí y no es parte de tu día a día. Y creo que, sin duda, te vendría muy bien improvisar. Si decides aceptar la oferta de Max, comprométete a pasártelo bien con él y a probar cosas nuevas. Si no, ya haremos planes tú y yo. Siempre he querido hacer paracaidismo.

—Lo del paracaídas no me convence, pero el resto me parece un buen consejo.

—Se te da genial tomar decisiones, pero a veces las circunstancias cambian. Tienes que relajarte un poco y seguir adelante a pesar de los golpes inesperados. A veces está bien salir y pasárselo bien sin saber qué nos deparará el mañana.

Asentí de mala gana.

Maggie se apoyó en el respaldo de la silla y puso los brazos en los reposabrazos.

—Mírame. Ahora soy yo la normal.

Solté una risotada.

—Tampoco te pases. ¿Sigues acostándote con el abogado de Aaron?

—Lo hemos hecho en una sala de reuniones de su despacho, justo antes de que Aaron llegara de una audiencia de conciliación. Se ha sentado justo donde yo había tenido el culo desnudo apenas diez minutos antes. Estoy convencida de que si se hubiera fijado habría visto las marcas de mis nalgas en la mesa de cristal.

—A las pruebas me remito.

Maggie respiró hondo.

—Vale. Bueno, ¿estás lista para empezar? Vamos justas de tiempo con lo de la imprenta.

—Sí, claro.

Dos horas más tarde, una vez concluida la campaña publicitaria, Maggie se levantó para irse a su despacho. Cuando llegó a la puerta, la llamé:

—¿Mags?

Ella se dio media vuelta.

—Dime.

—Gracias por tranquilizarme.

—Ha sido un placer. —Me guiñó el ojo—. Ahora ya solo te debo un poquito menos por todas las veces que me has ayudado tú a mí. Volveré por la tarde para ver qué has decidido.

❯❯❯❮❮❮

La reunión con mi proveedor acabó tarde, así que cuando volví a la oficina ya se estaba marchando todo el mundo. Ellie, mi ayudante, se estaba poniendo la chaqueta cuando pasé por delante de su mesa.

—Hola, Georgia. Ha llegado un paquete para ti, te lo he dejado en el despacho.

—Ah, vale. Gracias.

—Y te he enviado por correo todos los mensajes que te han dejado. No había nada urgente, pero seguro que lo mirarás de todos modos.

—Gracias, Ellie. Que vaya bien la noche.

Esperaba encontrarme una caja marrón de cartón en el escritorio, un paquete con muestras o algo de Amazon. Me sorprendió ver que era una bolsa de regalo blanca, decorada con cintas. Como tenía tanta curiosidad, la abrí antes de quitarme la chaqueta o de sentarme.

En el interior había una caja de plástico que contenía una libreta y un lápiz. Cuando lo examiné con más atención, me di cuenta de que los dos tenían ventosas. No estaba segura de qué era exactamente. ¿Tal vez era una muestra que había enviado algún proveedor en una bolsa bonita? Había un sobre, así que lo abrí y saqué la tarjeta.

*Georgia:*
*Es resistente al agua, para que no vuelvas a resbalarte y hacerte daño.*
*Me muero de ganas de verte el viernes.*

*Besos,*
*Max*

Maldito Max. ¿Hacía falta que fuera perfecto? Aunque podía parecer que un regalo de este tipo iría en la lista de ventajas, también tenía un motivo para ponerlo en los inconvenientes. Un chico que se tomaba la molestia de comprarme una libreta y un lápiz resistentes al agua era el tipo de chico del que me podía acabar encariñando. Me habría parecido menos arriesgado que el regalo hubiera sido un set de lencería negra, porque era el tipo de regalo que solo te hacía un rollo de verano.

Me senté en la silla, con la mirada perdida durante la siguiente media hora, haciendo lo que mejor se me daba: darle vueltas y más vueltas al asunto. Al final, alguien llamó a la puerta e interrumpió mis pensamientos.

Maggie traía dos botellas de vino pequeñas, de esas que te dan en los aviones.

—Ha llegado la hora de tomar una decisión. Porque supongo que no lo has hecho todavía o, mejor dicho, que aún no has asumido la decisión que le dijiste a Max que habías tomado. Así que he venido a quitarte la tirita. Y el vino ayudará a que duela menos.

Se sentó en una de las sillas para invitados, abrió una botella y me la pasó. Alargó la suya hacia mí para que brindara con ella.

—Por lo afortunada que soy de estar sentada en un despacho precioso con mi mejor amiga, cuya mayor preocupación ahora mismo es decidir si quiere tirarse a un jugador de *hockey* que está como un tren.

Me eché a reír.

—Gracias. Cuando lo dices así parece ridículo que esté tan nerviosa. Sobre todo, después de esto… —Empujé la bolsa al otro lado del escritorio y le expliqué el regalo mientras lo miraba.

Maggie se puso una mano en la parte baja de la barriga.

—Creo que he sentido un cosquilleo en los ovarios. ¿Tienes la foto que te mandé desde su móvil, aquella en la que sale sin camiseta? Creo que eso hará que el cosquilleo baje un poco más hasta donde quiero sentirlo.

Solté una risotada. Incluso si estaba muy estresada, compartirlo todo con Maggie lo hacía más divertido.

—¿Qué has decidido, chica? —Se miró el reloj—. Son las seis y media. El día ya ha acabado según el horario laboral. ¿Vas a pasar un verano inolvidable o vas a cambiar la suscripción de Amazon para que te manden pilas más a menudo?

Cerré los ojos. Mi cerebro me seguía diciendo que no me acercara a Max Yearwood. Sin embargo, mi cuerpo me decía que estaba mal de la cabeza, pero cabía decir que me las había apañado muy bien haciendo caso a mi cerebro y tomando decisiones lógicas, ¿no? Aunque no era el caso con Gabriel. Así que a lo mejor había llegado el momento de hacerle caso a

Maggie y pasármelo bien por una vez en la vida sin pensar en qué pasaría al día siguiente.

Mi móvil vibró sobre el escritorio e interrumpió mis pensamientos. Lo cogí para ver quién me había mandado un mensaje.

Max.

Justo en el momento perfecto.

Me había mandado una foto desde el avión. Tenía una bolsa de viaje pequeña en el regazo de la que salía la cabecita de Cuatro, y Max posaba con un dedo en los labios, haciendo el símbolo universal del silencio. Se le veían los hoyuelos a la perfección. Era imposible ver la foto y no sonreír.

Se la enseñé a Maggie.

—Ha colado a Cuatro en el avión del equipo para llevarlo a Boston y que lo puedan ver sus sobrinas.

Maggie me arrebató el teléfono de la mano y miró la pantalla mientras sacudía la cabeza.

—Quería que tomaras una decisión por ti misma, pero me da miedo que te vayas a echar para atrás. Así que te daré mi opinión. ¿Alguna vez te he llevado por el camino equivocado?

Negué con la cabeza.

—Hazlo, Georgia. Él sabe cómo están las cosas. Los dos sois conscientes de la situación. Estoy segura de que vas a disfrutar muchísimo con él y, además, puede que esto te ayude a conocerte mejor.

Respiré hondo, agarré la botellita de vino y me la bebí de un trago.

—De acuerdo, lo haré. Va a ser un verano muy interesante.

# Capítulo 10

## *Georgia*

Estaba nerviosa y llegaba tarde.

Max me había mandado un mensaje por la tarde para de-cirme que estaba liado en una sesión de fotos de uno de sus patrocinadores y que tendríamos que vernos directamente en el restaurante para la cita. Había insistido en mandarme un coche para que me recogiera, pero lo convencí de que llegaría antes en metro, teniendo en cuenta el tráfico de los viernes por la tarde. Sin embargo, cuando tuve que caminar una manzana y media con los zapatos de tacón, me arrepentí de no haber ce-dido. Al ver la cara de Max cuando llegué al restaurante pensé que el dolor que me había causado la tira del zapato en el dedo meñique del pie había valido la pena.

«Madre mía, está increíble». Max llevaba unos pantalones de vestir oscuros y una camisa blanca. La ropa se le ajustaba tan bien al cuerpo que supuse que estaba hecha a medida. No es que destacara tanto por el atuendo, ni tampoco por su estatu-ra. Tenía una postura dominante y segura: las piernas un poco separadas, los hombros erguidos y una mano en el bolsillo que le daba un aspecto desenfadado. A diferencia del resto de per-sonas que esperan hoy en día, no tenía el móvil en la mano ni llevaba auriculares. Solo estaba esperando, observando a su alrededor hasta que me vio y los labios se le curvaron en una sonrisa. Miró cómo me acercaba con mucha atención.

—Hola —dije—. Siento llegar unos minutos tarde.

Me examinó de arriba abajo.

—Estás preciosa. Mientras te acercabas, he intentado decidir si quería presumir de ti o ponerte una chaqueta por encima para que nadie te mire.

Sonreí.

—¿Y qué has decidido?

—Que quiero presumir. Pero puede que gruña si veo que alguien te mira demasiado.

Reí.

—Tú también estás muy guapo. Aunque estoy convencida de que mi gruñido no dará tanto miedo como el tuyo. —Señalé hacia la puerta—. ¿Entramos?

Max se acercó, se puso delante de mí y me colocó una mano en la cintura y otra en el cuello.

—No, primero quiero un beso. Ven aquí.

Antes de que pudiera responder, sentí sus labios sobre los míos. Me abrió la boca con la lengua y el corazón se me aceleró contra su torso firme. Me besó como si el resto del mundo no importara, ni siquiera en esa calle concurrida de Manhattan. Parecía que me besara por necesidad y no por capricho. No recordaba la última vez que alguien me había besado con tanta pasión al saludarme; de hecho, creo que nadie me había besado nunca así. Aunque suene cursi, Max hacía que me temblaran las piernas.

Antes de soltarme, me mordió el labio inferior y tiró de él, y lo sentí en la entrepierna. Me acarició con el pulgar debajo del labio para limpiarme y se aclaró la garganta.

—Más vale que entremos antes de que consiga que nos arresten.

El interior del restaurante estaba oscuro. Seguimos a la camarera por un pasillo y entramos por otra puerta. Max me indicó con la mano que pasara primero y me sorprendió ver que habíamos salido a una pequeña terraza. En el centro había un árbol grande, decorado con lucecitas blancas que colgaban por encima de nuestras cabezas e iluminaban la zona. Varias plantas de bambú en macetas alargadas delimitaban espacios individuales para cenar.

La camarera nos acompañó y alargó el brazo.

—En la mesa tienen la carta de vinos y de bebidas. —Señaló una estufa de exterior a unos metros de la mesa—. Si tienen frío, pidan al camarero que encienda el calefactor. Les daré unos minutos y le diré al camarero que venga a tomar nota de las bebidas.

—Gracias.

Max apartó la silla para que me sentara.

—Qué sorpresa —dije—. Cuando hemos entrado no he imaginado que tendrían una terraza. Es muy bonito. Me alegro de haber venido.

—¿No estabas convencida?

Mi intención no era dejar entrever que tenía dudas, así que intenté disimular. Negué con la cabeza y dije:

—No te habría dejado plantado.

Ladeó la cabeza y preguntó:

—¿Te habías planteado no venir?

Genial. Solo llevábamos dos minutos en la cita y ya había metido la pata.

—Siempre me lo cuestiono todo y pienso en las ventajas y los inconvenientes. Soy así, no es por ti.

—Parece agotador.

Sonreí.

—Lo es. Pero estoy intentando cambiarlo.

—Yo soy todo lo contrario. Suelo dejarme llevar y no pienso lo suficiente en las cosas. —Me guiñó un ojo—. Estoy intentando cambiarlo. Pero ahora quiero que me digas cuáles son las ventajas y los inconvenientes de quedar conmigo. Quiero saber qué ha hecho que acabes dándome una oportunidad.

El camarero vino a la mesa y ni siquiera habíamos tocado la carta de vinos. Miré a Max y le pregunté:

—¿Vas a beber algo?

Cogió la carta y me la ofreció.

—Mañana no entreno, así que elige una botella.

Leí detenidamente las opciones y elegí un vino tinto con cuerpo. Cuando el camarero se fue, vi que Max me miraba, a la espera.

—¿Qué?

—Me ibas a decir lo de los pros y los contras.

—Lo que quieres es oír los puntos a favor para inflar tu ego.

Max sonrió.

—Normalmente lo hago por eso. Pero en tu caso me interesan más los puntos en contra. Si no sé en qué fallo, no puedo arreglarlo.

El camarero volvió para servirnos el vino. Después de que lo probáramos, nos llenó las copas y nos dio las cartas.

—En realidad, ninguno de los inconvenientes tenía que ver contigo. Eran sobre mí. Nunca he tenido una relación sin ataduras y no estoy segura de poder tener una. —Di un sorbo al vino—. Tú dijiste que lo has hecho antes. ¿Cómo haces para que no se complique todo?

Max se encogió de hombros.

—Supongo que siendo sincero sobre lo que quiere cada uno.

—De acuerdo. —Lo miré fijamente a los ojos—. ¿Qué quieres de mí?

Max levantó la copa y bebió. Sus ojos se detuvieron en mis labios.

—Si te lo dijera, me darías una bofetada.

Solté una risita.

—Te prometo que no.

Se inclinó hacia mí y dijo en voz baja:

—Quiero tumbarte en mi cama totalmente desnuda excepto por los zapatos que llevas ahora mismo y lamerte hasta que me supliques.

Tragué saliva.

—Yo no suplico.

Max sonrió con picardía.

—Eso es porque nunca te lo han comido bien.

Sentí que se me ruborizaba el rostro, así que volví a coger la copa de vino. El brillo en los ojos de Max me decía que sabía muy bien lo que hacía.

Me aclaré la garganta y le pregunté:

—¿Eso es todo? Quiero decir, ¿solo quieres eso de mí? ¿Sexo?

—Me gustas, Georgia. Me gusta estar contigo. —Me examinó el rostro—. Eres tú la que quiere definir las cosas, así que ¿por qué no me dices tú qué quieres?

Me volví a sonrojar.

—Tu idea sonaba muy bien.

Max rio.

—¿Qué más quieres, Georgia? Porque me da la sensación de que podría asustarte con facilidad y sin darme cuenta.

—Solo quiero pasármelo bien. Sentirme libre, supongo. Hacer todo aquello que he estado posponiendo, y disfrutar del verano.

Asintió y dijo:

—Yo también quiero pasármelo bien. Y dime, ¿qué cosas has estado posponiendo?

—¿Recuerdas que la noche en que nos conocimos te dije que tenía una lista de cosas que había evitado hacer? Salir con gente era la primera de la lista y por eso me obligué a ir a la cita a ciegas, aunque no me apetecía.

—Sí.

—Vale, pues tengo una lista de verdad. No es una lista de esas con planes emocionantes como saltar en paracaídas ni nada por el estilo. Es para priorizar algunas cosas que quiero hacer por encima del trabajo y para dejar de pensar tanto. En los últimos cuatro años he trabajado entre setenta y ochenta horas a la semana y lo más interesante que he hecho ha sido ir a cenar a un bar un viernes por la noche. Hace unos meses contraté a una directora de operaciones, así que puedo delegar y trabajar menos. Quiero desconectar más a menudo, ser más espontánea, pasar la noche despierta, ver el amanecer, ir a una discoteca de las que no cierran nunca, hacer un voluntariado, pasar las vacaciones aquí en la ciudad... He vivido aquí toda la vida, pero nunca he visitado la estatua de la Libertad ni he pasado por el puente de Brooklyn. También quiero teñirme el pelo de rojo. —Me encogí de hombros—. Me encanta el pelo rojo y siempre lo he querido probar.

123

—Así que pelirroja, ¿eh? —Max sonrió—. Creo que estarías muy *sexy.*

—Gracias —respondí, devolviéndole la sonrisa.

Acarició el borde de la copa de vino y me preguntó:

—¿Qué te parece si hacemos las cosas de la lista juntos?

—¿Seguro? ¿Quieres ir conmigo a la estatua de la Libertad?

Max se encogió de hombros.

—¿Por qué no?

—¿Siempre eres tan despreocupado?

Se echó a reír.

—No sé si es despreocupación, pero me apetece vivir aventuras contigo.

—¿Así que aventuras? —«¿Por qué no puedo tomarme las cosas con la misma sencillez que él?». Me mordí el labio inferior.

Max se inclinó hacia mí y me acarició el labio para que me lo dejara de morder.

—No lo pienses tanto. Di que sí y punto.

Respiré hondo.

—Sé que propusiste que pasáramos juntos el verano, pero ¿qué te parece si empezamos poco a poco y vamos viendo? Lo encuentro menos intimidante si es… no sé… algo más… informal, supongo.

—Como quieras.

Asentí, nerviosa.

—De acuerdo. A la mierda. Vamos a completar mi lista.

—Genial. —Me rodeó el cuello con una mano y me acercó a él para besarme—. Creo que es la primera vez desde que era un niño que me alegro de que haya acabado la temporada.

El camarero nos interrumpió para tomar nota de la comida, pero esta vez tampoco habíamos mirado la carta. Le pedimos que nos diera un minuto y nos decidimos por dos platos que compartiríamos. Cuando acabamos de pedir, cambié el tema de conversación a algo que no me pusiera tan nerviosa como el trato que acabábamos de hacer… por segunda vez.

—¿Cómo ha ido la sesión de fotos? ¿Para qué era, una revista de deportes o algo así?

—Para un anuncio de ropa interior —respondió él, negando con la cabeza—. He llamado a mi agente cuando he acabado y le he dicho que es la última vez que hago un anuncio de ropa interior.

—¿Por qué?

—Querían que me pusiera una tira de velcro alrededor del paquete, pero no solo alrededor del pajarito, también de los huevos.

Reí.

—¿Qué dices?

—Por lo visto, es algo que se ponen los modelos de ropa interior para que se les marque más el paquete. —Negó con la cabeza—. Me he negado a ponérmelo.

Me cubrí la sonrisa con la boca.

—Madre mía. ¿Qué han dicho cuando te has negado?

Se encogió de hombros.

—Nada, me han hecho las fotos tal cual. Mi paquete no necesita ningún tipo de ayuda.

—¿Cuándo saldrá el anuncio? Ahora siento curiosidad por verlo.

—Me han dicho que le mandarían las pruebas a mi agente en unos días. Él las tiene que aprobar. Pero si quieres echarle un vistazo a mi paquete antes…

Reí.

—Solo lo preguntaba por interés profesional. Si sales guapo, puede que te haga posar en calzoncillos con un ramo de flores. Pero antes de decidir nada, es obvio que tengo que comprobar la mercancía.

Max me guiñó un ojo y me dijo:

—Cuando quieras, guapa.

Me acabé la copa de vino.

—¿Cuánto suele durar la carrera de un jugador de *hockey* profesional? Sé que los jugadores de fútbol americano se retiran bastante jóvenes porque todo el mundo comenta el hecho de que Tom Brady siga jugando a los cuarenta años.

—La edad media para retirarse en la liga nacional de *hockey* es a los veintinueve.

—¿Veintinueve? Tú tienes veintinueve años.

—No me lo recuerdes.

—Pero eso es muy pronto.

—No se hace por gusto. El *hockey* es muy duro con el cuerpo. Entre las lesiones y el desgaste en las articulaciones y los ligamentos, hay muchos que se ven obligados a retirarse antes de lo que querrían. Pero también hay algunos que han jugado profesionalmente hasta los cuarenta. Gordie Howe jugó hasta los cincuenta y cuatro, aunque es una excepción.

—¿Y luego qué? Si la mayoría de los jugadores se retiran sobre los treinta, ¿a qué se dedican después?

—Algunos siguen trabajando en el mismo campo, ya sea como entrenadores, comentaristas, preparadores físicos y cosas por el estilo. Otros se meten en el mundo de los negocios. Si son jugadores conocidos, eso abre un montón de puertas para las compañías donde trabajan. Muchos de ellos compran empresas. Saben que tienen muchas probabilidades de retirarse jóvenes, así que, en cuanto cuelgan los patines, se compran empresas con el dinero que han ahorrado. Conozco a propietarios de gimnasios, concesionarios de coches, restaurantes… un poco de todo.

—¿Y tú qué crees que harás?

—Me gustaría hacer algo relacionado con el *hockey*, aunque también me gustaría montar un pequeño negocio. A mi hermano Austin se le daba muy bien la ebanistería, como a mi padre, que era carpintero. ¿Recuerdas los juegos de construcción con troncos?

—Me suenan. ¿Los de construir cabañas que venían en una lata?

—Exacto. A mi hermano le encantaban cuando era pequeño. Le obsesionaban los juegos de construcción. Cuando tenía unos diez años, construyó una de esas cabañas con mi padre, a tamaño real. Construíamos fuertes y de todo en el jardín. Austin quería convertirlo en un negocio. Dos años antes de empezar la universidad, perfeccionó un set de piezas grandes y un libro ilustrado que contenía cincuenta estructuras que se podían construir con un solo set de troncos de madera. Había hasta un columpio, un fuerte o una pequeña casa de dos plantas. A la mayoría de los niños les encanta construir cosas y con el set que había diseñado, podrían aprender a construir lo que quisieran. Además, cuando acabaran, tendrían algo con lo que jugar y cuando se aburrieran de lo que fuera que habían construido, podrían construir otra cosa.

—Es una idea muy guay.

Max asintió.

—Austin era inteligente. Estaba estudiando un doble grado de Arquitectura e Ingeniería Arquitectónica. Tengo sus prototipos y diseños guardados. No tuvo la oportunidad de ver cómo sus ideas se convertían en algo más, así que espero poder hacerlo por él.

—Vaya. Me parece genial que quieras honrar su memoria retomando su proyecto.

El camarero llegó con la comida. Habíamos pedido lubina salteada y risotto a la milanesa con espárragos y gambas. Empecé a salivar en cuanto dejaron los platos en la mesa. Max repartió la comida y me pasó un plato.

—Qué buena pinta —dije—. Aunque me recuerda otra cosa de mi lista. Tengo que encontrar una manera de hacer ejercicio y que me guste, porque odio ir al gimnasio. Salgo a correr porque así me mantengo en forma y puedo comer lo que quiera, pero me encantaría encontrar un deporte que me guste de verdad. Maggie ha empezado a practicar escalada, sobre todo en rocódromos, pero le encanta. A mí no me convence, pero tiene que haber algo que me haga quemar calorías y sea más entretenido que correr.

—A mí se me ocurren unas cuantas maneras de quemar calorías —afirmó, moviendo las cejas con picardía.

Me eché a reír.

—Te lo he puesto demasiado fácil, ¿verdad?

—Sí. Pero ahora en serio, a mí me interesa mucho. Me gusta probar nuevas formas de hacer deporte. Te voy a confesar algo, pero no te rías.

—¿Qué?

—Cerca de donde vivo hay un centro de esos de yoga aéreo, esa modalidad en que la gente cuelga del techo en una especie de sábanas. Siempre que paso por delante y los veo pienso que me gustaría probarlo.

—¿Y por qué no lo has probado todavía?

Max se encogió de hombros.

—Seguro que hago el ridículo. Estoy fuerte, pero no soy muy flexible. Además, como se enteren mis compañeros de equipo, me lo recordarán toda la vida. Uno de los jugadores tiene una hija que va a clases de *ballet* con su madre. El día del ensayo general, la madre pilló la gripe y él fue con la niña para que se acostumbrara a estar en el escenario. Se filtraron unas fotos y al lunes siguiente todos fuimos a entrenar con tutús. Somos unos cabronazos. Todavía llamamos a Yuri Volkov «Bailarina».

Reí.

—Supongo que es mejor que te llamen guaperas que bailarina.

Durante las siguientes horas, nos acabamos la botella de vino y compartimos el postre. Mientras Max firmaba el recibo tras pagar con la tarjeta de crédito, noté que me vibraba el teléfono en el bolso. Tenía una llamada perdida de Maggie y varios mensajes, así que los miré para asegurarme de que todo iba bien.

**Maggie:** Solo quería asegurarme de que no te habías echado atrás.

Una hora más tarde me había mandado otro:

**Maggie:** Espero que no me hayas respondido porque estás disfrutando de la cita y no porque me estés ignorando mientras miras una de esas pelis tontas y antiguas en blanco y negro mientras comes un kilo de helado.

**Maggie:** Vaya… ahora se me ha antojado un helado. Muchas gracias.

En el siguiente mensaje decía:

**Maggie:** Vale, me estoy empezando a preocupar. Han pasado tres horas y sigues sin responder. Normalmente, si pasas tanto rato sin mirar el móvil es porque estás durmiendo. Más te vale que no sea así. ¡Tenía muchas ganas de que fueras a la cita! ¿Debería preocuparme? ¿Y si resulta que el jugador de *hockey* cañón es un asesino y estás por ahí tirada y decapitada? Menudo follón. Para mí, vaya. No quiero tener que buscar amigos nuevos. Mándame un mensaje en cuanto puedas para saber que sigues con vida.

El último mensaje me lo había mandado hacía diez minutos:

**Maggie:** Tierra llamando a Georgia… ¿me recibes?

—Ostras —masculllé.
—¿Va todo bien? —preguntó Max.
—Sí, pero tengo que responder a Maggie. Me ha escrito para ver si estaba bien, pero está preocupada porque no he contestado. —Negué con la cabeza—. No me había dado cuenta de que llevábamos casi tres horas y media aquí. No suelo pasar tanto tiempo sin mirar el móvil.
Max sonrió.
—Eso es bueno. Dijiste que querías desconectar más a menudo.
—Sí, aunque supongo que a la gente le costará acostumbrarse.
Le mandé un mensaje a Maggie diciéndole que estaba bien y que seguía con Max.
Solo tardó unos segundos en contestar:

**Maggie:** ¡Qué bien! Móntalo como a un semental.

Sonreí y guardé el móvil en el bolso.

—No sé qué te ha dicho tu amiga, pero deberías hacerle caso.

Era imposible que pudiera ver la pantalla desde donde estaba.

—¿Por qué lo dices?

—Cuando has leído el mensaje, tu sonrisa se ha vuelto un poco traviesa —dijo, señalándome los labios.

—Eres muy observador y mi amiga está muy salida —dije, riendo.

—Me cae bien. ¿Nos vamos?

—Vale.

Max se levantó y me ofreció la mano para ayudarme a levantarme. No me soltó cuando me puse en pie, me puso la mano en la espalda y me acercó a él.

—No quiero irme todavía, pero tengo que ir a casa y sacar a los perros. Como he llegado tarde, no he pasado por allí antes de venir. Si quieres puedes venir a mi apartamento, o los saco y vamos a tomar alguna cosa. Lo que prefieras, pero quédate conmigo un rato más.

Yo tampoco quería despedirme todavía de él, y como ya habíamos pasado suficiente tiempo juntos, no me incomodaba la idea de acompañarlo a su casa. Asentí y dije:

—Me parece bien que vayamos a tu apartamento. Pero… sigo queriendo que vayamos despacio.

Me dio un beso en la frente.

—No hay problema. Me comportaré como un caballero hasta que estés lista. Después de eso, no puedo prometerte nada.

⸎⸎⸎

Si en algún momento hubiera pensado que Max había usado la excusa de los perros para llevarme a su casa, todo se habría aclarado al abrirse las puertas del ascensor que daban directamente al apartamento. En cuanto llegamos, Cuatro entró veloz al ascensor, y el perro grande, que supuse que era Fred, empezó a correr en círculos justo delante.

—¿Quieres esperarme aquí? —Max miró mis zapatos—. No parecen muy cómodos para sacar a pasear a los perros. Y tengo que dar la vuelta a la manzana si quiero que descansen esta noche. Solo tardaré unos quince minutos. —Se fue hacia una mesa redonda que había en la entrada y sacó dos correas del cajón.

—¿No te da miedo que cotillee si me quedo sola?

Max sonrió y dijo:

—Adelante. Tengo los látigos y las cadenas en el cajón de la mesita de noche, si quieres echarles un vistazo.

No lo decía en serio, ¿verdad?

Max soltó una risita. Se inclinó hacia mí y me dio un beso.

—Es broma. Pero puedes mirar lo que quieras. No me importa. Ponte cómoda.

—Gracias.

Cuando las puertas del ascensor se cerraron detrás de Max y los perros, me di media vuelta y observé el apartamento. Unos cuantos escalones de mármol separaban la entrada de una sala de estar enorme.

—Joder —susurré al entrar. Mi apartamento no era el típico apartamento diminuto de Nueva York, pero cabía entero en el comedor. Los enormes ventanales parecían cuadros en los que se veía la ciudad iluminada en el exterior. Fui directa a contemplar las vistas. Max vivía en la calle Cincuenta y siete oeste, así que delante de mí veía la ciudad iluminada y a la izquierda tenía el río. Era una noche clara y el reflejo de la luna dibujaba un camino en el agua. Era una pasada. Podría haberme pasado toda la noche allí, aunque me obligué a separarme de los ventanales para echar un vistazo al resto de la casa antes de que Max regresara. Evidentemente, quería husmear un poco.

La sala de estar daba a la cocina, que estaba equipada con electrodomésticos de última generación, tenía una cafetera integrada y una nevera especial para los vinos con la puerta de cristal. Al otro lado de la habitación había un pasillo largo que daba a unas cuantas puertas, entre las que había un lavabo grande y un despacho. Al final del pasillo estaba el dormitorio principal. Encendí la luz y vi una cama de madera tallada, preciosa y masculina sobre una plataforma para sacar el máximo provecho a otro ventanal, que daba a Central Park. Me quedé de pie en el umbral de la puerta porque no quería invadir su privacidad, a pesar de que me había animado a curiosear. Me fijé en el montón de libros que tenía en la mesita de noche. He de admitir que me había imaginado una casa muy diferente; esta tenía un aire maduro y yo había esperado encontrarme el típico piso de soltero.

Cuando Max regresó, yo estaba en la sala de estar, disfrutando de las vistas. Los perros fueron corriendo hacia los cuencos de agua y Max vino hacia mí, me rodeó la cintura con los brazos y me dio un beso en el hombro.

—¿Has comprobado que no tenga látigos en la mesita de noche?

Di media vuelta sin soltarme y le pasé una mano por el pelo.

—¿Quién te ha dicho que no me gustan esas cosas? A lo mejor estoy decepcionada por no haber encontrado nada.

—Entonces imagino que no has mirado en el armario —respondió él, con una mirada pícara.

Puse los ojos como platos y él se echó a reír.

—Es broma.

Cuatro y Fred acabaron de beber y se sentaron a nuestros pies. Cuatro me acarició la pierna con el hocico mojado, como un gato.

—No me han hecho caso cuando hemos subido, así que no los he podido saludar. —Me agaché y tomé en brazos a Cuatro, le rasqué la cabeza con las uñas y acaricié a Fred con la otra mano—. Hola, Fred. Soy Georgia, encantada de conocerte.

Fred se acercó a mí y me lamió la mejilla. Reí.

—Vaya, veo que has sacado de tu padre el don con las mujeres.

Max sonrió.

—¿Quieres beber algo?

—Si te tomas una copa de vino, no me importará acompañarte.

Mientras Max abría una botella, estuve un rato con los perros, y cuando acabó de servir las copas, lanzó una pelota hacia el pasillo y Fred corrió detrás de ella. Me levanté con Cuatro en los brazos.

—Y yo que pensaba que me lo había ganado. Solo le ha hecho falta una pelota para perder el interés.

Fui a la cocina, Max abrió los brazos y dijo:

—Venga, peludito, ahora me toca a mí estar con ella. —Dejó a Cuatro en el suelo y lo sobornó con una galletita antes de darme la copa.

—Menos mal que no he ido a pasear con vosotros. —Doblé la pierna como un flamenco y me rasqué los dedos de los pies con la otra—. Se me clava la tira del zapato y parece que me vaya a amputar el dedo.

Max dejó la copa, tomó la mía y la dejó en la encimera.

—Deja que te los quite. —Me agarró de la cadera y me sentó en la encimera, me levantó un pie y desabrochó la tira de la sandalia—. Son muy *sexys*. Pero prefiero que estés cómoda.

No sé por qué, pero me encantó ver cómo me quitaba los zapatos. Era un gesto amable, aunque también parecía un preludio de todas las prendas de ropa que me quitaría en el futuro.

Respiré hondo para concentrarme.

—No esperaba para nada que tu casa fuera así.

—¿Ah, no? ¿Qué esperabas?

Negué con la cabeza y respondí:

—No lo sé. Eres deportista, así que supongo que un piso con una pantalla de televisión enorme y una habitación con máquinas de ejercicio. Había imaginado que tendrías el típico piso de soltero.

Max me levantó el pie que había liberado de la malvada hebilla y besó la marca roja en el empeine antes de proceder a quitarme el otro.

—Si hubieras venido hace dos años, habrías estado en lo cierto. Tenía un piso en Chelsea que básicamente parecía una versión un poco más sofisticada de una fraternidad. Dos compañeros de equipo vivían en el mismo edificio y cuando no les abría la puerta, la echaban abajo. Tuve que cambiarla cuatro veces.

Reí.

—¿Por qué decidiste mudarte?

Se encogió de hombros y respondió:

—No lo sé. Supongo que maduré. Quería poder llegar a casa y relajarme. Me dejo la piel jugando todo el día, así que para mí es importante que mi casa sea un lugar tranquilo. Aunque… sí que tengo una pantalla de televisión enorme. Quédate aquí, te la enseñaré.

Cuando acabó de quitarme el otro zapato, fue hacia el comedor y agarró un mando a distancia. Cuando pulsó el botón, la pared de ventanales empezó a esconderse detrás de una pantalla. Cuando acabó de bajar, Max pulsó otro botón y se abrió un panel en el techo del comedor que no había visto y apareció un proyector.

—Hace de estor y de pantalla para el proyector al mismo tiempo —dijo—. Mide unos cinco metros y medio. Cuando ves los partidos aquí, parece que estés en el campo.

—Vale —dije, riendo—. Esto ya se parece más a lo que había imaginado.

Max caminó hacia mí, que seguía sentada donde me había dejado. Me abrió las piernas y se puso de pie entre ellas.

—Hay un gimnasio comunitario, así que me deshice de las pesas que tenía en el cuarto de invitados, y la señora de la limpieza se encarga de llenarme la nevera y de evitar que el piso parezca una casa de soltero. Así que no te has equivocado; es solo que ahora, con la edad, lo disimulo mejor.

Al bajar la pantalla, la habitación se había vuelto más oscura. Solo entraba luz por el recibidor y eso hizo que el ambiente se volviera más íntimo. Max me apartó el pelo del hombro y se inclinó hacia mí para darme un beso en el cuello.

—¿Puedo? —susurró.

Asentí.

Me acarició la barbilla con la nariz y fue bajando hasta la clavícula, luego deshizo el camino besándome la piel.

—Qué bien hueles, joder. Creo que es mejor que vayamos a sentarnos en la sala de estar antes de que me meta en problemas.

Quería que nos quedáramos ahí, con sus labios sobre mi piel, pero, como había sido yo la que le había dicho que fuéramos despacio, me parecía injusto pedírselo. Asentí y Max me bajó de la encimera. Me agarró la mano y me guio hacia el sofá, puso un cojín en uno de los lados y con un gesto me pidió que apoyara la espalda en él. Cuando lo hice, me levantó las piernas, se las puso en el regazo y empezó a masajearme la planta de los pies con los pulgares.

Puse los ojos en blanco.

—Madre mía, qué bien se te da.

—Puede que haya aprendido un poco después de tantos años de fisioterapeutas y masajistas.

Me apretó con los nudillos la base del pulgar y apoyé la cabeza en el sofá unos minutos. Cuando abrí los ojos, vi que Max me observaba.

—¿Qué pasa?

Negó con la cabeza y dijo:

—Me gusta la cara que pones cuando estás relajada.

—Deberías hacerle una foto. Dicen que no me relajo a menudo.

—Bueno, este verano lo solucionaremos. Me encargaré de ello.

Sonreí.

—Has comentado que quieres ir despacio. Pero ¿a qué te refieres exactamente?

Me eché a reír.

—¿Me lo preguntas porque quieres ver hasta dónde puedes llegar?

Sonrió.

—¿Qué te parece si fingimos que somos alumnos de noveno y estamos estudiando en tu habitación con la puerta abierta porque tu madre está en la planta de abajo?

Reí por la nariz.

—No sé ni qué significa eso.

—Pues que puedo liarme contigo y meterte mano, pero no puedo pasarme porque tu madre está en casa.

—Creo que tuvimos experiencias muy distintas en noveno curso.

Max gesticuló con el dedo para que me acercara.

—Ven.

—¿A dónde?

Se dio una palmadita en el regazo y añadió:

—Aquí. También podemos restregarnos un poco.

Era imposible decirle que no cuando sonreía, así que cuando me ofreció una mano, la tomé y me senté encima de él, como me había pedido.

Sonrió.

—Acércate un poco más.

Cuando lo hice, noté un bulto prominente entre las piernas. Max cerró los ojos y dijo:

—Oh, sí. Mucho mejor.

—Estás loco.

Se puso un dedo en los labios y dijo:

—Baja la voz o tu madre nos oirá.

Nos pasamos la siguiente media hora sentados en el sofá, enrollándonos como dos adolescentes cachondos. En un momento dado, empezó a moverme las caderas hacia delante y hacia atrás sobre el bulto, que ya era una erección al cien por cien. Estaba tan excitada y disfrutaba tanto de los frotamientos que me preocupaba correrme, así que me tuve que refrenar.

Max gruñó.

—¿Has oído a tu madre acercándose?

—No, pero he pensado que me voy a… ya sabes.

Alzó una ceja.

—No habría pasado nada.

—No, pero estoy intentando ser justa.

—No te preocupes por eso. Haz lo que te apetezca, no vamos a llevar la cuenta de nada.

Después de eso, todo se calmó. Quizá porque me bajé de su regazo y dejé de restregarme contra él. Pasamos un buen rato hablando; en nuestras conversaciones no había momentos incómodos. Al final, le dije que me tenía que ir. Max llamó un Uber e insistió en acompañarme al coche y mirar fijamente al conductor. Solo le faltó amenazarlo con hacerle daño si no me dejaba en casa sana y salva. Max abrió la puerta del coche y me dio un beso en la frente.

—Hablamos mañana.

—Vale.

—Y recuerda mandarme la lista.

—¿Qué lista?

—La de las cosas que tienes pendientes para hacer este verano.

—Ah, claro. Te la mandaré, pero tú también tienes que añadir algunas cosas.

Se inclinó y me susurró al oído.

—Como quieras. Aunque yo solo tengo un plan para este verano: tú.

# Capítulo 11

## *Max*

Tres días después de la cita, por fin recibí la lista de cosas que Georgia quería hacer en verano. Ya habíamos comentado la mayoría:

- Desconectar más.
- Ser más espontánea.
- Teñirme el pelo de rojo.
- Hacer algún voluntariado.
- Ver el amanecer desde el parque de High Line.
- Ir a un *after*.
- Estar toda la noche de fiesta.
- Hacer unas vacaciones en la ciudad e ir a los sitios turísticos en los que no he estado nunca.
- Acabar de trabajar cada día a las cinco.
- Tomarme dos semanas enteras de vacaciones.

También había algunas de las que no habíamos hablado:

- Superar el miedo a hablar en público.
- Hacerme una prueba genética para saber más de mis antepasados.

Me sorprendió que tuviera miedo a hablar en público, pero las demás cosas eran más o menos lo que había imaginado. En lugar de contestarle el mensaje, la llamé. Georgia respondió al primer tono.

—Bueno, ¿cuándo empezamos?

—Chico, qué impaciente —me reprendió—. Parece que te mueras de ganas de ir a la estatua de la Libertad.

Reí.

—Sí, sin duda.

—Pues no sé. Supongo que podemos comenzar cuando queramos.

—De acuerdo. La semana que viene. Esta semana la tengo bastante ocupada, pero el sábado tengo el último partido y después de eso soy un hombre libre. ¿Puedes coger vacaciones?

—¿El lunes?

—No. Esas dos semanas. En la lista pone que quieres tomarte dos semanas de vacaciones, ¿por qué no empezamos por ahí?

—Mmm… no sé si es buena idea, Max.

—¿Por qué?

—La nueva directora de operaciones solo lleva unos meses con nosotros y tenemos mucho trabajo ahora mismo y…

La interrumpí:

—¿Desde que abriste el negocio ha habido algún momento en el que no tuvierais mucho trabajo?

—No, pero…

—No nos iremos de Nueva York. Si pasara algo, podrías volver en cuestión de minutos.

—No sé, Max…

—Yo lo planificaré todo. Te prometo que te gustará.

Suspiró.

—De acuerdo. Pero no te enfades si tengo que ir a trabajar.

—Vale.

—No puedo creer que vaya a hacerlo. Bueno, será mejor que me vaya porque, como me voy a tomar dos semanas de vacaciones, tendré que trabajar hasta medianoche los próximos días.

—Te dejo para que hagas lo que tengas que hacer. Pero el último partido es el sábado por la tarde y juego en casa. ¿Vendrás a verme?

—Sí, me encantaría.

—Me encargaré de que te lleven las entradas al despacho.

—Gracias, Max.

Cuando colgué, me quedé pensando en qué podía planear para las siguientes dos semanas. No tenía los detalles muy claros todavía, pero había algo innegable: para estar de vacaciones necesitaríamos un hotel.

⫸⫷

Parecía que el lunes nunca fuera a llegar. El sábado, Georgia me había venido a ver al partido, tal y como me había prometido, pero no se quedó después porque tenía que hacer un par de cosas antes de empezar nuestras vacaciones, que comenzaban el lunes. Imaginé que en ese mismo momento estaría estresada, pero había planeado alguna cosilla para ayudarla a calmarse.

Llegué a su edificio sobre las doce y subí al apartamento para ayudarla con la maleta.

—Hola —dijo con el ceño fruncido de preocupación—. Todavía no he acabado de hacer la maleta. Es que no sé qué tengo que llevar. Como no me dices qué has planeado ni dónde nos alojamos…

—Solo necesitas ropa cómoda. Y puede que algo más bonito para salir alguna noche.

—No puedes decirle eso a una mujer, necesito más información. ¿Iremos a un restaurante elegante? ¿A uno más informal? ¿Tendré que caminar mucho? Tengo zapatos de tacón que están hechos para caminar hasta la puerta del restaurante y otros con los que puedo caminar unas cuantas manzanas. Pero, claro, si vamos a caminar mucho más, necesitaré zapatos planos. —Negó con la cabeza—. Mierda, no he cogido zapatos planos, solo zapatillas de deporte. Ah, por cierto, ¿haremos deporte? Porque he cogido unas mallas y algunas prendas informales, pero no me pondría esas mallas para ir al gimnasio, preferiría algo más absorbente. ¿Y debería coger toallas? ¿Ropa

140

para la lluvia? ¿Has cogido un paraguas? Mierda. No llevo gomas para el pelo.

Estaba a punto de perder la cabeza, así que la detuve:

—Georgia...

Sus ojos se clavaron en los míos. Apoyé las manos sobre sus hombros y le dije:

—Si te olvidas de algo, lo compraremos. Nos quedaremos en la ciudad, no vamos a ningún lugar salvaje en el que vayamos a morir si nos olvidamos el espray para osos. Y si no quieres ir a comprar, podemos volver a tu casa para que cojas lo que necesitas. Respira hondo.

Lo hizo y dos segundos después, se alejó. La seguí hasta la habitación y me preocupé un poco cuando vi los montones de ropa que tenía en la cama. Había por lo menos doscientas perchas con prendas.

—No piensas llevarte todo eso, ¿verdad?

Negó con la cabeza.

—Es que no encontraba un jersey verde que quería llevarme, así que he vaciado la mitad del armario.

«¿Eso es solo medio armario?».

—¿Lo has encontrado?

—Creo que se lo dejé a Maggie.

—¿Quieres que pasemos por su casa a recuperarlo?

—Puede que no haya sido una buena idea.

Arqueé las cejas.

—¿Porque no encuentras el jersey?

Georgia evitó mirarme a los ojos y buscó entre los montones de ropa de la cama. Tras remover las cosas durante un rato, suspiró con fuerza y me miró.

—Estoy nerviosa.

No pude evitar sonreír.

—No me digas. Pues disimulas muy bien.

Agarró un jersey de la parte de arriba de uno de los montones y me lo lanzó. Lo pillé al vuelo y lo dejé otra vez en su sitio. Puse uno de los montones en el suelo y me senté en la cama. Extendí una mano hacia ella.

—Ven.

Georgia dudó, pero al final aceptó mi mano y aproveché para tirar de ella y hacer que se sentara sobre mí.

—Cuéntame qué te pasa.

Georgia inclinó la cabeza hacia abajo para mirarme, le aparté un mechón de pelo y se lo puse detrás de la oreja.

—¿Por qué estás nerviosa?

—Por todo.

Asentí.

—Vale, de una en una, dime todas las cosas que te preocupan.

—No ir al despacho.

—Vas a llevarte el portátil y el móvil, ¿verdad?

—Sí.

—Entonces, si hay algún problema, te llamarán. Y estaremos en la ciudad, así que, si pasara algo importante, podrías volver. A veces tienes reuniones fuera del despacho, ¿no?

—Sí, pero es diferente.

—¿Por qué?

—No lo sé. Es diferente. Esto son dos semanas, no una tarde.

—De acuerdo. Entonces lo que te pone nerviosa es el tiempo. ¿Qué te parece si en lugar de dos semanas nos vamos dos días? Después de dos días, puedes decidir si tienes que volver al trabajo o si te apetece alargar las vacaciones.

—Pero… has dicho que habías hecho planes.

—Si es necesario, los cambiaremos.

—¿En serio?

Asentí.

—No pasa nada. Pero debes saber que no eres la única competitiva. Voy a hacer todo lo que esté en mis manos para que lo pases tan bien que no quieras volver.

Por primera vez, vi un atisbo de sonrisa en su rostro estresado.

—Vale.

—¿Algo más?

Bajó la mirada y empezó a juguetear con los dedos.

—Estoy nerviosa por… nosotros.

La tomé de la barbilla e hice que me mirara.

—He reservado dos habitaciones contiguas. Por eso no tienes que estar nerviosa.

—¿En serio?

Asentí.

—Sí.

Relajó la postura y respiró hondo.

—Está bien.

Sonreí.

—Lo estamos haciendo genial. ¿Hay algo más que te preocupe?

—Esos eran los factores más importantes.

—No ha sido para tanto.

—Para ti no… —dijo, riendo.

—¿Sabes qué te ayudaría a sentirte mejor?

—No.

Le pasé una mano por la espalda hasta llegar al cuello y la acerqué a mí.

—Saludarme con un beso.

Se acurrucó contra mi cuerpo. Respiró hondo y el suspiro se llevó con él la tensión que quedaba antes de que Georgia abriera la boca para recibir mi lengua. Para cuando nos separamos, yo ya no sabía ni cómo me llamaba. Así que, solo con que el beso hubiera sido la mitad de efectivo para ella, yo ya había hecho lo que debía y Georgia estaría tranquila el resto del día.

Le acaricié la mejilla y le pregunté:

—¿Estás mejor?

Asintió.

—Tendría que haberte llamado anoche para que me tranquilizaras. Así por lo menos habría dormido un poco.

—Bueno, si me necesitas, estaré en la habitación contigua esta noche. —Miré a mi alrededor—. ¿Qué te parece si terminas de hacer la maleta?

—Sí. Dame unos minutos. Me voy a cambiar de ropa. ¿Por qué no te tomas un café mientras tanto?

Veinte minutos después, Georgia salió de la habitación arrastrando una maleta de ruedas. Llevaba unos vaqueros ajustados y una camiseta de los Wolverines.

—¿Qué te parece? —Se puso el pelo detrás de los hombros y apartó las manos para que viera el logo.

—Que tienes unos pechos muy bonitos —dije con una seriedad fingida.

Se echó a reír y añadió:

—Me refiero a la camiseta. La compré el sábado al salir del partido.

—Es broma. Me encanta.

Dio media vuelta, se levantó la melena y me enseñó la parte trasera. Eso sí que no me lo esperaba. Ni siquiera sabía que hacían camisetas con el logo delante y con mi número y nombre detrás. Pero le quedaba de puta madre.

—Qué chula. —Mi cerebro me reveló rápidamente el aspecto que tendría si llevara la camiseta y nada más, solo la camiseta, con mi nombre en la espalda y esas piernas largas y *sexys* desnudas.

Georgia se giró, observó mi rostro con los ojos entrecerrados y me preguntó:

—¿En qué estás pensando?

Sonreí y caminé hacia ella.

—Te aseguro que no quieres saberlo. Acabo de conseguir que te relajes. —Agarré la maleta y le pregunté—: ¿Tienes que llevar algo más?

—Lo he metido todo ahí. En cualquier caso, puede que volvamos en unos días, ¿no?

—Claro. —«Si dependiera de mí, no volveríamos pronto».

# Capítulo 12

## *Georgia*

Max me sorprendió con un día lleno de planes.

Cuando al fin nos fuimos de mi casa, un coche nos esperaba subido al bordillo. Nos llevó al Hotel Four Seasons, en el centro, allí entregamos las maletas al portero y le dijimos que volveríamos más tarde para registrarnos. Fuimos a Battery Park a subir al ferri hacia la estatua de la Libertad. Cruzamos el río Hudson y disfrutamos del precioso día de primavera desde la cubierta.

—¿Has visitado alguna vez la estatua o Ellis Island? —pregunté.

—Sí, con mi hermano Austin cuando estaba en primero de carrera. Vinimos porque tenía un partido de exhibición en Nueva York y me acompañó, pasamos unos cuantos días aquí. A Austin le encantaban los edificios y la historia, así que quiso venir a ver la estatua de la Libertad. —Max observó el agua con una mirada reflexiva y sonrió—. Me llevé una buena bofetada cuando hacíamos cola para entrar.

—¿Austin te pegó?

Max negó con la cabeza.

—No, fue una mujer que estaba delante de nosotros en la cola. Por aquel entonces, yo me comportaba como un idiota y le echaba el ojo a todo lo que se moviera. Señalé hacia una mujer para que Austin la mirara, porque pensé que tenía un buen trasero, pero él no estaba de acuerdo, así que nos pusimos

145

a debatir el tema. Me pareció que hablábamos bajito, pero parece ser que Austin habló demasiado fuerte cuando comentó que no tenía el culo simétrico.

—Madre mía. —Me tapé la boca.

Asintió.

—Pues sí. La mujer nos oyó y entendió que hablábamos de ella, aunque no dijo nada hasta que llegamos al pedestal. Entonces se acercó y nos preguntó quién de los dos era el cerdo. Levanté la mano y ella retrocedió para tomar impulso y me dio una bofetada. Un guardia de seguridad se acercó, pero ella le dijo que la estábamos acosando, y el segurata nos pidió que nos marcháramos, así que no pudimos subir a la antorcha.

Solté una risita y dije:

—Bueno, a lo mejor hoy consigues tener los ojos donde toca y no nos echan. Si cruzamos los dedos a lo mejor conseguimos llegar arriba del todo.

Max me rodeó la cintura con un brazo.

—No me interesa mirar a nadie más.

—Seguro que eso se lo dices a todas —respondí, sonriendo.

La expresión de Max se volvió seria.

—Sabes que no estoy saliendo con nadie más, ¿verdad?

No había pensado en ello. Supongo que como habíamos estado tan liados, yo con el trabajo y él con el *hockey*, nunca se me había ocurrido que cualquiera de los dos tuviera tiempo para salir con alguien más. Pero, en ese momento, Max había acabado la temporada y yo, técnicamente, seguía con Gabriel, así que no me parecía justo para Max.

—Pero si quieres, puedes…

—No quiero —dijo con el ceño fruncido.

—Yo tengo novio.

—Ya lo sé. Pero no está aquí y no lo verás, como mínimo, hasta que acabe el verano, así que me resulta fácil no pensar en él. —Frunció el ceño y me preguntó—: ¿Tienes pensado salir con más chicos este verano?

—No, por Dios. Ni siquiera salía con más de una persona a la vez cuando estaba soltera, antes de Gabriel. Siempre he pensado que salir con alguien es como probarte unos zapatos. Te pruebas algunos modelos diferentes para ver cuáles te gustan más y son más cómodos, pero si te pruebas dos pares a la vez, nunca sabrás si alguno vale la pena.

Max sonrió.

—Entonces está decidido. Nuestro verano será solo para nosotros dos.

—¿Estás seguro?

Me miró fijamente y respondió:

—Segurísimo.

—Vale.

El barco llegó al puerto en Liberty Island. Cuando desembarcamos, vimos que la cola para entrar a la estatua de la Libertad era larga, así que decidimos ir a dar una vuelta por la parte exterior de la isla. Max me tomó de la mano, un gesto que significó mucho para mí. A pesar de las historias negativas que me había contado (como cuando hizo comentarios inapropiados sobre el culo de la señora o cuando les contó a sus amigos que le había metido mano a una chica en el cine), parecía un buen novio. Era atento y considerado, como demostraba el hecho de que nos encontráramos ahí en ese momento. A un hombre tan guapo y famoso como él no le hacía falta currárselo tanto para acostarse con alguien. Por eso, cuando nos acercamos a un gran árbol, le tiré del brazo para esconderme detrás del tronco con él, le rodeé el cuello con los brazos, me puse de puntillas y lo besé.

Max sonrió cuando nuestros labios se separaron.

—¿A qué ha venido eso?

Me encogí de hombros y respondí.

—A que me gustas. Además, has hecho que me tome vacaciones y no quieres salir con otras mujeres este verano y… —Sonreí—. No estás nada mal y quería darte un beso.

Los hoyuelos de Max se marcaron todavía más.

—No te cortes. Últimamente mi ego lo está pasando bastante mal. Tuve que persuadir a una morena que yo me sé para que saliera conmigo.

147

Me eché a reír.

—Va, será mejor que entremos ya. Creo que tenemos un límite de tiempo para usar las entradas.

El resto del día fue muy divertido. Subimos trescientos cincuenta y cuatro escalones para llegar a la corona, que sirvieron para recordarme que tenía que ponerme en forma, aunque la vista desde arriba hizo que todo mereciera la pena. Después, fuimos a Ellis Island y encontré el nombre de mi tatarabuelo en la lista de pasajeros de hace más de un siglo. Para cuando llegamos al hotel, después de volver en ferri y luego en Uber, ya eran las seis de la tarde.

No me sorprendió que la recepcionista reconociera a Max y pestañeara con incredulidad. Cuando ambos le tendimos las tarjetas de crédito para que las tomara, ella solo aceptó la de Max.

—Déjame pagar a mí —le dije—. Seguro que te has gastado mucho ya.

—¿Te molesta que insista?

—No me ofende, no. Pero no tienes que pagarlo todo tú.

—Ya sé que no tengo que pagarlo. Pero me gusta. Déjame, anda.

Dudé.

—Sabes que puedo permitírmelo, ¿verdad? Puede que no tenga un apartamento grande y elegante como el tuyo, pero me gano bien la vida.

Max sonrió.

—Me parece muy *sexy* que ganes tanta pasta. Pero quiero invitar yo. ¿Puedo?

¿Cómo iba a decirle que no cuando lo había planteado así?

—Está bien.

En cuanto nos registramos en el hotel, un botones nos acompañó a las habitaciones, que estaban en la última planta. Abrió la puerta que separaba las *suites* y nos dijo que nos subirían champán y fruta de cortesía. Las dos habitaciones tenían balcones que daban a la ciudad, y salí con Max a su balcón para ver las vistas.

Alguien llamó a la puerta de mi habitación.

—Ya voy yo —dijo Max—, seguro que es el champán. Estaba incluido en el precio de la habitación.

—Vale.

Me quedé en el balcón, disfrutando de los últimos rayos de sol, mientras el servicio de habitaciones entraba con el carrito. Cuando escuché que descorchaban el champán, entré.

—Ese sonido es como la campanita de Pavlov para mí.

Max sirvió dos copas y me ofreció una antes de hacer un brindis.

—Por alguien que me puede seguir el ritmo.

Tardé unos segundos en recordar la conversación que habíamos tenido antes sobre el dinero. Sonreí cuando la recordé y brindé con él.

—Y con zapatos de tacón y todo. Soy muy afortunada.

Max me guiñó un ojo.

—¿Estás lista para el plan genial que he preparado para esta noche?

—¿Qué plan genial? Espero que te refieras al baño que me voy a dar en la bañera enorme de la habitación.

—No. Es mejor que eso.

—No se me ocurre ningún plan mejor después del largo paseo que hemos dado hoy.

Max miró el reloj.

—Bueno, en quince minutos me lo dices. Espabila con la bebida.

—¿Cómo que en quince minutos? Tengo que ducharme antes de ir a ningún sitio.

—Para esto no hace falta.

—¿Dónde vamos?

Me dio un beso en la frente.

—Ahora lo sabrás. Voy a ver el canal de deportes un rato antes de irnos… A ver qué dicen de los intercambios de jugadores.

—Vale.

Salió por la puerta que conectaba las habitaciones.

—¡Un momento! ¿Qué me pongo? —grité antes de que desapareciera.

—Vas bien así.

—¿En serio?

—Sí. —Movió las cejas con picardía y añadió—: De todos modos, no necesitas ropa para lo que tengo planeado.

➤➤➤❈◀◀◀

No me fijé en qué botón del ascensor había pulsado Max, pero cuando llegamos a la tercera planta y me puso la mano en la parte baja de la espalda para guiarme, negué con la cabeza.

—Esto no es el vestíbulo, Max.

—Lo sé. —Me indicó con la cabeza que siguiera caminando—. No vamos al vestíbulo.

—¿A dónde vamos?

Obtuve mi respuesta cuando doblamos la esquina del pasillo. «Spa Four Seasons».

—Madre mía, ¿nos has reservado unos masajes?

—Sí. Y algo extra para ti.

—¿Qué?

Abrió la puerta y dijo:

—Ya lo verás.

En el interior, la chica guapa que estaba en la recepción nos miró dos veces y se ruborizó al ver al hombre que me acompañaba. Se puso una mano sobre el corazón y dijo:

—Discúlpeme, señor Yearwood. Debemos tratar a la gente famosa con total normalidad, pero me encanta el *hockey*. Crecí en Minnesota.

—No me digas. Yo fui al instituto St. Paul, en la Mounds Park Academy.

—¡Lo sé! —gritó—. Yo soy de Bloomington, está a unos veinte minutos.

Me costó no poner cara de exasperación. Estaba convencida de que la chica no se había dado ni cuenta de que yo estaba allí.

—Tenemos reservados dos masajes —dijo Max, señalando hacia mí—. No estaba seguro de qué masaje querría ella. ¿Tenéis por casualidad una lista de los tipos de masajes que ofrecéis a la que podamos echar un vistazo?

—Por supuesto. —La mujer sacó una carta enorme y me la ofreció sin dejar de pestañear a Max.

—Además —dijo él—, ella tiene otro tratamiento después del masaje, pero es una sorpresa. Así que no le digas nada aún.

—¡Qué divertido! No hay problema. —Señaló por encima de su hombro y dijo—: Voy a avisar a los masajistas de que ya están aquí mientras deciden qué masaje quieren.

—Gracias.

La «señorita enamorada» desapareció por el pasillo, y nosotros nos sentamos en la sala de espera, allí al lado.

—Qué simpática —dijo Max.

Esta vez no pude evitar poner los ojos en blanco.

—¿Qué te apuestas a que en cuanto vuelva te pide que le firmes un autógrafo… en el escote?

Max parecía divertirse.

—¿Eso que detecto son celos, señorita Delaney?

—Pfff. Qué va.

Sonrió todavía más.

—No tienes de qué preocuparte. No es mi tipo.

Miré fijamente la carta y dije entre dientes:

—No me preocupa.

Cuando pasó un minuto, me preguntó:

—¿Qué piensas?

—¿Sobre qué?

Señaló la carta de tratamientos de la que yo no había apartado la mirada.

—¿Qué masaje quieres? Había pensado en reservar un masaje de parejas, pero no sabía si te parecería buena idea, así que he reservado dos masajes por separado.

Su consideración me ablandó una vez más.

—Gracias. Creo que quiero el masaje de tejidos profundos. ¿Y tú?

—Es el que yo he elegido.

La chica volvió.

—Ahora vienen los masajistas.

—Gracias.

—Por cierto… —Incliné la cabeza y bajé la voz—. Has dicho que ella no era tu tipo. ¿Cuál es tu tipo?

Max se encogió de hombros.

—Creo que no tengo un tipo en concreto. Pero sí que puedo decirte qué me gusta de una mujer.

—Vale…

Se inclinó hacia delante, me pasó una mano por detrás del cuello y me acercó a sus labios.

—Tú. Tú eres lo que me gusta de una mujer.

«Respuesta correcta».

—¿Señor Yearwood? ¿Señorita Delaney? —la recepcionista nos llamó. La acompañaba una chica que iba vestida de blanco—. Esta es Cynthia. Discúlpenme, no les he preguntado si preferían que su masajista fuera hombre o mujer. Tenemos las dos opciones disponibles.

Max se encogió de hombros y dijo:

—A mí me da igual.

—Y a mí.

Entonces, un chico muy guapo salió de la parte de atrás. Era atractivo de un modo diferente al de Max, pero atractivo a su manera. Era alto, delgado pero musculado y tenía un aspecto cuidado. Me recordaba a una versión joven de Gabriel.

—Este es Marcus —dijo la recepcionista—. Es el otro masajista.

El chico se metió las manos en los bolsillos y balanceó el cuerpo hacia delante y atrás.

—¿Quién es mi víctima? —Sonrió y se le marcaron los hoyuelos.

No eran tan monos como los de Max, pero también eran adorables.

Max frunció el ceño, me miró y levantó veloz la mano.

—Yo. Yo seré tu víctima hoy.

—Pues acompáñenme por aquí —nos dijo el chico—. Cynthia y yo les enseñaremos dónde están los vestuarios.

Mientras los seguíamos, me incliné hacia Max y le susurré con una sonrisa:

—A lo mejor yo quería que Marcus fuera mi masajista.

—Ni lo sueñes, cariño.

Arqueé una ceja.

—Vaya, ¿quién es el celoso ahora?

—Yo. Pero por lo menos lo reconozco. Si yo no puedo tocarte el cuerpo, mucho menos lo va a hacer ese tío. —Cuando llegamos a los vestuarios, Max se inclinó hacia mí y me dio un beso—. Disfruta del masaje y del tratamiento de después. Te iré a buscar cuando acabes.

—De acuerdo.

⇒⇒⇐⇐

—Trabajáis hasta muy tarde —le dije a Kara, la estilista. Después de mi maravilloso masaje, me duché en el vestuario y me acompañaron al salón de belleza, en el que solo estábamos nosotras.

—En realidad, hace veinte minutos que hemos cerrado.

—Ay, lo siento. No tenía ni idea. Cynthia me ha traído cuando hemos acabado —dije, empezando a levantarme, pero Kara me puso una mano sobre el hombro.

—Su novio lo ha preparado todo para que me quede un rato más. —Me miró en el espejo y sonrió—. No se preocupe, se ha encargado de que me salga a cuenta. Además, creo que cerramos demasiado pronto. En la ciudad, la gente no sale antes de las once. Si abriéramos hasta más tarde, tendríamos más clientes jóvenes como usted. Nuestros clientes suelen ser gente más mayor.

—Gracias por quedarte hasta tarde.

Jugueteó con mi pelo desde detrás de la silla y me preguntó:

—¿Qué tono de rojo quiere exactamente?

—¿Cómo? Pensaba que solo me ibas a peinar.

La mujer frunció el ceño.

—Soy colorista. Tiene cita para teñirse y peinarse. En la agenda ponía que quería teñirse de pelirroja. ¿Lo han apuntado mal?

—No. —Negué con la cabeza—. No, no está mal. Era de esperar que Max hiciera algo así.

—¿No quiere teñirse?

—Sí que me gustaría teñirme de rojo. Pero no sabía que fuera a hacerlo hoy. Le comenté a la persona que pidió la cita que siempre había querido ser pelirroja.

Siguió jugando con mi pelo.

—Creo que le quedaría muy bien. ¿Qué tenía pensado? ¿Un tono como el de Lindsay Lohan, el de Nicole Kidman o el de Amy Adams con un toque dorado?

—Tengo una foto en el móvil de lo que me gustaría. A ver si la encuentro. —Tardé unos minutos en dar con ella porque hacía mucho tiempo que la había guardado. Miré la fecha en la imagen antes de enseñársela a la peluquera—. Madre mía, hace más de tres años que tengo la foto. Al parecer, hace más tiempo del que pensaba que quería hacérmelo.

—Es difícil dar el primer paso cuando queremos hacernos un cambio radical. —Señaló el teléfono—. Este es el color exacto que le iba a recomendar por su tono de piel. Un caoba oscuro. Le resaltará el verde de los ojos y quedará muy natural.

Kara me miró. Creo que vio en mi rostro lo nerviosa que estaba.

—Es más. ¿Qué le parece si hacemos un tinte semipermanente? No usaré amoníaco, así que el tinte no penetrará en la fibra capilar. Podrá ver si le gusta, pero no tendrá que volver a teñirse de su color si no es así. Le durará entre cuatro y seis semanas y se irá yendo progresivamente con los lavados. Si no le gustara en absoluto, le podría recomendar algunos champús extrafuertes y se le iría en los próximos días con unos cuantos lavados de más.

Asentí.

—Me parece perfecto.

—Vale. —Sonrió—. Voy a secarle el pelo, prepararé la mezcla y estaremos listas para empezar.

—Gracias.

Me devolvió el móvil y me di cuenta de que no lo había usado desde esa mañana, cuando Max me había ido a buscar. Ya había conseguido que hiciera cuatro cosas de la lista en un solo día: estaba de vacaciones, me iba a teñir de pelirroja, había ido a la estatua de la Libertad y había desconectado. Tuve ganas de consultar las redes sociales, pero resistí la tentación y me limité a mirar las llamadas perdidas para asegurarme de que no me habían llamado ni Maggie ni la directora de operaciones. Cuando acabé, guardé el móvil en el bolso.

Cuando la estilista me empezó a aplicar el tinte, me emocioné mucho y observé el proceso.

—Su novio parece muy buen chico —dijo Kara—. La ha sorprendido con un masaje y con un tinte que le comentó que quería probar.

—Es genial.

—¿Cuánto llevan juntos?

—No mucho. Nos conocimos hace tres o cuatro semanas.

—¿En serio? ¿No tendrá un hermano por casualidad? Creo que lo más romántico que ha hecho un chico por mí ha sido comprarme chocolate. Y soy alérgica al chocolate.

Sonreí.

—Sí, Max es genial.

Cuarenta minutos después, Kara acabó de teñirme y empezó a secarme el pelo. Me encantaba el aspecto que tenía y estaba impaciente por ver el resultado. Max entró justo cuando estábamos acabando. Se quedó apartado a un lado, pero lo veía por el espejo.

Los ojos de Kara se encontraron con los míos en el espejo y señaló por encima del hombro.

—Entonces, ¿este es Max?

Asentí, ella se giró hacia él.

—Nos quedan unos cinco minutos.

—No hay prisa.

Cuando la estilista acabó de secarme el pelo, agarró unas tenacillas y me onduló un par de mechones, luego giró mi silla de modo que quedé de cara a Max.

—¿Qué le parece?

Se le marcaron los hoyuelos.

—Le queda genial. Ya estaba guapa antes, pero, vaya... me encanta.

Kara me sonrió.

—Tiene razón. ¿A usted qué le parece, Georgia?

—Me encanta. Reconozco que estaba muy nerviosa cuando has empezado, pero me alegro de no haberme echado atrás. —Les sonreí—. Muchas gracias a los dos por ayudarme a hacerlo por fin.

Cuando subimos a las habitaciones, detuve a Max en la puerta.

—Ha sido uno de los mejores días que he pasado en mucho tiempo. Eres muy detallista y generoso, Max.

—El placer ha sido mío, aunque solo he hecho un par de llamadas.

—Puede que sí, pero me prestas atención y siempre intentas hacerme feliz, y eso significa mucho para mí.

Max me miró fijamente a los ojos y asintió.

—¿Qué te ha parecido el masaje?

—Ha sido genial. Y al acabar he ido a la sauna de vapor. Aunque ahora me muero de hambre. ¿Quieres que salgamos a cenar o que pidamos algo para comer aquí?

Había sido un día muy largo y no me apetecía tener que compartir a Max.

—¿Te importa que pidamos al servicio de habitaciones?

Sonrió.

—Claro que no. Estaba deseando que dijeras eso.

Abrió la puerta y entramos por su habitación. Ganduleamos un rato, miramos la carta y luego Max llamó al servicio de habitaciones. Mientras él pedía, yo serví dos copas de champán y le acerqué una antes de ir a mi habitación a comprobar mi cambio de imagen bajo las brillantes luces del lavabo.

Parecía una persona diferente y me daba la sensación de que no era solo por el pelo. Sonreía de oreja a oreja, los ojos me brillaban más de lo normal y tenía la piel resplandeciente. La felicidad que vi en mi reflejo no venía solo de mi sonrisa.

—¡Voy a ducharme! —gritó Max detrás de mí.

—¡Vale!

—Los del hotel me han dicho que el servicio de habitaciones tardará una media hora. Estaré listo en unos quince minutos. —Entró al cuarto de baño e inclinó la cabeza con una sonrisa traviesa—. ¿Por qué sonríes?

—Por nada en particular —respondí, riendo—. Supongo que estoy feliz.

—Me alegro.

Me di media vuelta para mirarlo cara a cara.

—¿Sabías que llevo desde que has llegado a mi casa sin mirar los mensajes del móvil?

—¿Ah, sí?

Asentí.

—En la peluquería lo he mirado un momento para asegurarme de que no tenía nada del trabajo. Sé que Maggie me llamaría si hubiera algo urgente. Pero no he abierto el correo electrónico ni los mensajes y es un día laborable.

—Hemos tenido un día ajetreado, pero ¿por qué no lo has mirado cuando estabas en la peluquería?

Me encogí de hombros.

—No lo sé. Supongo que no quería romper el hechizo y volver a la realidad.

—Ya, pero… es que es la realidad. Estamos a solo unos cuantos kilómetros de nuestras casas, no hemos salido de la ciudad.

Era cierto, pero había algo que hacía que el día pareciera mágico.

Max me miró a los ojos un minuto más antes de dar un golpecito en el marco de la puerta.

—Bueno, me alegro de que no lo hayas hecho. Voy a la ducha. Ahora nos vemos.

Decidí cambiarme de ropa mientras Max se duchaba. Había llevado el mismo atuendo todo el día y me apetecía ponerme algo cómodo con lo que estuviera guapa. Saqué mis mallas favoritas y una camiseta suave con la que se me marcaban las curvas. Tenía el escote redondo y un sujetador incorporado que me realzaba los pechos y hacía que parecieran más grandes. Cuando habíamos llegado, dejamos abierta la puerta que conectaba las habitaciones, así que cuando llamaron a la puerta de su habitación, lo oí. Solo hacía diez o quince minutos que habíamos pedido la comida, pero supuse que sería el servicio de habitaciones. Un trabajador del hotel uniformado estaba de pie al otro lado cuando abrí, pero no traía el carrito con la comida. Tenía la mano tendida con una cartera negra.

—¿Señora Yearwood?

—No, pero si busca a Max se está duchando.

El chico asintió.

—Hemos encontrado esto en el *spa*. Tiene la documentación del señor Yearwood.

—Vaya. Sí, hemos vuelto hace un rato. —Cogí la cartera—. Muchas gracias. Yo se la doy.

El empleado se giró para irse, pero lo detuve.

—Espera un momento. —Supuse que Max habría hecho lo mismo, así que saqué algo de efectivo de la cartera y se lo di—. Muchas gracias.

Max abrió la puerta del cuarto de baño cuando yo estaba volviendo a mi habitación. Salió del lavabo con una toalla de felpa alrededor de la estrecha cintura, dejando a su paso una nube de vapor. Mis ojos, que estaban a la altura de sus pectorales esculpidos a la perfección, observaron dos afortunadas gotitas de agua que resbalaban hacia los abdominales definidos. No pude dejar de mirar cómo caían hacia la línea de meta que parecía tener entre los músculos *supersexys* en forma de *v* de la pelvis.

Después de contemplarlo más tiempo del necesario, parpadeé varias veces para salir del estupor en el que me encontraba y me aclaré la garganta.

—Eh… —Aunque, por mucho que lo intentara, no conseguía recordar qué le quería decir ni por qué demonios había ido a su habitación.

—¿Me estabas… buscando? —preguntó Max, con una ceja arqueada y los labios ligeramente curvados en una sonrisa.

Intenté apartar la vista de su cuerpo de escándalo. Pero es que estaba justo delante de mí y era tan atractivo que pensé que sería un desperdicio no disfrutar de las vistas. Además, pensé que no le importaría. Mientras buscaba alguna otra cosa que mirar, mis ojos aterrizaron en la cartera que tenía en la mano.

—¡Ah! —Se la enseñé—. Los del *spa* te han traído la cartera. Te la habías dejado. Por eso estaba en tu habitación, he oído que llamaban a la puerta.

—Vaya, y yo que pensaba que habías venido para secarme.

—Eh… La comida estará a punto de llegar.

Max se acercó a mí y me acarició el cuello con los nudillos.

—Si quieres, podemos pasar del servicio de habitaciones y me como otra cosa.

«Madre mía».

Max me miró fijamente y tuve la sensación de que la habitación encogía. Me moría de ganas de arrancarle la toalla. Volvieron a llamar a la puerta.

Negué con la cabeza y me aclaré la garganta.

—Ya abro yo. Debe de ser la cena.

Max sonrió con cara de arrepentimiento.

—Qué pena. Mi plan sonaba mucho mejor.

# Capítulo 13

## *Max*

—Si hubiera sabido que nos iban a traer una cena tan sofisticada, me habría puesto algo más elegante —dije al volver a salir
del cuarto de baño con pantalones de chándal y una camiseta.

—A mí me gustaba lo que llevabas. —Sonrió.

—No me digas. —Señalé con el pulgar hacia el baño—.
No me importa cambiarme.

Se echó a reír.

—No hace falta. Pero venga, vamos a comer. No me había
dado cuenta del hambre que tenía hasta que he visto la comida. Tiene muy buena pinta y han dejado la mesa preciosa. Platos de porcelana fina, cubiertos de plata, vasos de cristal… es
más bonito que muchos restaurantes. —Señaló hacia el centro
de la mesa—. Hasta nos han puesto velas.

Había una cajita de cerillas de madera al lado. Me acerqué
y la agarré.

—¿Te importa que encienda las velas y apague la luz?

—No, me parece muy buena idea.

Georgia estaba preciosa a la luz de las velas. Había pedido
dos botellas de vino, así que serví una copa para cada uno y me
puse cómodo. Ella había pedido raviolis y yo un filete, aunque
volvimos a compartirlo todo.

—Sé que ya te lo he dicho antes, pero me lo he pasado muy
bien hoy —dijo—. Gracias, otra vez, por haberlo planeado
todo. Todavía me cuesta creer que sea pelirroja.

—Yo también me lo he pasado bien. Aunque si tenemos en cuenta que también disfruté el día que estabas enferma, creo que es por la compañía y no por el plan.

Sonrió.

—¿Puedo preguntarte una cosa?

—Lo que quieras —respondí, encogiéndome de hombros.

Georgia negó con la cabeza.

—¿Se puede saber por qué estás soltero? O sea, eres un chico atento, considerado y divertido, por no hablar de lo bien que te quedan las toallas blancas.

Sonreí.

—Gracias. Pero no siempre soy tan atento. De hecho, me han acusado en más de una ocasión de ser justo lo contrario. La última novia que tuve me dijo que conmigo se sentía abandonada, como si fuera mi última prioridad. Fue una lucha constante en nuestra relación.

—¿De verdad?

Asentí.

—¿Fuiste así con ella desde el principio o fue porque la llama se fue apagando?

—No lo sé. Creo que me comporté del mismo modo desde el principio. Aunque tal vez ella te diría otra cosa si le preguntaras qué salió mal.

Georgia se quedó callada un momento. Vi que quería decir algo y le pregunté:

—¿En qué piensas?

Negó con la cabeza.

—Siempre sabes qué quiero, por eso me preguntaba si… las cosas cambiaron cuando os acostasteis.

Dije que no con la cabeza.

—Nos acostamos en la primera cita, así que lo dudo. Intuyo que te preocupa que nos acostemos y que me vuelva alguien muy diferente.

—Creo que intento entender dónde está la trampa. ¿Cómo puede ser que alguien tan bueno esté soltero?

La miré fijamente a los ojos.

—A lo mejor es porque todavía no he encontrado a la mujer ideal.

Georgia se mordió el labio inferior. Yo también quería mordérselo, pero con más fuerza.

—¿En qué piensas ahora?

—¿Sinceramente?

—Claro.

Levantó la copa y se bebió la mitad del vino, luego respiró hondo y lo soltó:

—No quiero volver a mi habitación. Quiero quedarme contigo.

—¿Estás segura?

Asintió.

—Segurísima.

—Entonces ven aquí ahora mismo.

Georgia sonrió.

—Pero si no has acabado de cenar todavía.

—Es cierto. —Dejé la servilleta en la mesa, me levanté y le indiqué con el dedo que se acercara—. Ni siquiera he empezado.

Aunque Georgia había sido muy directa al decirme lo que quería, percibí un atisbo de vacilación en su rostro mientras se acercaba. Decidí ir despacio.

—¿Quieres que tomemos el vino y salgamos al balcón…?

Georgia se abalanzó sobre mí y se agarró a mi cuerpo como si fuera un koala. Retrocedí unos cuantos pasos. Ella plantó los labios sobre los míos.

—Olvida el vino —susurró—. Solo te quiero a ti.

Había estado esperando a que diera un paso adelante para saber que estaba preparada, pero esto… Esto era la hostia. No había nada que me pareciera más *sexy* que una mujer que sabía lo que quería y se lanzaba a por ello. La cargué hasta la habitación y la dejé en la cama.

—Encima que te has molestado en pedir vino y en hacer que nos pongan la mesa tan romántica con las velas, voy yo y te ataco —dijo—. Y no te he dejado ni acabar de cenar.

—No te preocupes, cariño. El polvo que te voy a echar también será muy romántico. —Me dejé caer de rodillas—. Y comeré hasta hartarme.

Cinco minutos antes me había parecido bien ir despacio, pero ahora no podía esperar a tener mi boca sobre su cuerpo. Le arranqué las mallas y casi le rompo el tanga al quitárselo. La tumbé, le hice poner el culo en el borde de la cama y no pude evitar salivar al ver su precioso sexo. Casi no tenía pelo, a excepción de una línea de vello, y cuando le abrí las piernas, su olor femenino me hizo querer bucear en ella y no salir a la superficie nunca más.

Georgia curvaba y levantaba la espalda de la cama cuando le lamía con toda la superficie de la lengua, que movía de arriba abajo para luego dibujarle círculos en el clítoris. Cuando gemía, toda posibilidad de ir despacio desaparecía de mi mente. No me bastaba con la lengua, quería enterrar la cara entera en su dulce cuerpo: las mejillas, la mandíbula, la nariz y la lengua. Empezó a contonearse y a gemir, así que la inmovilicé con una mano y le introduje dos dedos con la otra.

—Ay... Max... ¡sí!

Lo tenía muy apretado y la pared de los músculos me estrechaba los dedos mientras Georgia repetía mi nombre sin parar. Cuanto más gemía ella, más rápido iba yo. Georgia alargó una mano hacia mí y me agarró del pelo, tiró de él y me arañó el cuero cabelludo. Cuando noté que su tono de voz se volvía débil porque estaba a punto de llegar al orgasmo, le succioné el clítoris con fuerza hasta que sentí que su cuerpo palpitaba alrededor de mis dedos. Cuando acabó, se quedó inmóvil y me soltó el pelo.

Me limpié la cara con el dorso de la mano, me levanté y me tumbé encima de ella. La tenía muy dura, hacía mucho tiempo que no estaba tan cachondo y Georgia ni siquiera me había puesto un dedo encima.

—Vaya —dijo con una sonrisa bobalicona y abriendo los ojos—. Ahora me siento como una idiota.

Junté las cejas.

—¿Por qué?

—Por haberte hecho esperar cuando podríamos haber estado haciendo esto todo el mes.

Reí.

—Tendré que recuperar el tiempo perdido.

—¿Puedo contarte un secreto?

—Dime.

—Me muero de ganas de verte totalmente desnudo desde la noche que nos conocimos.

Reí.

—Eso lo soluciono rápido.

Negó con la cabeza.

—No, quiero… quiero tener por lo menos un minuto para comerte con los ojos.

Le di un beso y le pregunté:

—¿Quieres que encienda la luz para el espectáculo?

Puso los ojos como platos y sonrió de oreja a oreja.

—Me encantaría.

Siendo realista, si esta mujer me dijera que me pusiera a cacarear como una gallina, lo haría sin dudar. Así que alargué un brazo por encima de su cabeza, reuní un montón de cojines e hice que se apoyara en ellos.

—¿Así estás cómoda para el espectáculo?

Sonrió y asintió.

Estiré el brazo hacia la mesita de noche y encendí la luz antes de levantarme. Una vez estuviéramos desnudos, no quería perder el tiempo, así que me dirigí hacia la maleta y saqué una tira de preservativos que había traído con la esperanza de poder usarlos. Los lancé a su lado de la cama, y empecé a desnudarme a sus pies. Me quité la camisa por encima de la cabeza y Georgia se frotó las manos.

—¡Yuju! Ojalá tuviera billetes para metértelos por los calzoncillos.

—Sería una pérdida de tiempo porque me los voy a quitar dentro de nada. —Me bajé los pantalones, me los quité y los lancé a un lado. Me quedé en calzoncillos y cuando miré a Georgia, me di cuenta de que su sonrisa juguetona había desaparecido y la había reemplazado una expresión que me era muy familiar: el deseo.

Tragó y mis ojos fueron directamente a su garganta. Me encantaba la idea de agarrarle el cuello con las manos, aunque también me moría de ganas de introducirme en él. Georgia miró hacia mi entrepierna, así que me agarré la erección por encima de la ropa y moví el puño arriba y abajo un par de veces. Cuando vi que se humedecía los labios, le di un último apretón antes de introducir los dedos por la cintura elástica y me agaché para quitarme la última prenda de ropa que me quedaba.

Cuando me puse en pie, mi pene, orgulloso y más que preparado, se irguió, completamente erecto hacia mi vientre. Me impresionó que ya estuviera listo, pero la expresión en el rostro de Georgia no tenía precio. Me miró asombrada y se tapó la boca con la mano antes de decir:

—Madre mía. Tiene pinta de que me va a doler.

Me llevé una mano al miembro y la moví de arriba abajo una vez más por si la erección no fuera ya suficiente.

—A lo mejor quieres echarle un vistazo más de cerca.

Respiró hondo y asintió.

—Sí, por favor.

Tiré de ella hacia el centro de la cama y me puse sus piernas alrededor de la cadera. Me incliné e introduje uno de sus pezones en la boca. Cuando empezó a gemir, hice lo mismo con el otro y no me detuve hasta que me clavó las uñas en la espalda y me suplicó:

—Por favor… Max. Quiero sentirte.

Tomé la tira de preservativos, abrí uno y me lo puse en tiempo récord. Luego me incliné para darle un beso y me aparté para verle la cara cuando me introduje en su interior.

«Es una puta preciosidad». Nos miramos fijamente y moví la cadera hacia delante, despacio, para notar cómo su cuerpo se abría para recibirme. Lo tenía muy estrecho, así que, para no hacerle daño, me introduje solo unos cuantos centímetros antes de retroceder. En la siguiente embestida llegué un poco más lejos. Se me hacía muy duro ir tan despacio, pero era una tortura agradable. Cuando por fin me introduje hasta el fondo, sentí que me empezaban a temblar los brazos.

—¿Estás bien? —gruñí.

—De maravilla. —Sonrió.

Georgia me rodeó el cuerpo con las piernas y eso me permitió llegar más al fondo. No pude evitar poner los ojos en blanco cuando le golpeé el culo con los testículos.

—Joder —gemí—. Me encanta sentirte así.

Georgia tiró de mí hacia su cuerpo y me dio un beso antes de susurrarme al oído:

—No te cortes. Quiero tener agujetas mañana.

No le hizo falta pedírmelo dos veces. Me dejé llevar y la follé con fuerza y hasta el fondo, no me pude contener. Ella levantaba las caderas para recibir mis golpes, y mantuvimos el ritmo hasta que el sonido de nuestros cuerpos al chocar se convirtió en el telón de fondo de nuestros gemidos y gruñidos.

—¡Max! —gritó. Se aferró a mi cuerpo y se estremeció alrededor de mí, exprimiendo hasta la última gota de autocontrol que me quedaba. Intenté aguantar todo lo que pude, quería seguir hasta no poder más. Cuando vi que se le relajaban los músculos de la cara y noté que las piernas se despegaban de mi cuerpo como un peso muerto, por fin me permití acabar.

A continuación, me quise dejar caer, pero pensé que mis casi cien kilos de peso la asfixiarían, así que me giré y la hice rodar conmigo.

Soltó un gritito, pero cuando la apoyé sobre mi hombro vi que sonreía. La abracé y le di un beso en la cabeza.

—Me siento un poco mal.

—¿Por qué?

—Porque te he dicho que tenía muchos planes preparados, pero después de esto te resultará imposible sacarme de la habitación.

Georgia soltó una risita.

—No me importa lo más mínimo.

Podría volverme adicto a esto.

Georgia estaba tumbada sobre mí, con la cabeza sobre mi corazón mientras le acariciaba el pelo. Acabábamos de hacerlo por tercera vez en doce horas. Esta vez ella había estado encima y había cabalgado despacio sobre mí mientras amanecía y los rayos de sol dorados le iluminaban el precioso rostro.

—Tengo que hacer pis —dijo—. Pero me da pereza levantarme. ¿Sabías que ese es uno de mis superpoderes? Puedo aguantar durante horas.

—¿Por qué querrías aguantarlo?

Se encogió de hombros.

—Porque, a veces, estoy ocupada en el despacho y no quiero dejar a medias lo que sea que estoy haciendo.

—¿Puedes aguantártelo si te hago esto? —Bajé la mano hacia su cintura y le hice cosquillas.

—¡Dios mío, no! ¡Para! —dijo entre risitas—. ¡Ni se te ocurra!

Me eché a reír, pero dejé de hacerle cosquillas por si esa resultaba ser su kryptonita. Georgia se giró y apoyó la barbilla en un puño, sobre mi pecho.

—¿Cuál ha sido tu récord de sexo en un día?

Me encogí de hombros.

—No lo sé. Tres, cuatro como mucho. ¿Y el tuyo?

Apartó la mirada y respondió:

—Aunque suene triste, dos. Así que ya hemos batido mi récord. ¡Ahora toca batir el tuyo!

Reí.

—Por fin tienes un buen motivo para ser competitiva. ¿A qué hora empezamos anoche?

—No lo sé… creo que sobre las nueve.

—¿Y qué hora es?

—Las seis y media. Así que tenemos catorce horas y media para hacerlo otra vez. ¿Te apetece?

—¿Solo una vez más? ¿Acaso crees que soy un flojo? No nos vale con superar el récord sin más, tenemos que machacarlo.

Sonrió de oreja a oreja.

—¡Vale!

—Y ya que estamos, creo que nunca me han hecho una mamada más de seis veces en un día.

Me dio un golpe en el abdomen y se echó a reír.

—Creo que ese récord se mantendrá así. Pero más me vale ir al lavabo si no queremos empezar otra categoría de las veces que se te han meado encima. —Se levantó de la cama, tiró de la sábana con la que nos estábamos tapando y se la puso alrededor del cuerpo.

Mientras estaba en el baño, saqué dos botellines de agua del minibar y tomé la carta del servicio de habitaciones. Tenía un hambre que me moría. Me senté en la cama y mientras pensaba en todo lo que quería pedir, oí que vibraba un móvil en la mesita de noche. Lo agarré sin pensar, pero el nombre en la pantalla me confirmó que no era mío. «Gabriel».

Creo que fue la primera vez que se me bajó la erección desde la noche anterior. Cuando Georgia salió caminando despacio, le enseñé el teléfono y le dije:

—Te están llamando.

Agarró el móvil, leyó el nombre en la pantalla y frunció el ceño. Ladeé la cabeza y le pregunté:

—¿No vas a responder?

—No.

—¿Por qué no?

—Pues… porque me parece de mala educación.

—¿Por qué? ¿Porque estamos desnudos o porque lo tienes todavía escocido de haberme estado montando hace diez minutos? No sé cuál es el protocolo para estos casos.

Georgia frunció los labios.

—Ugh. No hace falta ser tan capullo.

En ese momento, pensé que sí hacía falta, así que me levanté de la cama.

—Voy a la ducha. Contesta si quieres.

No me hizo falta acabar de ducharme para darme cuenta de que había sido un cabrón. Estaba celoso, simple y llanamente, y lo había pagado con Georgia, aunque ella no había hecho nada. Por eso, en cuanto me sequé, fui a disculparme.

Georgia no estaba en la habitación, pero el teléfono seguía cargando sobre la mesita de noche, justo donde yo lo había dejado. Fui a su habitación y la encontré mirando por la ventana. Me acerqué por detrás y le di un beso en el hombro.

—Siento haber sido tan imbécil.

Se giró hacia mí y suavizó el rostro.

—He sido sincera con lo de Gabriel desde el primer momento.

—Lo sé —respondí, negando con la cabeza—. Me he puesto celoso. A lo mejor no debería, pero no he podido evitarlo. Ha sido culpa mía, pero lo he pagado contigo y no es justo. Perdóname. —Alargué la mano para tomar la suya—. ¿Me perdonas por ser un celoso de mierda?

Sonrió con tristeza.

—Sí.

—Gracias. —Sonreí—. Porque tengo muchas ganas de ganar la competición y he oído que el premio tiene algo que ver con unas tetas.

No pudo evitar reír.

—Eres un capullo.

—Sí, pero incluso así te gusto y eso habla muy mal de ti.

Georgia puso cara de exasperación.

Me llevé su mano a los labios y le besé los nudillos.

—¿Puedo hacerte una pregunta?

—Claro.

—¿Quieres llamarlo?

—No lo he hecho.

—No te he preguntado eso. Te he preguntado si quieres llamarlo, es decir, si te apetece hablar con él.

Negó con la cabeza.

—En realidad, no.

—¿Habláis todos los días?

—No. Al principio hablábamos cada dos o tres días, pero ahora diría que una vez a la semana o cada semana y media.

Asentí.

—¿Vas a contarle que estás conociendo a alguien?

—No lo sé. He de decir que nunca me ha preguntado. Ni siquiera cuando le pregunté estando en París. Creo que da por hecho que no salgo con nadie, o puede que no quiera saberlo. No tengo ni idea. —Cuando vio que no decía nada, añadió—: ¿Te sentirías mejor si se lo contara?

En realidad, el hecho de que lo supiera no cambiaba nada. Estaba celoso porque ella había sido y, de algún modo, seguía siendo su chica y no la mía. O no del todo. Además, no quería complicarle la vida a Georgia.

—La verdad es que no. No hagas nada por mí, haz lo que creas que es mejor para ti.

Asintió.

—¿Tienes hambre? —pregunté.

—Muchísima.

Le tiré del pelo suavemente.

—Vuelve a mi habitación y échale un vistazo a la carta. Voy a pedir algo para comer.

Cuando acabamos de desayunar, Georgia dijo que quería llamar a la oficina y ducharse, así que le di espacio y bajé al gimnasio del hotel. Cuando volví, la oí hablando desde su habitación. No había cerrado la puerta que comunicaba las habitaciones.

—Por el amor de Dios, Maggie —dijo entre carcajadas—. Ni se te ocurra. ¿Cuántos años tiene?

«Silencio».

—Seguro que puedes encontrar a un chico que aguante más de un asalto en una noche y que tuviera edad legal para votar en las pasadas elecciones.

«Silencio».

Volvió a reír.

—Él sí que puede. Si soy sincera, con Gabriel nunca ha sido así y no es solo culpa de él. No lo deseaba como a Max ni cuando nos conocimos. No puedo explicarlo, pero la tensión sexual que hay entre nosotros no la he tenido nunca con él.

«Silencio».

—Vale. Bueno, gracias por vigilar el fuerte. Me alegro de que todo vaya bien. Aunque también me da pena que no me necesitéis tanto como pensaba.

«Silencio».

—De acuerdo. Gracias, Mags. Te quiero.

Esperé un minuto antes de entrar en la habitación. Había cogido dos cafés del vestíbulo del hotel. Le ofrecí uno moviéndolo de un lado al otro.

—Café con leche.

—¡Qué bien! Es mi favorito. ¿Te lo había dicho?

Asentí.

Me miró de arriba abajo y me preguntó:

—¿Ya te has duchado?

—Sí. En el gimnasio, cuando he acabado.

Georgia hizo un mohín con los labios.

—Me habría hecho ilusión verte todo sudado y con la toalla al salir de la ducha.

Tiré de ella hacia mí y le acaricié el cuello con la nariz.

—Sí quieres, puedes hacerme sudar tú.

—Te tomo la palabra. Pero lo tendremos que dejar para luego. He hecho planes para los dos. ¿Habías pensado algo para hoy? Esto nos llevará solo una o dos horas, pero tenemos que estar allí a la una.

—Si pasamos por el barrio, me gustaría ir a ver a mi amigo Otto al estadio. Está enfermo y hace semanas que no lo veo.

—Ay, qué lástima, lo siento. Podemos pasar a verlo, claro.

Asentí.

—Genial. ¿Qué has planeado?

Sonrió y respondió:

—Ya lo verás.

—Genial. A mí me gustan las sorpresas, no como a ti. Así que no intentaré adivinar nada ni te pediré pistas. —Le di un beso—. ¿Va todo bien por el despacho?

—Sí. Bueno, excepto por el hecho de que Maggie está pensando en seducir a un crío de diecinueve años.

—¿Qué ha pasado con el abogado de su ex?

—Ya han hecho la última conciliación y han acordado los términos del divorcio. Supongo que como ya no hay ninguna posibilidad de que Aaron los pille, Maggie se ha aburrido. Además, parece que el chico es el hermano pequeño de su vecina; la vecina que era su amiga, pero se acabó acostando con Aaron. Así que esto solo es otro modo de vengarse de ellos.

—Recuérdame que nunca la haga enfadar.

—Más te vale —dijo riendo—. El sitio al que tenemos que ir está un poco lejos caminando, pero hace buen día y el estadio nos queda de camino. ¿Qué te parece si pasamos a ver a tu amigo y luego, si tenemos tiempo, vamos un momento a mi tienda, que también está por la zona? Es la primera tienda que abrí y me gusta ir de vez en cuando. ¿Te importa que salgamos un poco antes y así tenemos tiempo de todo?

—Para nada. Tengo muchas ganas de ver la tienda. Pero a las siete tenemos que estar aquí.

—Ah, vale. ¿Tenemos planes esta noche?

—Yo sí. Tú eres mi plan. Tengo que encargarme de que batamos el récord.

Georgia se mordió el labio inferior.

—Podríamos... echar uno rapidito antes de irnos para tener un poco de ventaja.

—¿No me digas? —Sonreí—. ¿Cuál ha sido tu récord en correrte?

Los ojos de Georgia se iluminaron.

—No lo sé, pero seguro que lo podemos mejorar.

La levanté y la cargué sobre el hombro.

—Que no te quepa la menor duda.

# Capítulo 14

## *Georgia*

—Esto antes era la sala de producción. Aquí impregnábamos las flores y empezábamos el proceso de preservación —dije, señalando hacia un área que ahora solo tenía cámaras frigoríficas—. Esta pared estaba llena de mesas desplegables que compré de segunda mano y cubrí el suelo con cajas de cartón y bolsas de plástico estiradas para que los productos químicos no cayeran al suelo. Ahora tengo máquinas muy sofisticadas que han construido especialmente para que hagan lo que hacía yo a mano.

Le estaba enseñando a Max una de las tiendas de flores. Esta fue la primera expansión de mi negocio; pasar de trabajar en mi apartamento a este pequeño taller.

—¿Dónde están las máquinas?

—En las plantas de producción. Tengo una en la ciudad de Jersey y otra en la costa oeste. Ya no hacemos las flores aquí. Estas neveras mantienen los ramos ya hechos a la temperatura óptima y evitan que se humedezcan. En las tiendas vendemos los productos y aceptamos los pedidos de los clientes que quieren algo personalizado. Cada día llegan nuevos envíos del centro de distribución, y los pedidos que se hacen por internet, que son la mayoría, se procesan desde el almacén más cercano.

—Vaya. Has convertido una pequeña empresa en algo verdaderamente grande.

—Y que lo digas. Pero no lo he hecho sola, Maggie me ha ayudado muchísimo. Cuando comencé, ella trabajaba de jefa de publicidad en una empresa de cosméticos. Durante mucho tiempo no tuve dinero para pagarle, pero le di el veinticinco por ciento de la compañía. Por supuesto, podría haber ido mal. Cuando por fin pude ofrecerle un sueldo, ella dimitió en la otra empresa y empezó a trabajar conmigo a jornada completa. Se arriesgó, y me alegro de que a ella también le haya salido rentable. —Miré a mi alrededor y sonreí—. Aquí pasamos muy buenos ratos, incluso cuando el negocio empezó a despegar y tuvimos que hacer jornadas de dieciocho horas. —Me eché a reír al recordar todo lo que habíamos tenido que hacer—. Una tarde, vino un cliente y nos hizo dos encargos. Le pregunté cuál era su presupuesto para el primer ramo y me dijo que no había límite, pero que quería que fuera precioso. Le pregunté qué color quería y me dijo que el que más me gustara a mí. Le respondí que me gustaban las mezclas de colores vivos, porque eran tan llamativos que me hacían sonreír, y él me dijo que eso era precisamente lo que necesitaba, porque la mujer a quien se los quería mandar no sonreía cuando se había despedido de ella ese mismo día. Recuerdo que la chica se llamaba Amanda, pero el hombre nos dijo que se había equivocado y la había llamado Chloe en un momento bastante inoportuno. Cuando rellenó la tarjeta, vi que había escrito: «Lo siento, Amanda». Así que le aconsejé que si había hecho que su novia pensara que le ponía los cuernos, le asegurara en la tarjeta que no era así. Pensé que sería mejor que le escribiera algo más romántico, pero el hombre escribió algo como: «Siento lo que ha pasado hoy, Amanda. No puedo dejar de pensar en lo guapa que estabas con el picardías». —Negué con la cabeza al recordar el aspecto del hombre.

»Bueno, al final me dio la dirección de la mujer y cuando se iba a marchar, me acordé de que había dicho que quería mandar dos ramos. Resultó que el segundo era para Chloe. Eligió el más barato que teníamos, uno de un solo color. ¿Sabes qué puso en la tarjeta?

—¿Qué?

—«Feliz décimo aniversario de bodas, Chloe».

—Joder. —Max se echó a reír—. No sé por qué me veía venir cómo iba a acabar esto.

—Al tío no le dio vergüenza comprar los dos ramos en la misma tienda. Me molestó mucho que fuera tan tacaño con su mujer y que, en cambio, no tuviera límite para el ramo de su novia. Así que, sin querer, cambié las tarjetas de los ramos.

Max levantó las cejas.

—¿Estás segura de que fue un accidente?

Sonreí.

—Bueno, eso fue lo que le dije. El tío se enfadó muchísimo y vino al día siguiente exigiendo que le devolviéramos el dinero. Yo no estaba, pero habló con Maggie y ella le dijo que no había problema, que le devolveríamos el dinero en un cheque a nombre de Chloe.

Max soltó una carcajada.

—Vaya par.

—Formamos un buen equipo. Ella toma mis ideas, las lleva al extremo y luego crea una campaña de publicidad única para ellas. Como cuando abrí la primera tienda y pensé que sería buena idea tener unos cuantos libros con notas al lado de la caja registradora. Así, cuando la gente no sabía qué escribir, les recomendaba algunas citas que pegaban por el contexto. Mi favorito era F. Scott Fitzgerald, porque me resultaba muy fácil encontrar frases bonitas en sus libros. Cuando Maggie empezó a trabajar con el diseñador de la página web, añadió todas las citas de los libros, y muchas más de otros autores, para sorprenderme. De ese modo, cuando los clientes llegan a la parte de la tarjeta, se les pregunta si necesitan ayuda y si dicen que sí, una base de datos encuentra citas basadas en unas preguntas que se les hacen. Como hubo tanta gente que escogió las frases de los libros, Maggie añadió la opción de comprar una edición especial del libro del que sale la cita con el ramo. Está muy bien pensado.

Max sonrió y me dijo:

—Se te iluminan los ojos cuando hablas de tu empresa. Me parece *sexy*.

A Gabriel siempre le había molestado que trabajara demasiado. De hecho, había llegado a replantearme cuáles eran mis prioridades, porque me hacía sentir mal por ser tan entregada a mi trabajo. Supuse que Max entendía mejor que nadie qué era la dedicación, porque él había tenido que renunciar a mucho para llegar a donde estaba.

Le devolví la sonrisa.

—¿Alguna vez te arrepientes de las cosas que te has perdido por el trabajo?

Negó con la cabeza y dijo:

—No me arrepiento, no. ¿Me he perdido cosas por haber pasado media vida en la pista? Sí, claro. Pero me resulta fácil decir que no me arrepiento, porque todo lo que he hecho, los riesgos que he corrido, han valido la pena. No todo el mundo tiene tanta suerte. A lo mejor, si hubiera renunciado a tantas cosas a lo largo de los años, pero no hubiera conseguido nada, la respuesta sería otra. Pero tenía que intentarlo, porque, aunque habría tenido remordimientos si las cosas hubieran salido mal, tengo muy claro que me habría arrepentido de no intentarlo.

—Sí, te entiendo. —Me acerqué a él y le rodeé el cuello con los brazos—. Por cierto, ¿sabes qué me parece *sexy* a mí?

—No, ¿qué?

—Que seas tan dulce.

—¿Por qué crees que soy dulce?

—Me encanta la amistad que tienes con Otto. Cuando me has dicho que querías ir a ver a un amigo, no pensaba que fuera un hombre mayor que trabajaba en el estadio.

—Si nos oyeras hablando, creo que no te pareceríamos tan monos. Hoy se ha comportado porque estabas tú.

—¿Cómo os hicisteis amigos?

Max se encogió de hombros.

—Un día me regañó por lo resentido que había llegado al equipo. Nunca lo admitiría delante de él, pero me recuerda mucho a mi padre. Es una de esas personas que ven más allá y hacen las cosas más fáciles, no sé si sabes a qué me refiero. Es sensato y siempre da los mejores consejos. Aunque si le cuentas lo que te he dicho, lo negaré.

Sonreí.

—Tu secreto está a salvo conmigo.

Susana, la encargada de la tienda, entró a la parte trasera.

—Disculpad que os interrumpa. Vamos a pedir la comida, ¿queréis algo?

—No, estamos bien, gracias. —Sin embargo, al oír que hablaban de comida, miré la hora en el móvil—. No me había dado cuenta de que era tan tarde. —Miré a Max—. Tenemos que irnos.

Hizo un gesto con la mano para que pasara delante y dijo:

—Después de ti.

El sitio al que llevaba a Max solo estaba a una manzana. Cuando me detuve delante del edificio, Max leyó el cartel: «Yoga aéreo Lift».

—Mierda —dijo riendo—. Esto se va a poner feo.

Reí.

—He reservado una clase privada para que no tengas que preocuparte por posibles filtraciones de fotos. Aunque puede que yo tome algunas y las use para conseguir favores sexuales dentro de un rato.

Max abrió la puerta y, cuando me disponía a entrar, me rodeó la cintura con el brazo y me acercó rápido hacia él. Me dio un beso y me dijo:

—Para eso no hace falta que me chantajees. Me ofrezco voluntario.

No recordaba la última vez que me había reído tanto. A Max se le daba fatal el yoga aéreo y había conseguido enredarse por tercera vez en la tela, de la que colgaba con una pierna en el aire y se sujetaba haciendo el pino, mientras la profesora intentaba ayudarlo. No debería reírme, ya que era más que evidente que a mí tampoco se me daba de maravilla, pero no podía evitarlo. Lo que me divertía no era el hecho de que no consiguiera hacer las posturas, sino lo frustrado que se ponía cuando no le salía algo.

—Como no dejes de reírte, te vas a enterar —refunfuñó.

La amenaza solo sirvió para que me riera todavía más. Hasta sorbí por la nariz.

—Para eso tendrías que conseguir escapar de la tela.

—¿Por qué no vuelves a probar la postura del cisne? —preguntó la instructora, intentando desenredarlo—. Esa se te da muy bien.

Me pareció muy buena idea, ya que la postura del cisne era la más fácil: solo había que inclinarse hacia delante y balancearse en la tela, no había que girar ni doblarse.

—Sí —dije con una sonrisa—. Haces muy bien el cisne enfadado, Yearwood.

Me señaló con el dedo y me dijo:

—Te vas a enterar.

Para cuando la clase estaba a punto de terminar, Max empezó a pillarle el tranquillo. La profesora le dijo que tenía que ser uno con la tela, no pelearse con ella. Yo estaba segura de que con un par de clases más, Max conseguiría ser mejor que la gente que llevaba años haciendo yoga aéreo. Su determinación lo hacía invencible.

Me limpié el sudor del cuello con la mano y me acerqué a la instructora, que estaba limpiando al otro lado de la sala.

—Disculpa, Eden.

—Dime.

—Solo quería confirmar —Miré a Max para asegurarme de que nos escuchaba— que lo he hecho mejor que Max.

Frunció el ceño y dijo:

—No se trata de quién lo ha hecho mejor o peor.

—Para nosotros sí. Somos bastante… competitivos.

Eden miró a Max con cara de preocupación. Él puso los ojos en blanco, pero asintió.

—Dile que ha ganado y ya está.

—No —respondí—. No quiero que me diga que he ganado sin más. Quiero que sea honesta.

Eden negó con la cabeza y dijo:

—Los dos lo habéis hecho muy bien. Es evidente que a Max le ha costado un poco más al principio, pero al final lo ha conseguido. Es muy fuerte y eso es importante cuando avanzas a las posturas más complicadas.

—Ya, pero si nos basamos en cómo lo hemos hecho hoy, ¿quién lo ha hecho mejor?

Max se acercó a nosotras y me pasó un brazo por los hombros.

—Tengo que conseguir que vaya al psicólogo para tratar su comportamiento obsesivo. Pero, aunque solo sea para no tener que debatir más el tema con ella, ¿puedes decirnos quién lo ha hecho mejor?

Eden suspiró.

—A Georgia le ha resultado más fácil aprender las posturas.

Le choqué el puño, y Max no pudo evitar reír.

Le dimos las gracias a la profesora y le dijimos que, sin duda, repetiríamos la experiencia. Cuando salimos, Max todavía me rodeaba el cuello con el brazo.

—Deja de alardear tanto —me dijo—. A nadie le gustan los fanfarrones.

—No me digas. ¿Pues sabes qué es peor que un fanfarrón? Un perdedor.

Nos echamos a reír y casi se me olvidó por completo que estábamos en una calle ajetreada de Nueva York hasta que…

—¿Georgia?

La voz me resultó familiar. Levanté la mirada y vi a un hombre que se había acercado caminando en sentido contrario y se había detenido a mi lado. Nos miró a Max y luego a mí.

—Soy Josh Zelman —dijo—. Soy profesor de Filología Inglesa y trabajo con… —Se fijó en que Max tenía el brazo sobre mi hombro y se corrigió—: En la Universidad de Nueva York.

Ostras. Ahora lo recordaba. Nos habíamos visto unas cuantas veces en las fiestas, pero no lo había reconocido al verlo en la calle. Forcé una sonrisa.

—Sí, claro. Hola, Josh. Me alegro de verte.

—Lo mismo digo. —Se giró hacia Max y le preguntó—: Me suenas mucho, ¿nos conocemos?

—No —respondió él con el rostro serio.

Josh no dejaba de mirarlo. Parecía que estuviera repasando mentalmente todos los contactos de su agenda para averiguar por qué le sonaba. Al final, volvió a centrar su atención en mí.

—Justo el otro día hablaba de ti con Ellen. Fuimos a la fiesta de primavera y me dijo que se aburría sin ti.

Volví a forzar una sonrisa.

—Salúdala de mi parte.

Asintió.

—Claro. De hecho, tengo que irme porque llego tarde a clase, pero te he visto y he pensado que debía saludar.

—Me alegro de verte.

Max me quitó la mano del hombro y se quedó callado cuando empezamos a caminar.

—Es… Josh es profesor de Filología Inglesa en la Universidad de Nueva York.

—Ya lo he oído.

—Trabaja con Gabriel. Bueno, son buenos amigos.

—Vale.

No sabía qué les había contado Gabriel a sus amigos, aunque a juzgar por la incómoda situación, parecía que no les había mencionado el tema. En cualquier caso, pensé que no había nada más que explicar, así que me olvidé del tema y pensé que Max haría lo mismo.

—Bueno… creo que te toca invitar a comer, porque te he pegado una buena paliza en clase de yoga.

Max sonrió, aunque el tono juguetón de hacía unos minutos había desaparecido.

—Claro.

Fuimos a un restaurante de *sushi*. La camarera vino a la mesa con una niña, que debía de tener unos cinco años y nos trajo las botellas de agua. Las dos llevaban delantales con bolsillos alrededor de la cintura, y cuando la mujer nos puso la libreta y el lápiz en la mesa, la niña la observó y la imitó.

—Es el día de «lleva a tu hija al trabajo». Espero que no os importe.

—Claro que no. —Me incliné hacia la pequeña y le pregunté—: ¿Cómo te llamas?

—Grace.

—Encantada de conocerte, Grace. Qué delantal más chulo llevas.

La pequeña metió las manos en los bolsillos y sacó dos figuritas. Pensé que serían de una película de Disney. Me enseñó una de una chica con el pelo largo y castaño.

La cogí.

—¿Quién es?

—Vaiana.

—¡Hala! ¿Es una princesa?

La niña asintió y me enseñó la otra figurita. Era un cangrejo.

—Y Tamatoa.

—Qué chulo. —Miré a Max—. ¿Son tus amuletos?

Grace negó con la cabeza.

Sonreí y le dije:

—Claro que no. Ya eres muy mayor para eso. —Me acerqué más y le dije—: ¿Te cuento un secreto?

Asintió. Saqué el pequeño Yoda de plástico del bolso.

—Este pequeñín es suyo. —Señalé a Max.

La niña se tapó la boca y se echó a reír.

Asentí.

—Yo pienso lo mismo.

La camarera rio y nos preguntó:

—¿Qué vais a tomar?

Pedí sopa y un rollito de *sushi* y Max pidió cuatro rollitos. Grace me dijo adiós con la mano antes de irse con su madre.

Puse a Yoda en el centro de la mesa.

—No sabía que lo llevabas —dijo Max.

—Creo que es el motivo por el que se me ha dado tan bien el yoga y por el que tú has sido… bueno, un desastre.

Max rio.

—Qué niña más mona.

—¿Te gustaría tener hijos?

Max dio un trago al agua y se encogió de hombros.

—No lo sé. Si me hubieras preguntado hace diez años, te habría dicho que no. Pero ahora ya no estoy tan seguro.

—¿Por qué habrías dicho que no?

—Vi lo mucho que sufrió mi madre cuando murió mi hermano.

—Claro, lo entiendo. Perdona, no había caído. Es normal que te afectara a ti también.

Se encogió de hombros otra vez.

—Pero creo que el nacimiento de mis sobrinas me hizo estar más abierto a la idea. O a lo mejor son los años. ¿Tú quieres tener hijos?

—Sí que me gustaría. De hecho, me gustaría tener unos cuantos. Tuve una infancia bonita, pero solo tenía a mi madre y siempre envidiaba a las familias grandes de mis amigos. —Hice una pausa—. Maggie y yo siempre hemos dicho que nos gustaría tener hijos a la vez para que crezcan juntos. Recuerdo que cuando teníamos trece años, decíamos que queríamos tres hijos cada una y que los tendríamos antes de los treinta porque queríamos ser madres jóvenes. Aunque eso no va a pasar, porque ella está en medio de un divorcio y yo ya ni siquiera estoy prometida.

Max apartó la mirada y dijo:

—La vida no siempre sale como la planeamos.

# Capítulo 15

## *Max*

*Diez años antes*

—No me lo esperaba así.

—¿Qué te esperabas, algo como *Desmadre a la americana?*

Había llevado a Teagan a una fiesta, pero no era una a las que yo solía ir. Mis amigos estaban en otra mucho más salvaje, pero había decidido llevarla a una del club de arquitectura al que pertenecía mi hermano, que me había dicho que iría, aunque no lo encontraba por ningún lado.

Teagan le dio un trago a la cerveza sin dejar de observarme. Creo que intentaba averiguar qué había de raro en todo aquello, así que saludé con la cabeza a uno que pasó por mi lado.

—Qué tal, tío. ¿Cómo va todo?

El chico se giró para ver a quién saludaba. Teagan se dio cuenta y entrecerró los ojos.

—¿Conoces a alguien de la fiesta?

—Claro. —Señalé a un estudiante que había al otro lado de la habitación y añadí—: Ese de ahí es Chandler. —Busqué a mi alrededor y seguí—: Ese, Joey. —Una chica a la que no había visto en mi vida pasó por nuestro lado y me sonrió. Saludé con una sonrisa y dije—: ¡Ey, Monica!

—Me estás tomando el pelo, ¿verdad?

—¿Qué?

183

Señaló a una chica rubia y preguntó:

—Y esa es Phoebe, ¿no? Yo también he visto *Friends*.

Hice una mueca.

—Lo siento. Por lo menos lo he intentado.

Negó con la cabeza y dijo:

—Esta vez lo pasaré por alto, pero solo por esos hoyuelos que tienes y que son el único motivo por el que sigo aquí. ¿Qué pasa? ¿Por qué me has traído a este bodrio de fiesta en el que no conoces a nadie?

—¿Quieres saber la verdad?

Puso los ojos en blanco.

—Max…

—Vale, de acuerdo —dije—. Son los amigos de mi hermano. Los míos están en otra fiesta.

—¿Lo has hecho para estar con tu hermano?

—He pensado que sus amigos darían mejor impresión que los míos.

—¿Por qué?

—Porque las salidas con mis amigos siempre acaban de dos maneras: o bien arrestan a alguien, y a menudo es a mí, o bien alguien empieza una pelea, que también suelo ser yo, a la que se acaban uniendo todos los del equipo. Dijiste que puedes saber mucho de una persona por sus amistades, así que pensé que sería mejor esperar a que te enamoraras para presentarte a los payasos de mis amigos.

Arqueó una ceja.

—¿Así que ese es tu plan? Y dime, ¿cómo piensas hacer que me enamore de ti exactamente?

Sonreí y me señalé las mejillas.

Teagan rio.

—Admito que son adorables, sí, pero una sonrisa bonita no es suficiente. ¿Qué te parece si vamos a la otra fiesta? Prometo no juzgarte por tus amigos. Aunque no te lo creas, estuve en una fraternidad y fui a unas cuantas fiestas de las que organizan.

—Joder, menos mal. —Agaché la cabeza—. Esta fiesta es una mierda.

Nos dirigimos hacia la puerta riendo. Me despedí de los dos chicos a los que había fingido conocer.

—Hasta luego, Joey. Adiós, Chandler.

Los dos me miraron como si estuviera loco.

Cuando salimos al porche, vi a mi hermano acercarse hacia la casa.

—Hombre, por fin te encuentro. Ya era hora. —Señalé con el pulgar por encima del hombro y añadí—: Te estábamos esperando, pero casi morimos de aburrimiento.

Austin sonrió y negó con la cabeza. Miró a Teagan y alargó una mano hacia ella.

—Soy el hermano de este cabeza hueca.

—Soy Teagan, encantada. —Ladeó la cabeza y preguntó—: ¿Es posible que nos hayamos visto antes?

Él se encogió de hombros.

—No me suena.

—Puede que te haya visto por el campus. Hace tanto tiempo que vivo aquí que todo el mundo me resulta familiar. —Nos observó atentamente—. No os parecéis.

Me mecí hacia delante y hacia atrás y sonreí.

—Es una pena… para él, vaya.

Austin soltó una risita.

—Puede que sea más guapo que yo, pero yo soy más inteligente. Cuando sea viejo y esté calvo y gordo, yo seguiré siendo el listo. ¿Seguro que no prefieres salir conmigo?

Teagan rio.

—Veo que sois igual de ingeniosos.

—¿Ya os vais? —preguntó Austin.

—Sí. No te ofendas, pero la fiesta es una mierda. ¿Quieres venir con nosotros? Vamos a la fiesta del equipo de *hockey*.

Austin dijo que no con la cabeza.

—No, gracias. Son un poco intensos para mí. Además, me duele mucho la espalda. Voy a sentarme, a tomarme un par de cervezas y a retirarme por hoy.

—¿Te duele otra vez? ¿Cómo puede ser? Si ni siquiera recibes bloqueos ni nada por el estilo.

Austin miró a Teagan y movió la cabeza de un lado al otro.

—Hago atletismo, pero este tarado piensa que solo se lesionan los que hacen deportes de contacto.

—Es que creo que sería más divertido si intentaran haceros bloqueos mientras corréis.

Austin rio entre dientes.

—Pasadlo bien.

Le di una palmada en el hombro y le dije:

—No hagas nada que yo no haría.

—Para que ese consejo tuviera sentido, debería haber algo que no estuvieras dispuesto a hacer.

Tomé a Teagan de la mano.

—¿Estás lista?

—Sí. —Se giró hacia mi hermano y le dijo—: Adiós, Austin. Ha sido un placer.

—Igualmente.

Mientras nos alejábamos, Teagan se giró para mirar a mi hermano otra vez.

—¿Te has dejado algo?

—No, es que… creo que conozco a tu hermano de algo, pero no sé de qué.

—Mientras no hayáis sido novios… Eso sería muy raro.

Sonrió.

—Creo que en ese caso me acordaría.

—Ni idea. Dicen que la memoria es de lo primero que empieza a fallar con la edad y ya eres bastante vieja.

Me dio un golpe con el hombro mientras caminábamos.

—Tienes suerte de ser mono, porque a veces eres insoportable.

Sonreí.

—¿O sea que te parezco mono?

Me miró fijamente los labios y suspiró.

—Sí, supongo que ya somos dos los que lo pensamos.

—No encuentro el pendiente. ¿Te suena haberlo visto?

Me puse boca arriba y me protegí los ojos del sol con el brazo.

—Ni me había fijado en que tenías orejas.

Me dio un golpe con la almohada en el abdomen.

—Capullo. —Teagan hizo un mohín—. O sea que no te habías fijado. ¿Recuerdas cómo me llamo?

Abrí un ojo.

—Brandy, ¿no?

Fingió enfadarse, pero le fue imposible no sonreír.

—Lo digo en serio. Me los regaló mi abuela y murió el año pasado.

—Vale, perdona. —Me froté los ojos para acabar de despertarme y me levanté de la cama. Solo llevaba unos calzoncillos—. ¿Por dónde has buscado?

—Por el lavabo. Me acabo de dar cuenta de que lo he perdido. Tiene que estar por la cama.

Sonreí al recordar que entramos en mi habitación dando tumbos después de la fiesta.

—O por la puerta. O ahí por donde la silla.

Me volvió a golpear con la almohada, pero esta vez no se molestó en disimular la sonrisa.

—Ayúdame a buscarlo.

—Sí, señora.

Mientras Teagan buscaba por el suelo, sacudí las almohadas y las sábanas, moví el colchón por si se había caído por detrás, y levanté la ropa para ver si caía algo. No encontramos nada de nada.

—Mierda. A lo mejor lo perdí en la fiesta. ¿Crees que ya habrán acabado de limpiar?

La miré y respondí:

—Todavía quedan seis semanas para que acabe el semestre.

Rio y se subió la cremallera de las botas de piel.

—Vale. Me tengo que ir porque va a empezar mi turno. ¿Crees que habrá alguien despierto si me paso por allí de camino al hospital?

Metí la mano en la caja de cereales y saqué un puñado, que me metí en la boca, seca.

—Ni siquiera tienen cerradura. Si ves que no te abren, entra.

—Vale.

Se puso de puntillas y me dio un beso mientras masticaba.

—Me lo pasé muy bien anoche.

—Yo también.

—¿Quieres que quedemos el finde que viene?

—No puedo —respondí—. Tengo partido el viernes y el sábado por la noche, y el domingo me voy a Nueva York a patinar sobre hielo con algunos del equipo.

—¿Os vais a Nueva York a patinar?

—Sí, es una especie de tradición. El último día vamos a la pista de hielo de Central Park, donde está el árbol de Navidad gigante, y luego nos vamos a un *pub* irlandés que hay a unas manzanas.

—Vale. Esta semana no trabajo ni tengo clase del martes al viernes.

Me encogí de hombros.

—¿Quieres que quedemos cuando acabes el turno?

Teagan sonrió y metió la mano en la caja de cereales.

—Vale, a lo mejor sí. Mándame un mensaje.

Cuando llegó a la puerta, se giró hacia mí y dijo:

—Y que sepas que esto no cuenta como si me hubieras invitado a desayunar. La próxima vez tendrás que comprarme algo de comer.

—Como quieras. —Levanté la caja de cereales y añadí—: Me llevaré la caja. Sientan bien a cualquier hora del día.

Soltó una risita.

—Hasta luego.

Por la tarde, Teagan me mandó un mensaje para decir que no había encontrado el pendiente en la casa donde se había celebrado la fiesta, y me preguntó si podía pasar a mirar por donde se había celebrado la fiesta de los amigos de mi hermano. Como tenía entrenamiento, le dije que la pasaría a recoger por la biblioteca, donde había quedado para intercambiar apuntes al acabar el turno en el hospital.

Cuando aparqué delante de la biblioteca, me esperaba en su pijama médico azul.

—¿Has encontrado algo? —se subió al coche y cerró la puerta.

Negué con la cabeza.

—Lo he estado buscando y le he preguntado a dos chicos si alguien lo había encontrado. Por cierto, Chandler se llama Rene. Creo que le quedaba mucho mejor Chandler.

Teagan suspiró.

—No puedo creer que lo haya perdido. Es la segunda vez que me los pongo para salir. ¿Te importaría llevarme con los amigos de tu hermano para volver sobre nuestros pasos antes de que oscurezca? A ver si hay suerte.

—Claro.

Aparcar en Boston era una pesadilla, así que dejé el coche a una manzana y rehicimos el camino hasta la segunda casa dos veces. No encontramos nada, pero cuando estábamos llegando al coche, Teagan señaló a un chico que salía del coche.

—¿No es tu hermano?

Entrecerré los ojos.

—Sí, creo que sí. ¡Austin!

Se giró hacia nosotros y esperó.

—¿Trabajas en el hospital? —le preguntó a Teagan cuando nos acercamos.

—Soy estudiante de Medicina. —Chasqueó los dedos—. Por eso me suenas. Fuiste nuestro paciente.

—¿Estuviste en el hospital? —pregunté a mi hermano.

Austin negó con la cabeza.

—Qué va.

Teagan frunció el ceño.

—Sí, estuviste en el centro médico de Boston la semana pasada, ¿no?

Austin me miró rápido antes de volver la vista a la chica y dijo con tono serio:

—He dicho que no. Y, en cualquier caso, ¿si hubiera estado allí, no tendrías que guardar el secreto profesional?

El rostro de Teagan se volvió triste.

—Sí… Claro, perdona.

—No es para tanto, tío. Solo es estudiante de Medicina.

Austin frunció el ceño y puso los brazos en jarras.

—¿Qué hacéis aquí?

Señalé a Teagan.

—Anoche perdió un pendiente, así que estamos rehaciendo el camino que hicimos ayer de una fiesta a la otra.

Asintió.

—¿Lo habéis encontrado?

—No, pero ahora iremos a comer. ¿Te apetece venir de sujetavelas?

Austin negó con la cabeza.

—Tengo que estudiar.

—Pues nos vemos luego. Echa un vistazo por el comedor, si puedes. He mirado antes, pero no perdemos nada por asegurarnos.

—Vale. Pasadlo bien.

A lo mejor fue solo impresión mía, pero tuve la sensación de que mi hermano intentaba desaparecer lo antes posible. Para cuando acabamos de despedirnos, él ya estaba en la puerta. Miré a Teagan y le dije:

—Disculpa, no sé qué le pasa.

Ella volvió la vista hacia la casa cuando Austin entró.

—A lo mejor le preocupa algo.

# Capítulo 16

## *Max*

Entramos en la *suite* sin dejar de reír.

A Georgia se le había dado tan bien el patinaje sobre hielo como a mí el yoga el día anterior. Estaba convencido de que le dolía el trasero de las veces que se había caído. Como era de esperar, no le gustó ni lo más mínimo perder, y como íbamos uno a uno, Georgia había insistido en que teníamos que hacer algo para desempatar. Me sentía tan seguro después de presumir de lo bien que patinaba que dejé que eligiera ella.

De camino a casa, en el Uber, decidió que hiciéramos una competición rápida de matemáticas y le pidió al conductor que nos dijera operaciones que haríamos mentalmente antes de comprobar el resultado en la calculadora del móvil. Como es lógico, asumió que le resultaría fácil ganarme, porque había estudiado Empresariales y tenía un máster, mientras que yo era jugador de *hockey*. Si me hubiera preguntado, sabría que estudié Matemáticas en la universidad. Se lo tenía merecido, por asumir que había estudiado *beer pong*. Subí la apuesta: el perdedor le haría sexo oral al ganador.

Después de darle una buena paliza, le confesé qué había estudiado. Cuando llegamos a la habitación del hotel, seguíamos riendo y discutiendo sobre si lo que había hecho se consideraba juego limpio.

—No sabía que eras tan mala perdedora, Delaney.

Me agarró de la camisa con el puño y me arrinconó contra la pared.

—No es que sea mala perdedora, es que tú eres un tramposo.

Sonriendo, le puse las manos sobre los hombros y la empujé con suavidad hacia abajo.

—De rodillas, cariño.

Los ojos de Georgia brillaron y me miró con una sonrisa traviesa.

—Lo dejamos en un empate si consigo que te corras en menos de tres minutos.

«Puedo aguantar tres minutos con facilidad».

Antes de que me diera tiempo a responder, se puso de rodillas. Me miró desde abajo y se humedeció el labio superior. Joder, nunca había visto nada tan *sexy*. La observé desabrocharme los pantalones, y el sonido de la cremallera hizo que se me pusieran los pelos de punta. Me bajó los vaqueros y los calzoncillos de un tirón y me miró con la sonrisa más perversa que había visto.

—Tengo tres minutos. ¿Trato hecho?

Le respondí introduciendo una mano por su melena y cogiéndosela con el puño. Con la otra mano me sujeté la erección.

—Trato hecho. Ahora deja de hablar y abre bien la boca.

Sus preciosos labios carnosos se separaron y me introduje en el interior cálido de su boca. Ella succionaba con cada uno de mis movimientos. Poco a poco, introducía una parte en su boca, retrocedía unos centímetros y luego volvía a por más. Llegué hasta ese punto en el que a la mayoría de mujeres les dan arcadas, y cuando iba a retroceder otra vez, me miró. Me costó mucho no empujarla hasta el fondo.

—Joder, Georgia, sí. Métetela toda.

Le brillaron los ojos y fue en ese preciso instante cuando me di cuenta de que había aceptado una apuesta que iba a perder. Georgia ajustó la mandíbula y abrió más la boca. No esperó a que fuera yo el que la llevara al límite, se introdujo mi erección hasta el final de la garganta.

Puse los ojos en blanco.

Su boca me exprimía como un tornillo de banco cálido y estrecho. No llevaba más de medio minuto, pero ya me imaginaba corriéndome en su garganta.

Gruñí.

Ella gimió.

Algo en mi interior hizo que mi actitud juguetona se convirtiera en pura lujuria. De repente, estaba compitiendo en una carrera para llegar lo antes posible a lo que acababa de imaginar. Me había pasado a su equipo y quería que ganara la apuesta más que nada en el mundo. Empecé a moverme más rápido. Con las manos le sujetaba la cabeza y tomé el control. Ella se había apostado que me correría en menos de tres minutos, pero no había mencionado nada de que le follara la boca. Esto era algo totalmente diferente, y mi liberación se acercaba veloz, como un tren de mercancías desenfrenado. «Que le den por culo a la apuesta. Perder así es mejor que cualquier cosa que pueda ganar».

—Georgia… —Reduje el ritmo. Aunque las mamadas se le daban mejor que a cualquier actriz porno, no quería asumir nada—. Nena… —Aflojé el puño con el que le agarraba el pelo—. Me voy a correr.

Georgia me miró para hacerme saber que me había oído y continuó con la felación.

—Oh, sí, joder.

Volví a sujetarle la cabeza, y me introduje hasta el fondo para correrme. La oleada de palpitaciones se hizo eterna. A riesgo de parecer un debilucho, he de decir que me quedé sin aliento y un poco mareado.

Georgia se limpió la boca, se puso en pie y sonrió.

—He ganado.

Solté un suspiro de placer.

—Si esto es lo que supone perder, sería un imbécil por tratar de ganar.

La mañana siguiente dormimos hasta tarde y estábamos tonteando en la cama cuando sonó el móvil de Georgia. El nombre de Maggie apareció en la pantalla, así que respondió la llamada mientras yo le besaba el cuello.

—Hola.

—Creo que Gabriel ha perdido la cabeza.

Aunque mi intención no era escuchar la conversación, oí las palabras de Maggie con claridad, porque estaba encima de Georgia y tenía la cabeza muy cerca de la suya. Me incorporé y la miré a los ojos. Georgia frunció el ceño.

—Voy a ducharme —dije, y me levanté.

Escuché parte de la conversación mientras iba al cuarto de baño.

—¿De qué hablas? —Una breve pausa—. ¿Por qué le ha dicho eso la recepcionista?

Podría haber escuchado toda la conversación desde el lavabo, pero como no quería ponerme de mal humor, me di una ducha caliente extralarga. Cuando Georgia me contó por primera vez que tenía una relación abierta, pensé que era perfecto. Podríamos disfrutar de la compañía del otro durante unos meses y luego, cuando todo empezara a enfriarse un poco, no me sabría mal irme a California y romper sin más. Además, el otro chico ni siquiera estaba en el mismo país, así que pensé que sería fácil olvidarme de que existía. Sin embargo, cuanto más conocía a Georgia, más cerca sentía al otro tío, aunque estuviera en el extranjero. Empezaba a entender cómo se había sentido mi novia de los últimos años. Dos personas acuerdan mantener una relación puramente física, sin ataduras, pero uno acaba queriendo más. Aunque esta vez era yo el que tenía las de perder y eso era una mierda.

Para cuando por fin salí del cuarto de baño, tenía los dedos arrugados. Georgia se había puesto una camiseta y, desde la ventana, observaba la ciudad con la mirada perdida.

Cuando me oyó, se giró hacia mí.

—Siento lo que ha pasado.

Me froté el pelo mojado con la toalla y le respondí:

—No tienes que disculparte por nada.

—Puede que técnicamente no, pero no me parece bien hablar de otro hombre por teléfono cuando estoy contigo.

No dije nada.

Frunció el ceño.

—Gabriel me mandó varios mensajes ayer. Cuando vio que no respondía y que no respondía al teléfono del despacho, llamó al número de la empresa. Al parecer, la recepcionista le dijo que me había ido dos semanas de vacaciones y que, si quería, podía hablar con Maggie. Cuando habló con ella, la interrogó. Maggie le dijo que me daría el mensaje, pero que no podía darle más información.

Asentí.

—¿Crees que debería llamarlo y decirle que estoy saliendo con alguien? —me preguntó.

—No lo sé, Georgia. Creo que no soy el más indicado para decirte cómo hacer las cosas con tu exprometido. Yo lo mandaría a tomar por culo. Tú no intentas localizarlo mientras él se folla a otras, ¿verdad?

Georgia frunció el ceño.

—¿Lo ves? Ya te he dicho que no me preguntes.

Volví al cuarto de baño a lavarme los dientes. Cuando salí a la habitación, ella seguía frente a la ventana. Me acerqué por detrás y le froté los hombros.

—No pretendo ser un imbécil, Georgia. Es solo que... sé que se supone que esto solo es una aventura de verano, pero no puedo evitar ponerme celoso, y me da igual que esté bien o mal. Me gustas, y no me hago a la idea de que un cabrón te tenga esperando y de repente muestre interés cuando pasas de él. Me da la sensación de que está jugando contigo.

Se giró hacia mí.

—Sé que te pongo en una situación incómoda al contarte estas cosas. ¿Qué te parece si fingimos que Maggie no ha llamado y disfrutamos del día? No quiero estropear lo bien que nos lo estamos pasando. No recuerdo la última vez que no me apeteció ir a trabajar o llamar al despacho para ver cómo iban.

Me encanta estar contigo en nuestra burbuja y no quiero que acabe nunca.

Forcé una sonrisa y me incliné hacia ella para darle un beso.

—¿Quién dices que ha llamado?

Cuando sonrió de oreja a oreja sentí un dolor en el pecho.

—Gracias. De hecho, quiero agradecértelo como es debido.

Alargó una mano hacia la toalla que me rodeaba la cintura y tiró de ella. Cuando cayó al suelo, de repente, se me olvidó de verdad que habían llamado.

# Capítulo 17

## *Georgia*

La siguiente semana pasó volando. Max y yo hicimos lo típico que hacían los turistas en Nueva York y un poco más. Me entristecía pensar que en un par de días tendría que volver al trabajo. Esa noche, íbamos a salir de la ciudad (no iríamos muy lejos, solo a Nueva Jersey) para ver un partido clasificatorio de *hockey* con Tomasso y Jenna, su mujer, con la que me había sentado cuando fui a ver los partidos anteriores.

—¡Hola! —Jenna se levantó cuando llegamos a nuestros asientos.

No eran tan buenos como los del Madison Square Garden, pero casi. Jenna me abrazó, y Tomasso y Max se dieron un medio abrazo. El partido no había comenzado todavía, y la gente que teníamos alrededor empezó a susurrar. Algunos de ellos sacaron los móviles y empezaron a hacer fotos. Durante las vacaciones, solo habían reconocido a Max un par de veces, pero supongo que era imposible que no supieran quién era en un estadio lleno de hinchas de *hockey*. Una chica que estaba en la fila de atrás le pidió que le firmara la camiseta.

—¿Quieres que te firme la equipación de otro equipo?

Retorció la pulsera que llevaba en la muñeca y dijo:

—Lo siento, es que no tengo nada más.

—Es broma —respondió él, sonriendo—. No me importa firmártela.

La chica le dio un rotulador, y Max se inclinó para firmarle la camiseta, pero antes de terminar, levantó la mano hacia la amiga de la chica.

—A ella no —dijo.

Entonces me di cuenta de que la chica me había estado apuntando con la cámara. Se disculpó y bajó el móvil.

—Siéntate aquí —dijo Jenna—. No me importa no estar al lado de Tomasso, lleva dos semanas en casa y ya me muero de ganas de que vuelva a empezar la temporada. El otro día le dije que tomara la iniciativa, porque si no le digo que haga algo, se pasa el día tirado en el sofá, como si fuera una manta. Mi intención era que pusiera el lavavajillas o la lavadora o algo así. Pero cuando volví por la noche, vi que había destripado toda la habitación: había quitado dos ventanas y el pladur de dos de las paredes. Me dijo que como me había quejado el invierno pasado de que la ventana tenía una fuga… No sé, pon sellador alrededor de la ventana, no hace falta que lo pongas todo patas arriba. —Negó con la cabeza—. Cuando le pregunté qué narices había hecho, me dijo que había tomado la iniciativa. Te juro que este hombre pasa de cero a cien y no tiene un término medio.

Reí.

—Bueno… dejemos de hablar de mí. ¿Qué tal va todo con Max? Me hizo mucha ilusión oír que seguíais saliendo. ¿Sabes cuando tienes una corazonada sobre una pareja y tu instinto te dice que son perfectos el uno para el otro?

Sonreí.

—Todo va bien. Me he tomado unas vacaciones y hemos estado saliendo por Nueva York.

—Me alegro mucho por ti. Aunque no creo que recaudemos tanto en la subasta ahora que nuestro guaperas no está disponible.

—¿Qué subasta?

—Cada otoño hago una subasta benéfica. Recaudamos fondos para los críos de todo el país que no pueden ir a los campamentos de *hockey* de verano. La gente dona cosas para que las subastemos, pero lo mejor de la noche es cuando subastamos citas con los jugadores solteros. El año pasado, Max recaudó treinta y cinco mil dólares, fue el máximo que hemos recaudado por un solo artículo.

Max acabó de firmar los autógrafos y se sentó a mi lado, me agarró la mano y entrelazó los dedos con los míos.

—¿Así que te subastaron? —pregunté.

—Me obligaron —se quejó.

Jenna se echó a reír.

—Es cierto que lo obligamos, pero no lo obligamos a quitarse la camisa y empezar a lucir músculos cuando empezaron a pujar.

Max agachó la cabeza.

—Es que me vine arriba. Quería conseguir la mejor puja posible.

Sonreí.

—Quisiste conseguir la mayor puja de la historia, ¿verdad?

Levantó una ceja y dijo:

—Tú habrías hecho exactamente lo mismo.

—Treinta y cinco mil dólares… Ya veo que eres bastante popular. Espero que no me llegue la factura más tarde.

Max se inclinó hacia mí y me dijo en voz baja:

—Me lo puedes pagar en carne.

El partido empezó y en los cinco primeros minutos vi un lado de Max que todavía no había conocido. Tomasso y él no hacían más que gritar y chillar. Se levantaban de los asientos cada dos por tres y, cuando se sentaban, se quedaban en el filo de la silla. Estaban totalmente concentrados en el partido. Al principio, Max había tenido la mano sobre mi muslo, pero le tuve que pedir que la quitara, porque cuando pasaba algo, me apretaba con tanta fuerza que me iba a dejar marcas. Ni siquiera se daba cuenta de lo que hacía. Su pasión por el deporte y la intensidad con la que lo vivía me parecieron atractivas hasta cierto punto.

Me incliné hacia Jenna cuando los chicos se pusieron de pie para gritarle al árbitro en el segundo tiempo.

—Vaya dos histéricos. Nunca había visto a Max ponerse así.

—¿Es el primer partido que ves con él?

Asentí.

—¿Por qué me parece *sexy?*

Jenna movió las cejas con picardía.

—Pues ya verás cuando lleguéis a casa. Tienen que sacar la adrenalina por algún lado. Y, a diferencia de los partidos que juegan ellos, no importa si su equipo pierde o gana, así que las que salimos ganando somos nosotras.

Cuando sonó el silbato del final del partido, los chicos se desplomaron en las sillas. Max pareció recordar que estaba allí.

Se inclinó hacia mí y me preguntó:

—¿Estás bien?

—Genial —respondí, sonriendo.

—¡Madre mía! —Jenna me dio un golpecito en el hombro.

Cuando la miré, vi que señalaba hacia la pantalla gigante. Abrí los ojos de par en par cuando vi que salía en la pantalla. La cámara se acercó más a Max y a mí. Intenté entender qué narices pasaba hasta que vi que en la parte inferior de la pantalla ponía «Kiss cam».

—Tenéis que daros un beso.

Me giré hacia Max, que se encogió de hombros.

—A mí me parece buena idea.

En lugar de acercarse y besarme con suavidad, se puso de pie y me hizo levantarme. Me rodeó la espalda con el brazo y me inclinó con dramatismo para darme un beso de película. La gente empezó a animar y a gritar a nuestro alrededor, y cuando me volvió a levantar, los dos reíamos y sonreíamos de oreja a oreja.

—Mira que te gusta montar un espectáculo.

—No puedo evitarlo. Ahora tengo algo de lo que presumir.

—Me guiñó un ojo.

El día después del partido era el último de mis vacaciones. Al día siguiente, dejaríamos el hotel y volveríamos cada uno a su apartamento, y yo regresaría al trabajo el lunes. Aunque todavía teníamos mucho verano por delante para divertirnos, empecé a sentir nostalgia. El agente de Max le había mandado un mensaje la noche anterior y le había dicho que tenían que reunirse para hablar de algunos términos del contrato que había negociado. Max intentó aplazarlo hasta la siguiente semana, pero el agente le dijo que tenían que hacerlo lo antes posible, porque el propietario del equipo tenía una reunión el lunes. Max le dijo que le podía conceder una hora y quedaron para desayunar en el hotel.

—¿Estás segura de que no quieres venir? —me preguntó—. Así desayunas mientras hablamos.

Yo seguía en la cama, desnuda y tapada con una sábana, disfrutando de las vistas mientras Max se vestía.

—No, gracias. Aprovecharé para responder algunos correos.

Max se acercó, me destapó y me dio una palmada en el culo antes de agacharse para darme un beso.

—Como quieras, pero no te vistas.

—Me lo pensaré.

Cuando se fue, amontoné unas cuantas almohadas y apoyé la espalda sobre ellas antes de mirar el correo. Cuando llevaba unos diez minutos, el móvil me empezó a vibrar. Sentí una gran presión sobre el pecho cuando vi el nombre en la pantalla.

«Gabriel».

Suspiré. Casi no había pensado en él en toda la semana. Cuando estaba con Max, no pensaba en nada más, y mucho menos en otro hombre. El día que Gabriel había llamado al despacho le había mandado un largo mensaje para decirle que estaba bien, pero que por fin me había tomado las vacaciones que tanto necesitaba y que lo llamaría cuando pudiera. Sin embargo, aunque pasé muchas horas holgazaneando tanto por las mañanas como por la noche, no lo hice.

En ese momento, no tenía ningún motivo para no responder, ya que Max estaría fuera un rato, así que me senté bien y acepté la llamada.

—¿Hola?

—He echado mucho de menos oír tu voz —dijo.

Suspiré.

—Hace bastante que no hablamos, ¿verdad?

—Más del que me gustaría —respondió.

—¿Qué tal todo?

—Como siempre. Dando clases, escribiendo… Ya no sé cuándo acaba un día ni cuándo empieza otro.

—¿Qué tal llevas el libro?

—Voy escribiendo cuatro o cinco páginas y luego descarto tres, así que supongo que voy progresando.

—Es mejor que no escribir nada —contesté.

—¿Qué tal estás tú? Háblame de las vacaciones. Nunca pensé que te las tomarías, y cuando los del despacho me dijeron que te habías ido dos semanas, me preocupé. Creo que nunca te habías pedido ni dos días desde que abriste la empresa.

—Ya, lo sé. Ya tocaba.

—¿Y qué has hecho?

—Algunas cosas que siempre había querido hacer por la ciudad pero que nunca había priorizado, como ir a la estatua de la Libertad y al Empire State.

—¿Tú sola?

Cerré los ojos. Había llegado el momento que tanto había evitado. Podría mentirle y decirle que sí, pero ¿para qué? No estaba haciendo nada malo, y Gabriel había sido honesto conmigo cuando yo le había preguntado. Además, me parecía mal esconderle lo de Max.

Así que respiré hondo y confesé:

—No, no he estado sola.

Gabriel se quedó en silencio otra vez y cuando habló, lo hizo con un tono más bajo:

—¿Estás con el tío con el que Josh te vio?

Parpadeé deprisa. Era de esperar que Josh llamara a Gabriel para decirle que me había visto con otro hombre. Si yo viera al ex de Maggie con alguien, se lo contaría de inmediato. Supongo que lo que me sorprendió fue cómo estaba llevando el asunto.

—Sí, se llama Max.

—¿Fue solo una cita… o algo más?

—Hemos estado saliendo.

Otra pausa larga.

—¿Desde cuándo?

—Pues nos conocimos hace un mes o un poco más.

—¿Y te gusta?

—Sí.

Oí que suspiraba al otro lado del teléfono. Me imaginé a Gabriel pasándose una mano por el pelo bien peinado.

—Sé que no tengo derecho a decir nada, porque todo esto fue idea mía, pero tengo que decirte que me duele. Supongo que cuando imaginé cómo sería esto solo pensé en mi experiencia: algún lío de vez en cuando, algo de compañía para salir a cenar, o algo así. Pero fui un idiota. Porque te conozco y sé que tú no eres de rollos casuales.

—Lo intenté. Hasta me descargué Tinder. Pero no es lo mío.

—Mi hermana me ha mandado un enlace a una noticia sobre un beso en un partido de *hockey*. Me ha dicho que él es jugador.

Madre mía. Me quedé devastada cuando Gabriel me contó que había estado con otras chicas, no podía imaginar lo que había sentido él al verlo en la pantalla gigante. El beso había salido en todos los informativos. Me dolía el pecho.

—No puedo creer que lo hayas visto.

—Victoria no sabía que las cosas habían cambiado entre nosotros, así que pensó…

—Joder. ¿Pensó que me había pillado poniéndote los cuernos?

—Sí. No le había contado nada a mi familia.

—Imagino que ahora sí que se lo has contado para que no piensen que soy lo peor.

—Sí, claro.

—¿Por qué no se lo mencionaste antes?

—No lo sé. Supongo que pensé que sería difícil. Mi familia te adora. Además, pensé que, como volveremos a estar juntos cuando regrese, no tenía importancia. —Se quedó callado—. ¿Es algo serio? Lo que tienes con este chico.

«Como volveremos a estar juntos cuando regrese», como si todo estuviera ya decidido. Y supongo que al principio había deseado que con su regreso todo volviera a ser como antes, pero en ese momento no estaba tan segura. La relación con Max me parecía algo serio. Habíamos pasado las dos últimas semanas pegados al otro y empezaba a sentir algo por él, algo fuerte. Aunque lo nuestro tenía fecha de caducidad, así que, tampoco podía ser nada serio.

—Se irá a finales de verano.

—Ah.

—¿Puedo hacerte una pregunta, Gabriel?

—Claro.

—¿Qué habría pasado si hubiera dicho que sí, que es algo serio? ¿Cómo te habrías sentido?

—¿Tú qué crees? Llevo una semana sin pegar ojo, desde que me dijeron que estabas saliendo con alguien. Es una mierda. Te quiero y estás saliendo con otro hombre.

—Pero no me quieres lo suficiente para serme fiel mientras estás en Inglaterra. Sabes muy bien que podría haber ido a verte de vez en cuando y que podríamos haber tenido una relación a distancia. —Se me hizo un nudo en la garganta—. Si me quieres, ¿por qué decidiste dejarme?

—No tiene nada que ver con lo que siento por ti, Georgia, ya te lo dije. No me gustaba a mí mismo. Me sentía un fracasado a nivel laboral, personal, a todos los niveles. Y a ti todo te estaba yendo bien: tu negocio se disparó, estabas lista para avanzar a la siguiente fase de tu vida... Eres imparable. Y cuando vi que tu éxito me empezaba a molestar, supe que tenía que hacer algo. —Se le rompió la voz—. Pensé que no merecía estar contigo.

Las lágrimas me cayeron por las mejillas. Gabriel ya me había dicho eso antes, aunque con otras palabras, pero entonces lo entendí. No me había esperado en absoluto que rompiera conmigo. Hasta ese momento solo había sentido mi dolor. Pero ahora comprendí que Gabriel quisiera espacio para mejorar, aunque seguía sin entender que me amara y quisiera estar con otras personas.

Tomé aire.

—Me entristece que sintieras que no me merecías. Y también no haberme dado cuenta de que estabas tan mal.

—Nada de esto es culpa tuya. No te lo he dicho para hacerte sentir mal, pero me has preguntado cómo pude cortar contigo y no lo hice porque no te quisiera, sino porque te quiero lo suficiente para dejarte marchar hasta que pueda recuperarme. Quiero ser el hombre que mereces.

Le iba a recordar que para recuperarse no le hacía falta quedar con otras, pero me quedé destrozada al oír sus sollozos al otro lado del teléfono. Las lágrimas me empezaron a caer más rápido. No sé qué había imaginado que pasaría cuando le contara que yo también estaba saliendo con otro, pero no esperaba esto en absoluto. Me habría resultado más fácil si se hubiera enfadado o se hubiera puesto de mal humor, si me hubiera gritado o nos hubiéramos peleado. Pero esto... Que se desmoronara me rompió el corazón. Habíamos sido novios durante muchos años, y aunque él me había hecho daño, yo no quería hacérselo a él.

Me sequé las lágrimas de las mejillas y respiré hondo.

Hablamos durante unos pocos minutos más, pero no conseguí deshacerme de la intensidad de la conversación que habíamos tenido. Nos despedimos y quedamos en hablar pronto, pero ninguno de los dos especificó cuándo. Al colgar, me di una ducha para despejarme e intentar mejorar mi estado de ánimo, pero no pude librarme de la melancolía que había calado en mí.

Cuando Max volvió, yo me estaba vistiendo. Me abroché el sujetador de espaldas a la puerta y él se acercó por detrás y me rodeó la cintura con las manos.

—Tienes la ropa interior más *sexy* del mundo, ¿lo sabías?

Sonreí.

—Me siento *sexy* cuando me pongo algo de encaje, aunque sea para quedarme en casa en chándal. ¿Qué tal la reunión?

Max me miró y su expresión cambió por completo.

—¿Qué pasa?

—Nada.

Frunció el ceño.

—Y una mierda. Has estado llorando.

Estaba muy sensible y sabía que si hablaba del tema me pondría a llorar, y no quería llorar delante de Max por Gabriel. Así que tomé aire, me tranquilicé y pensé que, si le contaba algo, dejaría el tema.

—He hablado con Gabriel.

Se le tensó la mandíbula.

—¿Ha dicho algo para que te pongas triste?

—No. —Negué con la cabeza—. Bueno, sí. Pero no es por nada que haya hecho, es solo que… teníamos que hablar de un tema difícil. Ya sabe que estoy saliendo contigo.

Max me miró fijamente a los ojos.

—¿Quieres que hablemos del tema?

Sonreí con tristeza.

—No, pero muchas gracias por preguntar. Me gustaría disfrutar de nuestro último día aquí.

Bajó la mirada un momento y asintió.

—Cuéntame cómo ha ido la reunión con tu agente —insistí—. ¿Has salido contento?

Asintió.

—Ha ido bien. Las negociaciones de contratos de *hockey* no son solo por un número. Como los equipos tienen un tope salarial, a veces cuesta más acabar de negociar cómo se estructurarán los pagos que la cifra en sí.

—No sabía que no podían pagaros lo que les diera la gana.

—Además, quieren que vaya a California la semana que viene a conocer al propietario del equipo y al director general.

—¿Vas a ir?

Me acarició el pelo con la mano y me preguntó:

—¿Por qué no me acompañas?

—Ojalá pudiera —dije—, pero tengo que volver al trabajo. Tengo muchas cosas pendientes.

Max ladeó la cabeza.

—¿Estás segura de que no es por la conversación con Gabriel?

Negué con la cabeza.

—No, de verdad que no.

Asintió.

—¿Qué quieres que hagamos en nuestro último día?

—Me encantaría que fuéramos un rato al parque y que luego volviéramos al hotel a acurrucarnos.

Max sonrió.

—Trato hecho.

⋙⋘

A la mañana siguiente, cuando desperté, encontré a Max mirándome.

—¿Qué haces? —pregunté, todavía medio dormida.

Me acarició la mejilla con los nudillos y respondió:

—Mirarte.

—¿Me miras mientras duermo? Eso es un poco siniestro, guaperas.

—Es que roncabas bastante.

—Yo no ronco.

—Ah, ya, se me había olvidado. —Sonrió—. ¿Puedo preguntarte algo sobre… él?

—¿Sobre Gabriel?

Max asintió.

—Claro.

—¿Qué pasaría si no hubiera cortado contigo, pero se hubiera ido a Inglaterra a pasar un año o el tiempo que sea que pone en su contrato?

—¿A qué te refieres?

—¿Crees que lo vuestro habría funcionado estando un año separados?

—¿Quieres decir si no se acostaría con nadie? ¿Si me sería fiel?

—Sí.

Me encogí de hombros.

—Supongo. No veo por qué no. Aunque yo no tenía ni idea de que se iba a ir hasta unos días antes de que cortara conmigo. Supongo que habríamos planeado los viajes y nos habríamos turnado para ir a ver al otro los fines de semana. De todos modos, no nos veíamos muy a menudo entre semana porque yo siempre trabajaba hasta tarde.

Max asintió.

—¿Por qué me lo preguntas?

—No lo sé. —Negó con la cabeza—. Estaba pensando en el tema.

Hablaba de Gabriel, pero tuve la esperanza de que, a lo mejor, podría ser que me lo preguntara porque un vuelo a Londres duraba lo mismo que un vuelo a California.

—¿Qué hora es? —pregunté.

—Ya son casi las diez.

—Anda. ¿Tenemos que dejar el hotel a las once?

Max asintió.

—Será mejor que levante el culo de una vez y vaya a ducharme.

—Tengo una idea mejor.

—¿Cuál?

Me bajó una mano por el cuerpo y me la metió entre las piernas con una sonrisa traviesa.

—Vamos a hacer que te mojes. Pero lo de la ducha lo dejamos para después.

# Capítulo 18

## *Georgia*

—Bueno, pues ya está. Es hora de irse —dijo Maggie al levantarse de la silla al otro lado de mi escritorio.

Fruncí el ceño y le pregunté:

—¿Cómo? ¿A dónde vamos?

—A conseguir algunas respuestas.

Me eché a reír.

—¿De qué hablas, loca?

—Vamos a ir a ese bar tan mono que hay a dos manzanas, el que está al lado de ese supuesto local de masajes de pies en el que solo entran hombres y en el que hacen los masajes en habitaciones privadas.

—Tengo cosas que hacer.

Hacía cuatro días que había vuelto al trabajo y apenas había conseguido ponerme al día con los correos atrasados, los informes y las llamadas que tenía que devolver.

—Y seguirán todas aquí cuando vuelvas. Quiero que me cuentes cómo fue con Max.

—Ya te lo conté el lunes por la mañana, ¿recuerdas? Te plantaste en mi despacho a las seis y media con un café con un toque de licor de crema.

—Sí, ya, pero me contaste aquello de lo que te apetecía hablar, ahora quiero que me cuentes el resto. Y ni se te ocurra decirme que no hay nada que te preocupe, porque ahora mismo te doy un tres sobre tres en la escala de preocupación de

Georgia. Te has hecho un moño sobre las nueve de la mañana y eso solo lo haces cuando tienes un problema que no puedes solucionar. No dejas de mirar la hora en el móvil como si esperaras a que alguien encendiera la silla eléctrica y usas una entonación ascendente cuando hablas.

—¿A qué te refieres?

—Pues a que usas una entonación rara al final de las frases y parece que estés haciendo preguntas todo el rato.

—¿No es cierto? —Me tapé la boca—. Madre mía, acabo de hacerlo.

Maggie rio.

—Son las típicas cosas que haces cuando tienes un problema que no puedes resolver.

—Puede que sí haya algo del trabajo a lo que le doy muchas vueltas.

Maggie cruzó los brazos y preguntó:

—¿Ah, sí? ¿Y se puede saber qué es?

—Pues… eh… —Me quedé totalmente en blanco, negué con la cabeza, abrí el cajón del escritorio y saqué el bolso—. Bueno, vale. Pero no podemos quedarnos hasta tarde. Tendré que venir superpronto mañana para hacer todo lo que no voy a hacer ahora.

—Claro que no —dijo Maggie con un atisbo de sonrisa en los labios.

⋙⋘

—Se suponía que no iba a empezar a sentir nada por Max, era solo una distracción. —¡Hip!

Maggie sonrió con satisfacción.

—Sabía que el lunes mentías cuando te pregunté si te estabas enamorando. Te empeñaste tanto en venderme que «solo lo estáis pasando bien» que lo supe. Si te hubieras pasado treinta y seis horas dándole vueltas y luego me hubieras respondido, a lo mejor me lo habría tragado.

—Pero quiero a Gabriel. Me iba a casar con él.

210

—Puedes querer a alguien sin estar enamorada de esa persona. Yo te quiero, pero no quiero pasarme el resto de la vida despertándome a tu lado.

—Eso es diferente.

Se encogió de hombros y respondió:

—No. ¿Quieres saber mi opinión?

Me puse de morros.

—No.

—Pues me da lo mismo, porque vas a tener que escucharme de todos modos. Creo que pasas tanto tiempo analizando todas y cada una de tus decisiones que te has olvidado de escuchar qué te dice tu corazón. Tu vida ha cambiado, y fue Gabriel quien inició esos cambios, que no se te olvide.

Escondí la cara entre las manos.

—Estoy muy confundida. Además, Max se irá a finales de verano.

—¿Y qué? Es un deportista profesional y lo más seguro es que pase gran parte de la temporada viajando de todos modos. Tiene que vivir cerca de donde está su equipo para entrenar e ir al trabajo, pero podría alternar las dos costas y estar aquí cuando acabara la temporada si lo vuestro siguiera adelante. Tú tienes una tienda en Long Beach, en California. Si quisieras, podrías trabajar desde allí durante una parte de la temporada. Trabajas por cuenta propia, Georgia, si quisieras podrías trasladar la empresa a dondequiera que él vaya.

—Me estás mareando.

Maggie sonrió.

—No digo que tengas que hacer nada de eso. Pero quiero que entiendas que el hecho de que él se vaya no tiene por qué suponer el fin de lo vuestro.

—Es lo que acordamos.

—Y Aaron acordó quererme hasta que la muerte nos separara y que no codiciaría a la esposa del vecino. —Se encogió de hombros—. Pero las cosas cambian.

—Ni siquiera sé si él querría algo más.

—¿No te ha dicho nunca nada que te haga pensar que quiere algo más que un rollo de verano?

—Bueno, el último día de nuestras minivacaciones me preguntó si creía que lo mío con Gabriel habría funcionado a distancia si él no hubiera roto conmigo antes de irse. Por algún motivo, tuve la sensación de que me lo preguntaba porque él se iba a mudar a California. Pero a lo mejor es lo que quiero creer.

—Mmm… —Maggie dio un trago al vino—. Seguro que sí te lo preguntó por eso. Con los hombres, por lo general, la primera impresión es la buena. Sé que para alguien como tú es difícil de creer, porque siempre lo analizas todo desde cincuenta puntos de vista diferentes, pero nuestra intuición suele acertar.

—Incluso aunque tuviera razón y pudiéramos seguir adelante y mantener una relación a distancia, ¿qué pasa con Gabriel?

—¿Qué pasa con él?

—Volverá en seis meses. ¿Qué pasa si vuelve y quiere que estemos juntos porque, al estar sin mí, se ha dado cuenta de lo que quiere en realidad?

—¿Y lo que tú quieres no importa? Dime una cosa: imagina que mañana te despiertas y descubres que has ganado la lotería. ¿A quién llamarías primero para contarle la noticia? Aparte de a mí, evidentemente.

—No juego a la lotería.

Maggie negó con la cabeza y dijo:

—Ayúdame un poco. Imagina que jugaras a la lotería. Cierra los ojos un momento.

Tomé aire antes de cerrarlos.

—Vale… Te levantas de la cama. Pones las noticias mientras te vistes y oyes que el presentador anuncia que un solo número se ha llevado el premio multimillonario, el más grande de la historia. Y que se vendió en la misma tienda donde tú compraste el tuyo. Entonces lee el número: cinco, catorce, uno, veintiuno, tres, veinticinco. Corres a buscar tu número para asegurarte, pero sabes que es el que han anunciado porque es la fecha de mi cumpleaños, del de tu madre y del tuyo.

Te tiembla la mano mientras confirmas que acabas de ganar la lotería. Coges el teléfono para contárselo a...

Cerré los ojos con fuerza para intentar imaginármelo todo. Veía muy bien lo que describía: la televisión encendida, la carrera hasta el bolso para sacar el número y el momento en que agarraba el móvil para llamar a alguien. Sin embargo... cuando bajo la mirada al teléfono, no sé a quién llamar.

Abrí los ojos.

—No tengo ni idea. No sé a quién llamaría.

—Bueno, pues eso es lo que tienes que descubrir. ¿Sabes qué nos ayudaría?

—¿Una lista de ventajas e inconvenientes?

Maggie se acabó la copa de vino.

—No. Más vino. Ahora vuelvo. —Señaló mi copa, que estaba todavía medio llena y dijo—: Quiero la copa vacía cuando regrese.

Mientras Maggie pedía en la barra, vi que mi teléfono empezaba a moverse por la mesa. Lo agarré y sonreí al ver el nombre de Max. Como Maggie seguía hablando con el camarero guapo, que no nos había servido todavía las copas, pensé que tendría un par de minutos, así que respondí.

—Hola.

—Hola, preciosa, ¿cómo estás? ¿Sabes en qué estaba pensando hace un rato?

—No. —Di un trago al vino.

—En comértelo en la silla del despacho.

Respiré hondo. No había acabado de tragar, así que el vino se me fue por el otro lado y empecé a toser.

—¿Estás bien?

Me di unos golpecitos en el pecho y respondí con un hilo de voz:

—¡No! Has hecho que me atragante con el vino.

—Ojalá estuviera allí para hacer que te atragantaras con otra cosa...

Noté que se me encendían las mejillas y no tenía nada que ver con que me hubiera atragantado.

—Veo que estás de buen humor.

—No puedo evitarlo. Hoy tenía una reunión con el director del equipo y ha llegado tarde, así que me han acompañado a su despacho. Tenía un escritorio enorme con un montón de premios en las paredes. Se notaba que era el despacho de alguien con poder. Entonces he imaginado lo poderosa y *sexy* que estarías sentada a tu mesa. Me dan ganas de hacerte suplicar.

—A ver si lo he entendido. Me imaginas en una posición de poder y eso te excita y hace que quieras… ¿hacerme suplicar?

Aunque no lo veía, oí una sonrisita en su respuesta.

—Joder que si me excita.

Me reí.

—Qué travieso.

—¿Por qué no echas el pestillo en el despacho y me dejas que te diga lo que te quiero hacer mientras te tocas por debajo de las bragas de encaje que sé que llevas puestas?

Maldita sea. Deseé estar en el despacho.

—Es una oferta tentadora… pero no puedo. No estoy en el despacho.

—¿Dónde estás?

—En un bar que hay a unas manzanas, con Maggie. Me está intentando emborrachar.

—Así me gusta. Me alegro de que hayas acabado de trabajar a una hora decente hoy.

—Todavía tengo muchas cosas pendientes.

—Pues ponte las pilas. Porque cuando vuelva, te iré a buscar en persona si veo que trabajas hasta tarde. Me prometiste todo un verano y no pienso conformarme solo con los fines de semana.

Sonreí.

—Lo intentaré.

—Bueno, te dejo para que disfrutes de tu amiga.

—Vuelves mañana, ¿verdad?

—Mierda. No. Por eso llamaba. Se me ha olvidado cuando me has dicho que querías que te lo comiera sentada en la silla.

Reí.

—No he sido yo la que lo ha dicho.

—Pero lo he oído en tu voz. Bueno, llamaba para decirte que han aplazado al domingo la cena con el propietario. Su hija ha dado a luz antes de tiempo y ha ido a donde sea que viva ella. Volverá el sábado, así que he tenido que cambiar el vuelo al domingo. Tengo que cancelar los planes que teníamos para el sábado. Lo siento.

—Ah, bueno.

—A no ser que quieras subir a un avión mañana cuando salgas del trabajo. Tengo un escritorio en la habitación del hotel y me haría el apaño.

—Es tentador, pero no puedo.

Maggie volvió con las dos copas de vino y un número de teléfono en una servilleta. Negué con la cabeza, señalé el móvil y con los labios dije «Max».

Se quedó en silencio al otro lado del teléfono antes de decir:

—Echo de menos despertarme a tu lado.

El corazón me dio un vuelco.

—Yo también echo de menos despertarme a tu lado.

—Pues esto tiene una solución muy sencilla…

Sonreí.

—Lo sé. Pero tengo que ponerme al día con muchas cosas, no puedo coger un vuelo mañana por la tarde.

—Vale. Pero avísame si cambias de opinión y te consigo un billete.

—Gracias, Max.

—Que vaya muy bien. Cuídate.

—Lo mismo digo.

Me aparté el móvil de la oreja para colgar, pero Maggie me lo arrebató.

—¿Sigues ahí, Max? Soy Maggie. —Me miró con una sonrisa traviesa—. Hola, sí. Oye, compra el billete. Ya me encargaré yo de meterla en el avión.

—Devuélveme el móvil —le dije.

Se inclinó hacia atrás, como si eso fuera a impedir que recuperara el teléfono.

—Qué buena idea. Gracias, Max. —Movió los dedos delante del móvil para despedirse, aunque era evidente que él no la podía ver—. Adiós.

Maggie colgó, se puso el teléfono contra el pecho y me dijo con una mirada soñadora:

—Te ha dicho que echa de menos despertarse a tu lado. Tienes que ir.

Dije que no con la cabeza.

—Me encantaría, pero no puedo. Tengo muchísimo trabajo.

—Tengo una pregunta: ¿de verdad es tan agradable como me lo ha parecido el poco rato que he coincidido con él?

Suspiré.

—Pues sí. A pesar de que tiene aspecto de tipo duro que juega a *hockey* y te golpea con el *stick,* es muy dulce.

—¿Y qué tal en la cama?

Sonreí solo de pensarlo.

—La dulzura se queda fuera de la habitación. Y cuando me besa, me agarra del cuello. Es muy dominante y a lo mejor debería darme un poco de miedo, pero me encanta.

—¿Cuánto tiempo va a estar fuera?

—Debería haber vuelto mañana por la tarde, pero le ha surgido algo y no podrá volver hasta el domingo.

Mi teléfono sonó en la mano de mi amiga. Miró la pantalla y luego observó las dos copas de vino que tenía delante de mí.

—Más vale que te acabes la copa y empieces la otra.

Fruncí el ceño y pregunté:

—¿Por qué?

Me puso el móvil delante de la cara y me dijo:

—Porque Max acaba de mandarte el billete. Tengo que emborracharte para convencerte de que te subas a ese avión mañana por la tarde.

⸎

—Voy a darme una ducha rápida —dijo Max a mi reflejo en el espejo del cuarto de baño—. El desayuno está a punto de llegar.

Dejé el secador de pelo.

—Vale, ya estoy lista. Te dejo el lavabo para ti solito.

Se le marcaron los hoyuelos y se bajó los calzoncillos.

—También podrías quedarte a mirar. —Me dio un beso en el hombro—. O, todavía mejor, ducharte conmigo.

Justo en ese momento, alguien llamó a la puerta de la habitación.

—Parece que vas a tener que ducharte solo —dije con una sonrisa de suficiencia.

Max puso cara de pena.

En la habitación, agarré el bolso para sacar una propina antes de abrir la puerta, pero solo llevaba un billete de cien dólares. Asomé la cabeza por el cuarto de baño y pregunté:

—Oye, ¿tienes algún billete pequeño para la propina? Yo solo tengo cien dólares.

Max ya estaba en la ducha.

—Creo que sí. Tengo la cartera en el bolsillo de los pantalones. Cógela tú misma.

—Gracias.

Busqué con los ojos por la habitación, pero no encontré los pantalones. Pensé que a lo mejor seguían al lado de la puerta, donde se los había quitado la noche anterior al ponerme contra la pared dos minutos después de que llegara. Sonreí al recordarlo, agarré los pantalones y encontré la cartera. Tenía un billete de diez dólares, así que lo tomé y abrí la puerta.

El chico del servicio de habitaciones entró con un carro, y reí al ver la caja de cereales y la botella de leche de cristal. Le di la propina al camarero y lo acompañé a la puerta. Justo antes de que se cerrara, el hombre se giró hacia mí y me dijo:

—Señora.

—Dime.

Me alargó una tarjeta de visita.

—Esto estaba dentro del billete.

—Disculpa. —Tomé la tarjeta y dije—: Gracias.

De vuelta en la habitación, fui a devolver la tarjeta a la cartera de Max, pero no pude evitar leerla cuando la guardé:

«Departamento de Neurología y Neurocirugía. Cedars Sinai». Debajo había una dirección y la fecha de una cita dos días antes. Decidí no guardarla en la cartera y dejarla con la bandeja de la comida para acordarme de preguntarle.

Entonces me llamó Maggie, y justo cuando Max salió de la ducha, su móvil empezó a sonar también. Así que no fue hasta que llevábamos un rato desayunando cuando me acordé de la tarjeta. La levanté y dije:

—Esto estaba dentro del billete que le he dado al chico del servicio de habitaciones. No me he dado cuenta y él me la ha devuelto antes de irse.

Max miró la tarjeta y luego a mí. No dijo nada.

—¿Estuviste en el neurólogo el otro día? —pregunté.

Agarró la tarjeta y se la metió en el bolsillo.

—Sí, tenía una revisión.

—¿Cómo es que tenías una revisión? Yo nunca he ido al neurólogo.

Max se llevó una cucharada cargada de cereales a la boca y se encogió de hombros.

—¿Vas por algún motivo en concreto?

Creo que hasta ese momento no me había dado cuenta de que Max solía mirar a la gente a los ojos cuando hablaba. Pero ahora lo evitaba a toda costa. Removió los cereales del cuenco con la cuchara.

—Tengo migrañas, así que voy de vez en cuando.

—Ah, no sabía que tuvieras migrañas.

Se volvió a encoger de hombros y dijo:

—Supongo que el tema no había salido hasta ahora.

—¿Y tu neurólogo está en California? —Arrugué la frente—. ¿Viajas hasta California cada vez que tienes una revisión?

—Es un doctor muy bueno.

Había algo que no acababa de cuadrar.

—¿Y ha ido bien la revisión?

—Sí. ¿Quieres llamar al médico para preguntarle?

Negué con la cabeza.

—Disculpa que me haya entrometido.

—No pasa nada.

Su móvil vibró en la mesa. Lo agarró y leyó la pantalla.

—¿Tenías pensado hacer algo hoy?

Me encogí de hombros.

—No, nada.

—¿Quieres venir conmigo a mirar casas?

—¿A mirar casas?

—Sí. El gerente del equipo me ha puesto en contacto con una agente inmobiliaria y la mujer me preguntó si quería ir a ver algunas casas por la tarde.

—No sabía que querías comprarte una casa.

—No era el plan, pero mi gestor lleva un año insistiendo en que invierta en una propiedad. Dice que es el mejor momento para hacerlo, así que he pensado que no me iría mal ver qué se puede conseguir por el mismo presupuesto en diferentes zonas. Acepté ir antes de saber que estarías aquí, así que si no te apetece lo puedo cancelar sin problema.

—No, no pasa nada. Suena divertido.

—Perfecto. Le diré que estaremos allí en una hora.

>>>«««

—¿Qué te pasa? —preguntó Max, que se acercó por detrás. Yo observaba el centro de Los Ángeles desde el balcón de la tercera planta de una de las casas que habíamos ido a ver. Puso una mano a cada lado de mi cuerpo sobre la barandilla.

—¿Qué quieres decir?

Me apartó el pelo y me besó el cuello con dulzura.

—Estás muy callada.

—Solo estoy intentando asimilarlo todo.

Era la cuarta casa que visitábamos esa tarde y cada una había sido mejor que la anterior. Aunque, claro, teniendo en cuenta los precios que había mencionado la agente, no era de extrañar. Di media vuelta para mirar a Max, que no se echó atrás ni movió los brazos.

219

—Todas las casas son preciosas, aunque un poco abrumadoras.

—Ya.

Todas las propiedades que habíamos visitado tenían, como mínimo, cuatro habitaciones. Eran casas muy amplias, abiertas y espaciosas.

—¿Por qué te ha traído a ver casas tan grandes? ¿Es lo que le comentaste que querías ver?

—Le dije que quería varias habitaciones. A mi familia le encanta venir a verme. Además, mi gestor me dijo que tendría que esperar siete o diez años para vender, así que… —Se encogió de hombros—. Puede que para entonces necesite una casa grande.

«Para entonces». Quería decir dentro de unos años, cuando probablemente tuviera una familia que acabara de llenar los espacios vacíos. Tenía sentido comprar una casa en la que pudiera formar una familia, pero la idea de que la formara con otra persona me dolió mucho. Una cosa era alquilar un apartamento de soltero con una o dos habitaciones como el que tenía ahora, y otra cosa era comprar una casa que costaba millones. La casa implicaba permanencia, asentarse a tres mil kilómetros de distancia.

La agente inmobiliaria entró en la habitación.

—¿Qué os parece?

—Es muy bonita —dijo Max—. ¿Te importaría darnos diez minutos para que hablemos en privado?

—Claro. —Señaló con el pulgar por encima del hombro—. Tengo que hacer un par de llamadas. Estaré fuera para que podáis hablar. Os espero en la entrada cuando acabéis.

—Gracias.

En cuanto la mujer ya no nos podía escuchar, pregunté:

—¿Estás pensando en comprarla?

Max negó con la cabeza.

—Qué va. Es bonita, pero parece la consulta de un médico. Es demasiado moderna y estéril para mi gusto.

Reí.

—¿Y por qué le has dicho que teníamos que hablar en privado?

—Porque pareces triste. —Bajó una mano hasta el dobladillo de mi vestido y la introdujo entre mis piernas—. Quiero hacerte sonreír.

Abrí los ojos de par en par.

—No quiero que lo hagamos en el balcón de otro.

—Claro que no. —Me agarró de la cintura y me hizo girarme antes de decirme al oído—: Voy a hacer que te corras solo con la mano. Ya te follaré cuando volvamos al hotel, esto es solo para matar el gusanillo.

—Max… —empecé a protestar, pero me agarró del pelo y me hizo echar la cabeza hacia atrás.

—No dejaré que te vean —gruñó en mi oreja—. Por detrás no se te ve nada y no se nota que tengo la mano debajo de tu vestido. —No tuve tiempo de responder, movió la mano para apartarme las bragas a un lado y empezó a acariciarme el clítoris en círculos—. Abre las piernas un poco más.

Cuando no respondí de inmediato, me agarró del pelo con más fuerza y una chispa hizo que me despertara.

—Abre las piernas y sujétate a la barandilla con las dos manos. No te sueltes.

Los nervios que había sentido desaparecieron junto con mi vergüenza. Abrí las piernas e hice lo que me había pedido.

La voz de Max se volvió ronca cuando me acarició la entrepierna con los dedos.

—Ya estás mojada. —Me introdujo y sacó un dedo un par de veces antes de añadir el segundo—. Espero ver pronto cómo te lo haces tú misma, tumbada en mi cama, con las piernas separadas, usando los dedos. ¿Te masturbarás para mí?

Asentí. En ese momento, le habría dicho que sí a lo que me pidiera. Tenía el cuerpo tan revolucionado que me correría en un minuto. Max sacó los dedos de mi interior e introdujo tres. De repente, ya no me hacían falta los sesenta segundos. Me embistió una vez, y luego otra más, y cuando me di cuenta estaba cayendo por el abismo. No fui consciente de que había gemido hasta que una mano me cubrió la boca.

Max me giró hacia él antes de que tuviera tiempo de recobrar el aliento. Sonrió y me preguntó:

—¿Estás mejor? —Cuando vio que no respondía, soltó una risita—. Venga, vamos al cuarto de baño a lavarnos antes de que la agente venga a buscarnos.

Dos horas después, ya estábamos en la habitación del hotel de Max, donde lo acabábamos de hacer por segunda vez. Tenía la cabeza apoyada sobre su pecho y él me acariciaba el pelo.

—¿Vendrás conmigo el mes que viene para ayudarme a encontrar una casa? —me preguntó.

—No sé si podré. ¿Te lo puedo confirmar más adelante?

Rio.

—Claro.

—¿De qué te ríes?

—Deberías ser un hombre. Has perfeccionado el arte de no comprometerte a nada.

Suspiré.

—Lo siento.

—No pasa nada, seguiremos trabajando en ello. ¿Te gusta California?

Apoyé la cabeza en las manos y respondí:

—Sí. La verdad es que el clima es genial y me encantan los cañones y la topografía de la zona. Pero también me encanta que Nueva York tenga cuatro estaciones y la energía de la ciudad. Y odio conducir. ¿Y tú qué? ¿Echarás de menos Nueva York?

Max me acarició el pelo.

—Echaré de menos tres de las cuatro estaciones. Y la *pizza*. Pero prefiero conducir antes que usar el transporte público. ¿Vienes muy a menudo a California por negocios?

—Dos o tres veces al año.

Max asintió. Se quedó mirándome fijamente a los ojos.

—También te echaré de menos a ti.

Estar en California era un duro recordatorio de lo que llegaría con el final del verano. Si en ese momento ya me afectaba, ¿cómo me sentiría entonces? Para no ponerme triste, giré la cabeza y le di un beso en el corazón.

—Yo también te echaré de menos.

# Capítulo 19

## *Max*

—¿Qué quieres beber, Max? —Celia Gibson se dirigió a la barra del patio cubierto que tenía detrás de casa—. ¿Quieres más vino o prefieres un cóctel?

—Vino, por favor. —Miré el paisaje que se extendía a mi alrededor, que incluía un gran invernadero de cristal en la esquina más alejada. Las luces estaban encendidas y veía que el marido de Celia y Georgia hablaban en el interior.

Celia se puso a mi lado, me acercó una copa de vino y me dijo:

—Sé que todavía no eres miembro del equipo de manera oficial, pero ¿puedo pedirte de todos modos que colabores en un evento benéfico muy importante para mí?

—Claro.

—A principios de agosto, antes de que empiecen los entrenamientos, organizo un partido de *hockey* benéfico. Este será el octavo año que lo hago. Como nuestro equipo está en la ciudad con más celebridades del universo, el partido será famosos contra jugadores profesionales. A la gente le encanta, y te sorprendería saber a cuántos famosos les gusta el *hockey* y lo bien que se lo pasan. El dinero recaudado con las entradas y los anuncios es para la Fundación Nacional de Alzheimer. Tanto mi madre como el padre de Miles tuvieron esta horrible enfermedad.

—Lo siento mucho. Me encantaría participar.

—Muy bien. Le diré a mi ayudante que te mande las fechas y algunas entradas gratis para Georgia o quien sea que quieras que venga.

—Me parece genial.

Volvimos a mirar hacia el invernadero. Celia dio un sorbito al vino y sonrió.

—Me temo que vas a tener que estar un rato sin Georgia. La gente siempre da por hecho que el invernadero es mío, no de mi marido. Supongo que es una combinación un poco extraña. Sus dos grandes pasiones son su amado equipo de *hockey* y sus flores. Cuando Miles consigue que alguien vaya al invernadero, se pone a hablar por los codos y los tiene ahí una media hora por lo menos.

Sonreí.

—A Georgia le apasionan las rosas. No creo que le importe.

Celia hizo un gesto hacia los muebles que teníamos detrás y me preguntó:

—¿Nos sentamos? —Cuando nos pusimos cómodos, continuó—: Espero que no te moleste el comentario, pero me parece muy bien que Georgia tenga sus propias aspiraciones. He visto a muchas esposas y novias que se mudan aquí con sus parejas. Muchas renuncian a su vida laboral cuando son muy jóvenes y ni siquiera han acabado de forjar su carrera antes de dejarse llevar por el estilo de vida de su pareja. Sin embargo, las parejas que más duran, por lo que he visto, son aquellas en las que la mujer tiene algo que hacer. Como sabes, los jugadores pasáis seis meses viajando. Muchos se llevan a sus parejas con ellos a cada lugar, y eso es divertido al principio. Pero luego empieza a perder la magia, o se vuelve imposible cuando se tienen hijos. No me malinterpretes, cuidar de los niños es un trabajo a jornada completa. Pero una mujer debe tener sus propias aspiraciones, algo que le apasione y ayude a seguir siendo quien es. Créeme, convertirse en la señora Gibson o la señora Yearwood es muy fácil, pero cuando te das cuenta, se te ha olvidado que también eres Celia o Georgia.

—Lo entiendo —dije, asintiendo.

—La sede de la empresa de Georgia está en la costa este, ¿verdad?

—En Nueva York.

—¿Y tiene pensado mudarse aquí contigo?

—No.

—Cuando conocí a Miles, yo acababa de abrir mi agencia inmobiliaria en Chicago. Había estado trabajando para una compañía seis años y quería dedicarme a la administración inmobiliaria, y era algo que no hacían en esa empresa. Me llevé a tres de mis amigos agentes, y monté un negocio con los fondos necesarios para cubrir tres meses de alquiler y de sus sueldos. Me la jugué, pero disfruté de todo el ajetreo. —Sonrió—. Conocí a Miles en una fiesta y salimos un par de veces cuando él estaba en la ciudad, pero era un hombre muy ocupado, así que no nos veíamos a menudo. Un día me preguntó si me había planteado mudarme a California, porque él tenía aquí su empresa y quería que fuéramos en serio. Le pregunté si él consideraría mudarse a Chicago, donde estaba mi negocio. Como es evidente, llegamos a un callejón sin salida.

—¿Cómo lo solucionasteis?

—Pues al principio no lo solucionamos. Rompimos y pasamos seis meses separados. Un día se presentó en mi despacho y me preguntó dónde se negociaban las cosas allí. Lo llevé a la sala de reuniones e hicimos un trato. Se compró un piso en Chicago y nos turnamos entre los dos lugares: pasábamos cuatro días en un sitio y tres en el otro. Nos apañamos bien, porque hacía todas las cosas que tenía que hacer en persona los días que estaba allí y dejaba el papeleo de oficina para los días que estaba en California.

—¿Cuánto tiempo estuvisteis así?

Dio un trago al vino y respondió:

—Unos cuantos años. Me acabé enamorando del sur de California. En diciembre no tiene ni punto de comparación, te lo aseguro. Así que me mudé aquí, pero no cerré las oficinas de Chicago. Ascendí a uno de los agentes para que se encargara de las cosas más rutinarias y abrí otro despacho aquí. Vendí la empresa hace solo un par de años. —Sonrió y añadió—: Esa era mi pasión.

Por desgracia, en nuestra relación, la distancia era el menor de los problemas. Celia me caía bien, pero no le iba a contar todas las cosas que se interponían en nuestro camino. Me recordaba a Georgia en algunas cosas, y por eso supe que lo mejor sería que le diera la razón para no tener que debatir nada. Así que asentí:

—Estos meses tendremos que plantearnos muchas cosas.

—¿Los llevo a la calle Cincuenta y siete? —preguntó el conductor, mirando por el retrovisor.

No habíamos hablado de qué haríamos cuando volviéramos a Nueva York, pero tenía claro que la quería en mi cama, así que me giré hacia ella.

—¿Vamos a mi casa?

—Tendría que ir a la mía. Mañana tengo una reunión a primera hora y no la he preparado todavía. Además, no tengo el portátil aquí. ¿Por qué no vienes tú?

—No puedo. No he contratado a las niñeras para los perros. Además, los tengo un poco abandonados últimamente.

Georgia asintió.

—A los dos nos vendrá bien dormir un poco. No descansamos cuando compartimos cama.

—Prefiero follar contigo y estar cansado antes que dormir solo —dije con una sonrisa traviesa en los labios.

El conductor seguía esperando una respuesta. Georgia me miró con los ojos como platos para pedirme que me callara. Solté una risita, me incliné hacia el conductor y le di la dirección de Georgia.

—Gracias por acompañarme este fin de semana. —Me recosté en el asiento y le tomé la mano.

—Me alegro de haber venido. Lo he pasado bien. Además, ahora puedo tachar «ser más espontánea» de mi lista.

—Maggie te tuvo que emborrachar para convencerte. —Me encogí de hombros y añadí—: Pero bueno, sí. Vamos a decir que has sido espontánea.

Se echó a reír.

—No ha estado mal para ser yo. ¿Tienes planes esta semana?

—Creo que mañana tengo una reunión con el gerente. El martes tengo que ir a Providence, Rhode Island, para una sesión de fotos.

—¿Tendrás que usar uno de esos trastos que te resaltan el paquete? —preguntó con una sonrisa.

—No y menos mal. Es para un anuncio de perfume. Si no acaba muy tarde, puede que aproveche para ir a Boston a ver a mi hermano. Todavía no sé si iré en avión o en coche. ¿Y tú qué?

—Lo de siempre… Tengo algunas reuniones, correos por responder y necesito acabar de cuadrar los horarios de producción. Además, esta semana tengo que ir al centro de distribución de Nueva Jersey. Vamos a recibir productos nuevos, así que hay que comprobar la calidad y que todo esté como lo pedimos. También van a colgar algunos carteles nuevos en la autopista de Jersey y a lo mejor le digo a Maggie que venga conmigo a ver qué tal quedan.

—¿Algún día tendrás tiempo para cenar conmigo?

Su rostro se relajó cuando respondió:

—Claro que sí.

Cuando llegamos a su casa, le pedí al conductor que me esperara unos quince minutos para poder acompañarla hasta la puerta. Cogí nuestro equipaje del maletero y la empecé a seguir, pero cuando vi el culo que le hacían las mallas de yoga, le pedí a Georgia que me diera un minuto y volví corriendo hacia el conductor.

—¿Tienes que recoger a alguien más esta noche?

Negó con la cabeza y dijo:

—Este es mi último viaje.

—De acuerdo. —Agarré la cartera del bolsillo, saqué unos cuantos billetes y le tendí la mano—. ¿Te importa si tardo más de quince minutos?

El hombre miró los billetes de cien dólares y negó otra vez.

—Para nada.

—Gracias.

Corrí hacia Georgia.

—¿Hay algún problema?

—¿Te he dicho que esas mallas te hacen un culo espectacular? Hacen que casi quiera volver a las malditas clases de yoga. Solo casi.

Se echó a reír.

—¿Qué tiene que ver mi culo con el conductor?

—Pues que le he pagado para que se quede un rato más por si te apetece mojar.

Georgia arrugó la nariz.

—¿Mojar?

—¿Qué pasa? ¿No te parece muy elocuente? ¿Qué te parece «por si me dejas meterla en caliente»?

—Qué asco.

—¿Mojar el churro?

Se echó a reír.

Abrí la puerta del bloque de apartamentos.

—¿Desenfundar el sable?

Negó con la cabeza.

—¿Enterrar el nabo, rellenar el pavo, vaciar el cargador, jugar al teto? ¿Qué te parece «darle al mete-saca»?

—Tú sigue así —Pulsó el botón del ascensor con una sonrisa en los labios— y te aseguro que vas a acabar haciéndote una paja.

—Ah, vale. Prefieres algo que suene más maduro, ¿no? ¿Frungir, copular, fornicar? ¿Jugar a los papás y a las mamás?

Salimos del ascensor y sacó las llaves del bolso, riendo.

—Creo que has malgastado el dinero dándoselo al conductor para que espere.

Le agarré el culo mientras ella abría la puerta. Se abrió y entramos riéndonos.

—¿Qué te parece «follar»? Es la más clásica. Quiero follarte hasta la saciedad.

Dejé la maleta en el suelo y le rodeé la cintura con las manos, preparado para quitarle las mallas de yoga que le quedaban tan bien. Georgia se quedó congelada y dejó de reír de repente.

—¿Gabriel? ¿Qué haces aquí?

⟫⟫⟪⟪

—Lo siento. —El capullo se pasó una mano por la nuca—. Te he enviado varios mensajes, pero no respondías.

Georgia negó con la cabeza y respondió:

—Es que tenía el móvil en modo avión y supongo que no me he acordado de desactivarlo. Pero ¿qué haces aquí?

—He venido a hablar contigo. No estabas en casa, pero sigo teniendo una llave. No tenía a dónde ir.

Mis ojos se fijaron en la maleta. Crucé los brazos por encima del pecho y dije:

—Estamos en Nueva York. Hay hoteles hasta debajo de las piedras.

Miró a Georgia.

—Solo quiero hablar contigo. Luego me iré a un hotel si es lo que quieres.

«Si es lo que quieres». El muy cabrón la abandonó hace meses, ¿y tiene el morro de usar la llave para entrar? Aunque se disculpó, su postura territorial me hizo pensar que el tío se creía con el derecho de volver.

Era más alto de lo que había imaginado al ver la fotografía, y estaba más fuerte. Pero, si fuera necesario, podría darle una buena paliza sin ningún tipo de dificultad. En ese momento esperaba que llegáramos a las manos.

En lugar de eso, el tío dio un paso hacia mí y me tendió la mano.

—Soy Gabriel Alessi. Lo siento si os he interrumpido.

No hice ni el gesto de moverme.

Georgia analizó la situación, me tocó el brazo y me preguntó:

—Max, ¿podemos hablar un momento?

La miré, pero no dije nada. Señaló con la cabeza hacia su habitación.

—¿Vamos un momento a mi habitación?

Fulminé al tipo con la mirada durante un buen rato antes de asentir. Estaba cabreado. Sentía que en cualquier momento iba a empezar a echar humo por la nariz. Sin embargo, cuando seguí a Georgia hasta su habitación y vi que tenía los ojos llenos de lágrimas, el dolor que sentí en el pecho me hizo reaccionar. No soportaba ver llorar a ninguna mujer y mucho menos a Georgia, que no había hecho nada malo.

—No sé qué hacer —dijo.

Resoplé con fuerza y asentí.

—¿Qué quieres hacer?

—Sinceramente, solo quiero acurrucarme en la cama y dormir.

—¿Quieres hablar con él?

Fijó la mirada en el suelo un buen rato.

—Quiero saber por qué ha venido.

Para mí, era más que evidente. El imbécil quería tenerla esperando más de un año mientras él se divertía. Y en cuanto se había dado cuenta de que ella estaba saliendo con alguien en lugar de esperarlo en casa llorando, había tomado el primer vuelo a Nueva York.

—¿Quieres que me vaya?

Se volvió a quedar callada.

—Creo que ahora mismo no tengo la cabeza para estar con ninguno de los dos. Has sido muy bueno conmigo desde que nos conocimos, y no quiero faltarte al respeto haciendo que te vayas de mi casa mientras otro hombre, con el que he tenido algo, se queda sentado en mi comedor. Aunque tampoco quiero estar contigo mientras estoy triste pensando en que Gabriel ha vuelto. Así que creo que lo mejor será que le proponga a Gabriel quedar mañana en algún sitio para hablar.

Aunque habría preferido que me dijera que echara al tío de su casa, su solución me pareció justa. Me había metido en esta situación sabiendo que él todavía estaba en el banquillo y que volvería al partido en algún momento. Pero, como es evidente, no esperaba que fuera en ese preciso instante. Sin embargo, respetaba la decisión de Georgia y odiaba pensar que se podía derrumbar si no accedía a lo que me pedía. Por ese motivo, asentí y abrí los brazos.

—Vale, dame un abrazo.

Su cuerpo se fundió con el mío. La abracé con fuerza tanto tiempo como pude y le di un beso en la cabeza.

—Llámame si quieres hablar, ¿vale?

Forzó una sonrisa y asintió.

—Gracias, Max.

—Me iré yo primero, pero esperaré en la puerta para asegurarme de que no te pone ningún problema.

—No lo hará. Pero sé que te quedarás más tranquilo si esperas. Gracias por protegerme siempre.

Georgia suspiró antes de que saliéramos del dormitorio. Esperé a estar en la puerta para dirigirme a Gabriel, apuntándolo con el dedo.

—No hagas que me arrepienta de ser el primero en marcharse. No le faltes al respeto.

El corazón me latía a mil por hora cuando me fui. Sabía que no debía montar un numerito, pero eso no hizo que fuera más fácil. Una vez abajo, le dije al conductor que esperáramos un rato y me apoyé sobre el coche a esperar. No habían pasado ni cinco minutos cuando la puerta se abrió y Gabriel salió con su maleta de ruedas. Dio unos pasos hacia delante y titubeó al verme delante del coche. Nos miramos fijamente a los ojos y nos seguimos mirando hasta que llegó a la acera. Entonces se dio media vuelta sin mediar palabra y se alejó del edificio. Al parecer, era más inteligente de lo que aparentaba.

# Capítulo 20

## *Georgia*

Los nervios solo eran una etapa de transición para mí. Odiaba que se me revolviera el estómago cuando estaba nerviosa por algo. Me daba mucha rabia no poder concentrarme en nada más allá de lo que me agobiaba y, sobre todo, odiaba no poder conseguir una solución por muchas vueltas que le diera a las cosas. Todo eso me enfadaba. Así me sentía al día siguiente, cuando me senté en el restaurante a las 11:58 y vi que Gabriel se acercaba a la mesa para comer conmigo.

Me sonrió, pero yo no le devolví la sonrisa.

—Espero que no lleves mucho rato esperando —dijo mientras retiraba la silla de la mesa—. Me he dejado la cartera en el hotel, tenía la llave dentro y el recepcionista no quería darme otra copia porque no podía mostrarle ninguna identificación.

—No pasa nada.

Gabriel se sentó y puso una mano sobre la otra.

—Estás muy guapa. Las luces del restaurante hacen que se te vea el pelo rojizo.

—Es que llevo un tono rojizo. Por fin me decidí a teñírmelo.

—No sabía que querías teñirte.

Suspiré.

—¿Qué haces aquí, Gabriel?

Tomó la servilleta de la mesa y se la colocó en el regazo.

—He venido a hablar contigo.

—Deberías haberme avisado de que venías. Y no deberías haber entrado en mi casa anoche.

—Lo sé. —Bajó la mirada—. He metido la pata, lo siento.

La camarera se acercó para servirnos agua, luego nos preguntó si ya sabíamos qué íbamos a pedir. No había mirado la carta, aunque tampoco tenía mucha hambre.

—¿Tenéis ensalada César?

La chica asintió.

—Sí. ¿La quiere con pollo ennegrecido? Está buenísimo. Siempre me lo pido.

Le devolví la carta.

—Vale. Gracias.

Miró a Gabriel, que también le devolvió la carta.

—Lo mismo para mí.

En cuanto la chica se fue, Gabriel negó con la cabeza.

—He practicado varias veces en el avión lo que te iba a decir, pero ahora no sé por dónde empezar.

—¿Qué te parece si comienzas explicándome qué haces en Nueva York? Pensaba que no ibas a volver hasta que acabaras el año sabático.

—Ese era el plan. Pero he vuelto para hablar contigo. —Agarró el vaso de agua y dio un trago largo. Luego respiró hondo y continuó—: He cometido un grave error, Georgia.

—¿Al venir?

Negó con la cabeza.

—No, no es eso. Me equivoqué al marcharme.

Llevaba una camisa de manga larga y, de repente, sentí que se me ceñía demasiado a los brazos. Era como si la ropa se hubiera vuelto dos tallas más pequeña y me intentara asfixiar. Cuando me quedé en silencio, Gabriel extendió el brazo y puso la mano sobre la mía.

Aparté la mano y fruncí el ceño.

—Eres lo mejor que me ha pasado en la vida. Y siempre huyo cuando las cosas se complican. Te quiero y me he portado como un idiota. He cometido un error, pero estoy aquí para arreglarlo.

—¿Que has cometido un error? —No sé por qué motivo la palabra «error» me puso furiosa. Me pareció desconsiderada. Negué con la cabeza y añadí—: No. Un error es comerte el salmón a pesar de que tiene una pinta un poco rara y luego encontrarte mal al día siguiente. Un error es leerte la edición simplificada del libro y luego presentarte en el examen y no poder responder ni una sola pregunta. Decirle a la mujer a la que has pedido matrimonio que te vas a mudar a Europa y que quieres acostarte con otras no es un error. Es una decisión.

Gabriel alzó las manos en el aire.

—Vale, vale. Lo pillo. Error no es la palabra indicada. Me he equivocado en mis decisiones. Pero ahora estoy aquí y quiero enmendar mis errores.

—¿Por qué?

—Porque te quiero.

Negué con la cabeza.

—No, ¿por qué has decidido venir ahora?

Gabriel se pasó una mano por el pelo.

—No lo sé. Porque soy muy terco y no me he dado cuenta hasta ahora.

Sentí que se me encendía el rostro.

—Y una mierda. Has venido por Max. Te parecía buena idea acostarte con quien quisieras y salir con otras, pero en cuanto te has enterado de que soy yo la que está saliendo con otro, de repente ya no te ha parecido tan guay.

Por lo menos tuvo la decencia de avergonzarse.

Dijo que no con la cabeza y la agachó.

—Es posible. Es posible que eso haya sido lo que me ha hecho darme cuenta. Pero ¿acaso importa el motivo? —Me miró—. A veces tienes que perder algo para darte cuenta de lo mucho que significa para ti.

—Creo que sabías perfectamente lo que tenías, pero no pensabas que lo fueras a perder.

Gabriel tragó.

—¿Ya te he perdido?

No sabía cómo responder a esa pregunta.

—¿Te vas a quedar en nueva York?

Negó con la cabeza y respondió:

—Firmé el contrato para un año entero. Tengo que quedarme hasta diciembre.

—Entonces, ¿qué ha cambiado?

—Yo he cambiado. Soy todo tuyo.

—¿Y eso qué quiere decir?

—Pues que solo te quiero y te necesito a ti. Tienes mi palabra de que te seré fiel.

—¿Aunque yo siga saliendo con otros?

Gabriel enderezó la espalda. Pestañeó rápido.

—¿Eso es lo que quieres?

En ese momento no sabía ni cómo me llamaba, pero no quise sucumbir. Negué con la cabeza y respondí:

—No sé lo que quiero, Gabriel.

Soltó un suspiro tembloroso.

—Vaya, la he cagado y bien.

La camarera nos trajo las ensaladas y cuando se fue los dos nos quedamos en silencio, sin tocar la comida. Tenía demasiadas cosas en la cabeza como para comer y mucho menos para plantearme qué significaba todo eso.

Cuando Gabriel volvió a hablar, lo hizo en voz baja.

—¿Te has enamorado de él?

La pregunta hizo que me entraran ganas de vomitar. Me ayudó a darme cuenta de lo lejos que había llegado con Max.

—No lo sé —susurré.

Me pasé la siguiente media hora removiendo la comida por el plato con el tenedor. No podía comer. No podía pensar con claridad. Se me hacía difícil incluso escuchar los pensamientos que me rondaban por la cabeza. Gabriel intentó hablar de cosas sin importancia, pero yo habría sido incapaz de decir de qué había hablado cuando nos recogieron los platos.

—Mi vuelo sale esta madrugada. Hoy era fiesta en Inglaterra, así que la universidad estaba cerrada, pero tengo que volver antes de la primera clase de mañana.

Asentí.

—Vale.

—¿Quieres que cenemos juntos esta noche?

Me sabía mal, porque había venido desde muy lejos, pero negué con la cabeza.

—Necesito algo de tiempo para asimilarlo todo.

Intentó forzar una sonrisa, pero fracasó estrepitosamente. Después de que pagara la cuenta, nos quedamos en la puerta del restaurante sin saber qué hacer.

Gabriel me tomó la mano.

—Tengo que decirte un par de cosas, porque te las quiero decir en persona y no sé cuándo nos volveremos a ver.

—De acuerdo…

—Estuve muy confundido durante un tiempo. Después de perder a Jason y de descubrir que mis padres no eran mis padres, por fin conseguí que me publicaran el libro, pero solo me sirvió para darme cuenta de que no tengo lo que hay que tener. Incluso el hecho de ver que despegaba tu carrera. Sentía que no me lo merecía, así que busqué validación en los lugares equivocados: en el nuevo puesto de trabajo, en las citas, en la nueva ciudad… Me avergonzaba de quién era, pero me daba miedo contarte lo que sentía. Nunca he dejado de quererte, Georgia, es solo que me odiaba a mí mismo más. —Se le llenaron los ojos de lágrimas y tuve que contenerme para que no me pasara lo mismo.

Le estreché la mano. Nada de lo que había dicho hacía que me sintiera mejor.

—Siento no haberme dado cuenta de que estabas sufriendo tanto.

—No fue culpa tuya. Lo escondí bastante bien detrás de mi enorme ego. —Intentó sonreír—. ¿Puedo darte un abrazo de despedida?

Asentí y respondí:

—Claro.

Gabriel me abrazó durante un buen rato antes de soltarme. Noté que le daba miedo irse, y eso me recordó cómo me sentí yo al despedirme de él cuando se fue a Londres.

—Te daré algo de espacio antes de llamarte. A no ser que me llames tú antes.

—Gracias. Cuídate mucho, Gabriel.

>>>«««

Había pasado tanto rato sin moverme mirando por la ventana que la luz con sensor de movimiento de mi despacho se había apagado. Aunque no me di cuenta hasta que Maggie chilló:

—¡Hostia! —Se llevó una mano al corazón cuando las luces se encendieron—. Pensaba que no había nadie, como la luz estaba apagada. Solo he venido a dejarte unas muestras en el escritorio.

—Perdona.

Se fijó en mi cara y me preguntó:

—¿Qué ha pasado? ¿Ha ido mal el viaje? Cuando hablamos por mensaje el fin de semana parecía que te lo estabas pasando muy bien.

—No, el viaje fue muy bien.

—¿Es algo relacionado con el trabajo?

Negué con la cabeza.

—Gabriel está aquí.

Maggie puso los ojos como platos.

—¿Aquí dónde? ¿En Nueva York?

Asentí.

—¿Lo has visto?

—Anoche, cuando volví del viaje, me lo encontré esperándome en casa. Yo estaba con Max.

Abrió la boca de par en par.

—¿Quieres que te ayude a enterrar su cadáver?

Negué con la cabeza.

—Por un momento pensé que la cosa se iba a poner fea. Max emanaba ira por todos lados, pero fue muy amable y considerado, como siempre. Hablamos a solas. No quería que se fuera y que Gabriel se quedara en mi casa, así que les pedí a los dos que se marcharan y hoy he ido a un restaurante a comer con Gabriel.

—¿Por qué no me has llamado?

—Cuando he llegado estabas en una reunión. Además, no sabía todavía por qué había vuelto.

—¿Qué quiere?

—Quiere cerrar nuestra relación abierta.

Maggie puso los ojos en blanco.

—Cómo no. Porque cuando dijo que quería una relación abierta se refería a que otras chicas le abrieran las piernas a él mientras las tuyas seguían cerradas.

Suspiré.

—Es obvio que eso es lo que ha hecho que se replantee las cosas. Aunque me encantaría, las decisiones que ha tomado últimamente no hacen que los momentos buenos que hemos compartido desaparezcan. Me ha hecho mucho daño, de eso estoy segura, pero yo estaba enamorada de él, Mags. Quería pasar el resto de mi vida con él.

—¿Qué le has dicho?

—Le he dicho que necesito tiempo para pensar. Hemos tenido una relación larga y la mayor parte de esa relación ha sido buena. Le tengo mucho cariño.

—Lo sé.

Negué con la cabeza.

—Pero luego está Max, que me tiene loca. No sé qué es exactamente, pero hace que tenga ganas de vivir más cosas. Es decir, quiero que vayamos al parque y que lo hagamos mientras miramos mansiones de cinco millones de dólares en Hollywood Hills mientras la agente inmobiliaria nos espera en la puerta, quiero esconderme con él en un hotel para huir del resto del mundo. Me hace sentir viva.

—¿Puedes rebobinar un momento hasta lo de montártelo mientras la agente inmobiliaria os espera?

Sonreí con tristeza.

—Pero lo de Max es temporal. Se irá a finales de verano. Imagino que las relaciones a distancia son difíciles, que no imposibles, pero los dos acordamos que sería solo una aventura de verano.

—Si Max no se fuera y quisiera que tuvierais una relación exclusiva, ¿qué harías?

¿Cómo podía saber lo que quería llegados a ese punto? Necesitaba tiempo para pensar. Apoyé la cabeza en las manos.

—Madre mía. No me puedes preguntar eso cuando ni siquiera sé qué hacer con Gabriel.

Maggie se echó a reír.

—Perdona, pensaba que te ayudaría.

—Creo que la decisión que tome sobre Gabriel no debería depender de Max. O bien quiero estar con Gabriel o no quiero. Es decir, si le preguntara a Max si quiere que intentemos tener una relación a distancia y me dijera que no, luego no volvería con Gabriel. Porque en ese caso solo estaría con Gabriel porque no tendría la opción de estar con Max. Tendría que querer estar con la persona a la que quiero sin importar las oportunidades que tenga o deje de tener, ¿sabes a lo que me refiero?

Maggie asintió.

—Tiene sentido… Pero imagina que decides que no quieres estar con Gabriel porque sientes algo por Max, aunque no sabes qué siente él. Cuando rompes con Gabriel, te enteras de que Max no quiere seguir con lo vuestro cuando se vaya. ¿Qué harías en esa situación?

Suspiré hondo.

—Está claro que sería una faena. Pero si estuviera dispuesta a romper con Gabriel para probar suerte con Max, eso querría decir que lo mío con Gabriel no tenía ningún futuro de todas formas.

—¿Y Gabriel qué ha dicho, te ha dado un ultimátum? ¿Te ha dicho que si quieres estar con él tienes que dejar de salir con otros?

Me encogí de hombros.

—No se lo he preguntado. Pero supongo que si no quiero volver a estar solo con él y decide romper, no puedo hacer nada al respecto.

Maggie negó con la cabeza.

—Aunque suene raro, fue más sencillo cuando Aaron me puso los cuernos. Tomó la decisión por los dos. Yo solo tuve que pensar en cuál de sus amigos follarme primero y cuál de sus negocios cargarme.

Creo que fue la primera vez que sonreí de verdad desde la noche anterior. Aunque luego me vibró el móvil en el escritorio. Lo miré fijamente, como si fuera a explotar al tocarlo. Maggie rio al ver mi cara, se inclinó hacia el teléfono y lo agarró. Bajó la mirada a la pantalla y me mostró la pantalla.

—Es Max. Quiere saber cómo estás.

# Capítulo 21

## *Max*

—¿Vas a pasar la noche en Rhode Island? —me preguntó Breena, la maquilladora, mientras me ponía más mierda en la frente.

—Tengo familia en Boston, así que iré a verlos cuando acabemos.

Me vibró el móvil en el bolsillo. Lo cogí para ver si era Georgia, pero vi que me llamaba un número con el prefijo de California. Otra vez. Aunque ahora no era la consulta del médico, que ya me había llamado un par de veces. El neurólogo al que había ido la semana pasada en Los Ángeles me había dejado mensajes en el contestador, pero todavía no me había decidido a llamar. Mandé la llamada del número desconocido al buzón de voz y consulté el historial para ver si tenía alguna llamada perdida de Georgia. Como era de esperar, no había nada.

Breena me miró en el espejo y me sonrió.

—Qué pena. Podríamos haber ido a dar una vuelta por la ciudad.

Era una chica guapa, pero no estaba interesado en ninguna mujer aparte de la que llevaba dos días evitándome.

—Gracias. Tal vez en otra ocasión.

Llevaba desde las diez de la mañana en la sesión de fotos. Acabábamos de terminar de comer y el fotógrafo había dicho que solo nos tardaríamos una o dos horas más. Menos mal que no me habían pedido que sonriera para la campaña publicitaria. Querían un aspecto pensativo, y yo no había dejado de pensar desde el maldito momento en el que había entrado en casa de Georgia el domingo por la noche.

Sabía que había ido a comer con su ex el día anterior, eso era todo lo que me había contado. Él ya estaba de vuelta en Londres. Sin embargo, no tenía ni idea de qué se le pasaba a Georgia por esa cabecita suya. No me cabía la menor duda de que lo estaba analizando todo hasta la saciedad, y eso no me haría ningún favor, ya que lo nuestro tenía fecha de caducidad. Era una mierda, pero no tenía derecho a luchar por ella cuando ni siquiera sabía si le podía ofrecer algo más allá del verano.

Lyle, el fotógrafo, entró e interrumpió mi sesión de reflexión. Llevaba a Cuatro en brazos, como había hecho desde que había llegado con los perros por la mañana.

—¿Qué te parece si te tomamos algunas fotos con este pequeñín?

Me dirigí al reflejo del espejo, ya que Breena seguía poniéndome más potingues en la cara.

—Seguro que me quita a lametones lo que Breena me está poniendo en la cara —dije, encogiéndome de hombros—. Pero no hay problema, si eso es lo que quieres. Gracias por dejarme traerlos hoy.

—Genial. Creo que ya tenemos todo lo que el cliente quería. Por lo general, paso la mitad de la sesión haciendo lo que creen que quieren y la otra mitad haciendo lo que yo creo que sería mejor. Nueve de cada diez veces, prefieren lo que he improvisado. —Levantó la mano que le quedaba libre e hizo un gesto con ella, como si viera un cartel en el aire—. Irresistible, incluso para las bestias más despiadadas —dijo—. Creo que sería una campaña muy divertida. Y con tu cara, seguiría siendo *sexy.*

—Si tú lo dices —contesté, encogiendo los hombros.

—Dime, ¿cuál es su comida favorita? Quiero hacer unas cuantas fotos en las que salgas tumbado en una manta afelpada con el perro lamiéndote. Creo que la mejor opción es ponerte algo de comida detrás del cuello. Hay un supermercado en esta calle y quiero mandar a mi ayudante a comprar.

—Le gustan los cereales.

—¡Perfecto! Haré que nos traiga una caja.

Dos horas después, por fin acabamos la sesión de fotos con los perros. Breena me dio toallitas desmaquillantes para que me limpiara todo lo que me había puesto en el rostro. Cuando acabé, me enseñó su teléfono móvil y me dijo:

—Te he hecho algunas fotos con los perros desde detrás de Lyle. Son adorables, mira.

Les eché un vistazo y sonreí. Eran realmente buenas. Parecía que Cuatro me intentara oler el cuello.

—¿Te importaría mandarme un par? A mis sobrinas les van a encantar.

—Claro. Guarda tu contacto y te las envío por mensaje.

—Gracias.

Después de despedirme y de poner a los perros en sus asientos de seguridad en la parte trasera del coche, el móvil me sonó al recibir un mensaje. Era de Breena, que me había mandado un montón de fotos con un mensaje:

**Breena:** Llámame si tienes tiempo cuando vuelvas. Te enseñaré Providence. O… puedes venir a mi casa.

Al final del mensaje había un emoticono guiñando el ojo. En lugar de responder, reenvié a Georgia una de las fotos en las que Cuatro me lamía la cara y escribí:

**Max:** De la sesión de hoy. Creo que voy a tener que contratar a un agente para los peludos.

Esperé unos minutos y vi que el mensaje pasaba de estar recibido a leído. Cuando vi que aparecían los puntos suspensivos que indicaban que Georgia estaba escribiendo, me emocioné más de lo que había estado las últimas cuarenta y ocho horas. Sin embargo, cuando recibí la respuesta solo sentí decepción.

Era un emoticono de una carita sonriendo.

Nada más.

Gruñí, dejé el móvil de mala manera en el compartimento del centro y arranqué el coche para salir hacia Boston.

>>><<<

—¿Qué te cuentas, monaguillo? —Tate me ofreció una cerveza y acercó la suya para que brindara con él.

Estaba de pie en el porche trasero de su casa, delante de la barandilla, contemplando… el jardín, supongo.

—No mucho. ¿Y tú?

—Pues con un poco de resaca —respondió.

—Pero si es martes.

—Es que aproveché que Cass fue a una reunión del club de lectura para tomarme un par de tragos. Por cierto, estoy pensando en empezar mi propio club de lectura.

—¿Sabes leer?

—Siempre se lleva un par de botellas de vino y un libro y vuelve borracha. Empiezo a sospechar que «club de lectura» es una palabra en clave para «noche de chicas». —Dio un trago a la cerveza—. Creo que mi club de lectura para hombres se centrará en la ficción histórica, ya sabes a lo que me refiero, a las revistas *Playboy* de los años cincuenta en las que explican a los hombres cómo conseguir que tu mujer te la chupe después de casarte. Nos reuniremos en el bar.

Solté una risa.

—Ya me dirás si a Cass le parece buena idea.

Tate se apoyó en la barandilla y me preguntó:

—¿Qué te pasa?

—¿Por qué crees que me pasa algo?

—A ver, he conseguido hacerte un bloqueo de cabeza en menos de medio minuto, y creo que la última vez que lo conseguí fue cuando tenías doce años. Además, cuando Cassidy ha dicho mientras comíamos que me voy a hacer una vasectomía, no has dicho que ya hace tiempo que me cortaron las pelotas.

245

Y, en tercer lugar, has mirado el móvil por lo menos cuarenta veces en las dos horas que llevas aquí. —Hizo una pausa—. ¿Tienes problemas de faldas?

Suspiré y asentí.

—¿Con Georgia?

—Es la única con la que podría tener algún tipo de problema, porque no me he fijado en nadie más desde el día que la vi sonriendo en el bar.

—¿Qué pasa?

No le había contado a mi hermano los detalles de nuestra relación. Además, no solía hablar de mis problemas de pareja, aunque, pensándolo bien, creo que era porque no había tenido ninguno y no porque no quisiera hablar de ellos.

—En pocas palabras: Georgia estaba prometida. Su novio rompió el compromiso y se fue a vivir a Londres un año. Le dijo que quería que tuvieran una relación abierta. Yo ya sabía en qué me estaba metiendo, porque Georgia me lo contó todo desde el principio. Pensé que era la situación perfecta: yo me mudo en unos meses y ella no busca nada serio porque no sabe exactamente cómo están las cosas con su ex. Y lo nuestro es pura pasión, aunque, en mi caso, eso significa que la pasión se apaga con rapidez.

—Y… ¿no se ha apagado? ¿Te has enamorado de ella?

Asentí y le di un trago a la cerveza.

—Pero el otro día su ex se presentó sin avisar y le dijo que quería que volvieran.

—Joder. —Tate negó con la cabeza—. Lo siento mucho, tío. ¿Y ella quiere volver con él?

Me encogí de hombros.

—No tengo ni idea. Me ha dicho que tiene que pensar.

—¿Y tú le has dicho lo que sientes?

Dije que no con la cabeza.

—¿Por qué no? Eso no es nada típico de ti. Por lo general, cuando quieres algo vas a por todas. A todos nos da miedo meternos en tu camino por si nos atropellas. Hay algo que no me estás contando.

Miré a mi hermano a los ojos.

—Ella no lo sabe.

Tate dejó caer la cabeza.

—Me habías dicho que se lo ibas a contar.

—Sí, pero… no he encontrado el momento adecuado.

Mi hermano se quedó callado un buen rato. Al fin, asintió.

—Y ahora crees que deberías hacer una reverencia y alejarte porque merece más de lo que le puedes ofrecer.

Tenía muy buena relación con todos mis hermanos, pero Tate era el que mejor me conocía.

—Joder. —Soltó un suspiro y negó con la cabeza—. Te entiendo, tío, de verdad. Haría lo imposible por no hacerle daño a Cass, pero Georgia merece saber la verdad. Ya no somos unos críos. ¿Qué piensas hacer? ¿Desaparecer cada vez que una relación te importe? —Tate me miró. Cuando vio que no decía nada, movió la cabeza de un lado al otro—. ¿En serio? No me jodas. ¿Ese es tu plan? Tiene que ser una broma. —Se puso de pie—. ¿Sabes qué? No pienso regañarte porque es tu vida. Pero recuerdo a un chico al que admiraba mucho dándole consejo a otro: «Si no vives la vida que deseas, estás muriendo de todos modos».

Negué con la cabeza.

—Ya, y mira cómo acabó él.

# Capítulo 22

## *Max*

*Diez años antes*

—¿Qué coño pasa? —Le di un vaso de plástico a mi hermano y le pregunté—: ¿Es que no te cae bien mi novia o qué?

—¿Qué dices?

Señalé con el pulgar por encima de mi hombro.

—Teagan se acaba de ir y parecía molesta. He visto que hablabais cuando estaba con el entrenador. Parecía que os estuvierais peleando.

Estábamos en la barbacoa de final de temporada del equipo de *hockey* de la universidad de Boston y yo había invitado a Austin y a Teagan. Ella tenía turno en el hospital más tarde, pero dijo que podría venir una hora o dos antes de irse a trabajar. Sin embargo, se había marchado a los veinte minutos después de hablar con mi hermano.

Austin dio un trago a la cerveza.

—No nos hemos peleado.

—¿De qué hablabais entonces?

—¿De qué hablábamos?

Miré a mi alrededor y comenté:

—¿Qué eres, mi eco? Eso he preguntado. ¿De qué habéis hablado?

Austin apartó la mirada y se encogió de hombros.

—De nada.

—Movíais la boca, así que hablar, hablabais.

—No sé —respondió, negando con la cabeza—. Supongo que hablamos de la universidad.

—¿Qué habéis dicho?

—No me acuerdo. Además, ¿por qué me interrogas? —Mi hermano levantó las manos en el aire—. Solo estás de mal humor porque habéis perdido el último partido esta mañana.

—No empieces.

—¿Que no empiece con qué?

—No me eches la culpa a mí. Hemos tenido una muy buena temporada. Hemos perdido un partido fuera de casa porque teníamos a muchos tíos lesionados, porque hemos jugado toda la temporada. No me afecta. De hecho, estaba de buen humor y he pensado que sería una buena idea pasar un rato con mi hermano, que lleva unas seis semanas evitándome. Es curioso porque también hace seis semanas que empecé a salir con mi nueva novia, ya sabes, la chica a la que mi hermano le acaba de gritar, aunque finge que no ha pasado nada.

Austin me miró a los ojos.

—No ha sido nada importante, ¿de acuerdo?

—Entonces, ¿por qué no me dices de qué va toda esta mierda? Austin se pasó una mano por la nuca.

—No sé. Supongo que hemos hablado de política.

—¿De política?

—Sí. Yo estoy a favor de la sanidad pública universal y ella no porque eso haría que bajaran los sueldos de los médicos. Observé su rostro.

—¿En serio? ¿Entonces por qué no me lo has dicho cuando he preguntado?

—No lo sé, se me había olvidado.

—Se te había olvidado, ¿no?

—Sí. ¿Puedes dejar de repetir todo lo que digo? Examiné su rostro. Había algo raro en él, pero a lo mejor solo era que llevaba un tiempo de mal humor generalizado y no tenía nada que ver con Teagan.

—¿Te pasa algo? Estás raro.

—Estoy bien. Tengo mucha presión ahora mismo. El doble grado de Arquitectura y de Ingeniería Arquitectónica me tiene muy ocupado, sobre todo ahora que estamos a final de curso, se acercan los exámenes y tengo que entregar muchos trabajos.

—Vale. Perdona —dije, asintiendo—. Hace un día precioso, tenemos comida gratis y cerveza fría. Vamos a disfrutar.

Austin sonrió, pero seguía raro conmigo. Sin embargo, aparcamos el tema y disfrutamos de la tarde. Esa misma noche, fui a casa y Teagan vino al acabar de trabajar. Le gustaba darse una ducha en cuanto llegaba y, como no había pasado por su casa, se duchó en la mía.

—¿Qué tal ha ido la barbacoa?

—Muy bien. Mi hermano se ha acabado animando un poco. Siento que se haya portado como un capullo contigo. Me ha dicho que está muy agobiado.

—¿Te ha dicho por qué está agobiado?

—Por las clases.

Teagan se quedó en silencio.

—Ah… vale.

Noté que la sensación de extrañeza había vuelto. Era como si hubieran tenido algo, aunque sabía que mi hermano nunca me haría algo así, no tenía la menor duda. Sin embargo… pasaba algo.

Me quedé junto a la puerta y escuché el ruido del agua que golpeaba la bañera.

—Oye… ¿de qué has hablado con Austin antes de irte? Me ha parecido que teníais una charla bastante acalorada.

—Sí, em… hemos estado hablando de deporte. Ya sabes lo defensivos que somos los de Nueva Inglaterra con nuestros equipos.

—¿De deporte?

—Sí… ¡Ánimo, Patriots!

«¿Qué cojones pasaba?». Salí del cuarto de baño y me senté en la cama. Había atribuido muchas de las rarezas a mi imaginación, pero era evidente que me estaban mintiendo. Cuando

Teagan salió del lavabo, llevaba una toalla alrededor del cuerpo. Normalmente eso sería suficiente para que me olvidara de todo, pero no podía olvidar cómo me sentía.

Inclinó la cabeza hacia un lado y me preguntó con una sonrisa:

—¿Me voy vistiendo?

—Sí, buena idea.

Su expresión se volvió triste.

—Vale.

No le dije nada cuando preparó la ropa y se la llevó al cuarto de baño para cambiarse. Cuando salió, la esperaba de pie.

—¿Te estás acostando con mi hermano?

—¿Qué? ¡No!

La miré fijamente a los ojos.

—Entonces, ¿qué coño pasa, Teagan? Porque os peleasteis por alguna cosa y no era ni por deportes ni por la sanidad pública universal, como me ha dicho Austin.

Cerró los ojos y respondió:

—No nos hemos acostado nunca. Pero tienes que hablar con él porque le pasa algo.

—¿Qué quieres decir con que «le pasa algo»? ¿Me estás diciendo que sabes algo que yo no sé?

Me miró fijamente. Me acerqué a ella y le dije:

—Teagan, cuéntamelo.

—No puedo.

—¿Por qué no?

Respiró hondo y respondió:

—Piénsalo. ¿Qué es la única cosa de la que no puedo hablar?

—No lo sé. ¿De cosas del trabajo? ¿De asuntos médicos?

Teagan siguió mirándome.

Cerré los ojos. «Joder». Menudo idiota. El día que se conocieron, Teagan le había dicho que le resultaba familiar y le había preguntado si había estado en el hospital. Fue entonces cuando él empezó a portarse como un capullo con ella. Cuando por fin lo entendí, se me hizo un nudo en el estómago. Abrí los ojos.

—¿Está bien?

—Tienes que hablar con él.

※》》《《※

—¿Qué coño haces aquí? —Mi hermano se frotó los ojos—. ¿Estás borracho? Son las dos de la madrugada.

Lo rocé al entrar en su apartamento.

—Dime qué pasa.

Negó con la cabeza.

—No empieces otra vez.

—No me tomes el pelo, Austin. Sé que pasa algo y Teagan no me lo quiere decir, o sea que es algo relacionado con tu salud. —Crucé los brazos por encima del pecho—. No me pienso ir hasta que me lo cuentes, así que ya puedes empezar.

El rostro de Austin mutó, parecía resignado.

—Siéntate.

Se acercó al mueble y sacó una botella de vodka y dos vasos de chupito. Los llenó y me ofreció uno antes de beberse el suyo de un trago. Lo imité. Austin se sirvió otro, pero esta vez solo para él.

—Llevaba un tiempo con dolor de espalda. Supuse que tenía un tirón o algo, pero no mejoraba. Luego noté que me costaba correr. Me quedaba sin aliento cuando corría media manzana, cuando normalmente podía correr más de quince kilómetros sin sudar. Una noche, fui a coger una botella de agua de la nevera y lo siguiente que recuerdo es que me estaba levantando del suelo. Me había desmayado, así que fui a urgencias.

—¿Por qué no me llamaste?

—Estabas de viaje por un partido. Esa noche conocí a Teagan. Al principio no la recordé. No había dicho gran cosa en el hospital, solo había seguido al doctor, que iba de un paciente al otro. No la recordé hasta que la vi con el uniforme de médico. Supongo que verla así vestida me refrescó la memoria.

—Vale… pero ¿qué pasó en el hospital?

—Me hicieron algunas pruebas, radiografías y una ecografía. Cuando el médico vio los resultados, me dijo que tenía un aneurisma de la aorta abdominal.

Puse los ojos como platos.

—¿Como papá?

Austin asintió. Agarró el vaso de chupito de la mesa y se lo bebió.

Me pasé una mano por el pelo.

—¿Y qué pueden hacer al respecto?

—Me lo pueden extirpar. Pero hay riesgo de rotura en la operación.

Eso era lo que le había pasado a mi padre y se había quedado en la mesa de operaciones. Entonces fui yo quien sirvió los chupitos. Cuando nos los bebimos, negué con la cabeza y le pregunté:

—¿Por qué no me lo habías contado?

—Porque sabía que me ibas a decir que soy joven y estoy sano y que tengo más probabilidades que papá y que tendría que operarme antes de que el aneurisma se rompa por sí solo.

—¿Es lo que te ha dicho el médico?

Austin asintió.

—Me dijo que, si no hacemos algo pronto, me costará caminar. Ya me quedo sin aire cuando voy del coche a clase. Soy como un viejo de ochenta años.

—Pues no parece que tengas otra opción. Si no vives la vida que deseas, estás muriendo de todos modos.

—Estoy cagado, Max.

—Lo sé, es normal. Pero tienes que hablar del tema si quieres superarlo. Si no haces más que evitarlo, le estás dando más poder a tus miedos. No puedes dejar que la mierda se pudra sin más.

Mi hermano frunció el ceño.

—No quiero morir.

—No vas a morir. ¿Has pedido una segunda opinión?

Negó con la cabeza.

—Vale. Pues empezaremos por ahí. ¿Se lo has dicho a mamá?

—No. Y no quiero que se lo cuentes. La pobre acaba de superar la pérdida de papá.

—¿Y entonces? ¿Tu plan es que te operen y no contárselo a nadie? Porque, en ese caso, te aseguro que sí vas a morir, aunque la operación salga bien. Porque Tate te va a matar.

Austin sonrió con tristeza.

—No quiero contar todavía nada, ¿entendido? No quiero que lo sepa nadie más, por lo menos hasta que decida qué hacer.

—Pero pedirás una segunda opinión y dejarás que te acompañe, ¿verdad?

Austin asintió.

—Como quieras. Pero me tienes que prometer que no se lo dirás a nadie.

—Te prometo algo mejor. No diré nada y, además, no dejaré que mueras.

# Capítulo 23

## *Georgia*

—Estoy enamorada de Max.

Maggie me miró con rapidez antes de volver la vista a la carretera.

—Me alegro de saberlo. Pero ¿a qué viene eso? Llevamos juntas desde que te he recogido en el almacén esta mañana a las seis. He intentado sacar el tema varias veces ¿y decides soltarlo ahora? ¿A las nueve de la noche, cuando llevamos más de quince horas trabajadas y estamos a quince minutos de llegar a tu casa?

Sonreí.

—Lo siento. Llevo unos días un poco complicados y no he dormido mucho. Estoy cansadísima y últimamente lo único que me apetece cuando estoy agotada es meterme en la cama y dormir. Me peleé con Gabriel por eso varias veces. Como cuando sacábamos productos nuevos y trabajábamos hasta tarde. Él siempre me decía que fuera a su casa, pero nunca lo hacía porque solo pensaba en mi cama. Ahora mismo estoy reventada, pero preferiría ir al apartamento de Max y acurrucarme junto a él y sus perros antes que tener la cama sola para mí. Por eso me he dado cuenta de que prefiero dormir mal cuando estoy con Max que dormir bien y sola, y por eso sé que estoy enamorada de él.

—Me alegro por ti. No conozco muy bien a Max, pero me cae bien y desde el principio he tenido una corazonada sobre vuestra relación. No sabes nada de *hockey* y él no tiene ni idea de llevar una empresa como tú lo haces, pero tenéis muchas cosas importantes en común; los dos sois ambiciosos y conscientes de quiénes sois. Gabriel creía que era ambicioso, pero no es lo mismo querer algo en la vida que estar dispuesto a trabajar para conseguir lo que quieres, ¿sabes?

Asentí.

—Max no se enfadaría si le dijera que quiero trabajar sesenta horas a la semana. Intentaría distraerme cuando estuviera con él, pero también le haría ilusión saber en qué trabajo.

Se detuvo delante de mi edificio y aparcó en doble fila.

—Entonces, ¿qué pasa con Gabriel?

Suspiré.

—Siento cosas por él, eso no lo puedo negar. Llevamos mucho tiempo juntos y hubo un momento en el que estaba convencida de que quería pasar el resto de mi vida con él. Pero ahora sé que prefiero arriesgarme con Max antes que estar con Gabriel, aunque Gabriel quiera estar solo conmigo y vaya a volver en seis meses y Max vaya a mudarse a la otra punta del país.

—Bueno, ya sabes lo que dicen: «Si amas algo, déjalo libre. Si vuelve, es tuyo. Y si no vuelve, pues te jodes, porque hay que ser idiota para dejar que se vaya».

Me eché a reír.

—Creo que deberíamos incluir esa cita como una de las opciones para poner en las tarjetas.

—Y que lo digas. Estoy hecha toda una poetisa. —Sonrió—. Entonces, ¿qué vas a hacer? Sé que tienes un plan, porque nunca tomas una decisión si no tienes un plan de unas doce páginas bien definido y preparado en la cabeza.

—Primero tengo que hablar con Gabriel y decirle que no queremos lo mismo, que ya no quiero estar con él, ni en una relación abierta ni cerrada.

—¿Y Max?

—Espero que él sí quiera lo mismo que yo. Evidentemente, tendríamos que acabar de cuadrar muchas cosas. Pero a lo mejor podría quedarse conmigo cuando la temporada acabe e irnos turnando cuando empiece la siguiente.

—No quiero ser aguafiestas, pero es mi obligación como copiloto prepararte para el despegue. ¿Qué pasa si rompes con Gabriel y Max dice que no cree que vuestra relación a distancia vaya a funcionar?

Negué con la cabeza.

—¿Que me volveré una solterona adicta al trabajo?

Maggie sonrió.

—El trabajo nunca te fallará.

Llevé la mano al tirador de la puerta y dije:

—Gracias por ofrecerte a conducir hoy, necesitaba este tiempo para dejar que mi mente divagara.

—No hay de qué. Yo suelo divagar mientras conduzco. No recuerdo haber pasado por el puente.

Me eché a reír.

—Creo que mañana llegaré más tarde, quiero llamar a Gabriel desde casa. No será una conversación agradable.

—De acuerdo. Yo me ocupo del fuerte. Cuando llegues, pásate por mi despacho y me cuentas cómo ha ido.

❯❯❯◄◄◄

—¿Por qué no seguimos como hasta ahora? Seguimos teniendo una relación abierta y ya veremos qué pasa cuando vuelva. No quedaré con nadie si lo prefieres. —Gabriel hizo una pausa—. Por favor, Georgia, dame otra oportunidad. Sé que la he cagado.

La tristeza en su voz hizo que se me revolviera todo por dentro.

Sin embargo, tenía que mantenerme firme. Era lo más justo para ambos. Lo más fácil sería seguir con la relación abierta y ver qué tal iba todo con Max, pero tenía que entregarme al cien por cien a mi relación con Max, así que una parte de mí no podía estar en otras cosas.

—Lo siento, Gabriel. Lo siento muchísimo. Pero, llegados a este punto, lo mejor es que cortemos.

257

—¿Es que ya no me quieres? —Se le quebró la voz.

—Siempre tendrás un pedazito de mi corazón, porque te he querido mucho. Pero el amor cambia.

—Lo he jodido todo. Si no me hubiera ido…

—No creo que eso sea cierto. Creo que, si el amor viene con condiciones, no dura de verdad. El amor debería existir con y a pesar de todo, sin requisitos.

—¿El jugador de *hockey* te ha hecho elegir?

—Max ni siquiera sabe que he elegido.

Gabriel se quedó en silencio.

—No sé qué más decir, pero no quiero despedirme de ti, porque creo que si nos despedimos no volveré a hablar contigo nunca más.

No se equivocaba. Este era el fin. Cuando las parejas rompen, siempre dicen que mantendrán el contacto, pero no suele ser cierto.

—Lo siento, Gabriel, de verdad.

—Prométeme una cosa.

—Dime.

—Prométeme que, si por cualquier motivo, cuando vuelva a Nueva York estás soltera, cenarás conmigo. Aunque solo sea como amigos.

—Claro —respondí, suspirando.

—Te quiero, Georgia.

—Adiós, Gabriel.

⋙⋘

Esperé hasta la tarde para llamar a Max.

Después de hablar con Gabriel me había sentido triste y había necesitado un poco de tiempo para deshacerme de la pena. Sin embargo, con las horas, pasé de estar triste a super-nerviosa. Había roto mi relación con un hombre al que le tenía mucho cariño para probar suerte con otro que ni siquiera sabía si sentía lo mismo que yo.

Al final, también me sentí emocionada ante la idea de qué podía surgir con Max, aunque era una emoción parecida a la que imaginaba que sentiría un trapecista antes de caminar por la cuerda floja sin red de seguridad.

A pesar de eso, cuando tomé el teléfono para llamar a Max, me sentí más viva de lo que había estado en años.

—Hola, preciosa —dijo con una voz grave y solemne que me envolvió como una manta.

Suspiré.

—¿Te parecería raro que te pidiera que grabaras esas palabras para poderlas reproducir cuando esté triste?

—¿No es mejor que me llames y las oigas en directo cuando te hagan falta? Hacía días que no hablábamos…

—Sí, lo siento. Necesitaba tiempo para pensar.

—¿Y te ha ido bien? ¿Estás mejor?

—Sí.

—Bien. Me alegro de oírlo. ¿Quieres que hablemos del tema?

—Sí, pero prefiero que lo hablemos en persona. ¿Estás liado esta noche?

—La verdad es que sí.

—Vaya… bueno. ¿Y mañana?

—No habré vuelto todavía. Me voy a California un par de días. Salgo esta noche.

—No sabía que tenías otro viaje tan pronto.

—Ha sido algo de última hora.

—¿Cuándo vuelves?

—El sábado.

Por lo general, Max era un libro abierto, pero no me estaba dando ningún detalle del viaje.

—¿Va todo bien con el equipo nuevo?

—Sí, pero tengo que hacer un par de cosas por allí.

Que no hablara con claridad me hizo sentir inquieta, aunque intenté achacarlo a mis nervios. Además, no le había dado ninguna señal a Max de cómo iban las cosas con Gabriel, así que tenía sentido que él también estuviera pensativo. Seguro que era eso.

Así que seguí:

—¿Te apetece que quedemos para cenar el sábado por la noche, cuando vuelvas?

—Vale. Mi vuelo sale por la mañana, pero con el cambio horario creo que aterrizaré sobre las cuatro de la tarde.

—Vale. ¿Qué te parece si vienes a mi casa y cocino algo? Así no tenemos que preocuparnos si llegas más tarde.

—Buena idea.

—Perfecto. Hoy trabajaré hasta tarde, así que te dejo. Que tengas un buen vuelo y nos vemos el fin de semana.

# Capítulo 24

## *Georgia*

Creo que nunca se me habían hecho tan largos los días. Para cuando llegó el sábado, iba a perder los nervios. Max y yo habíamos hablado por mensaje cada día desde que nos habíamos conocido, pero mientras había estado en California no me había mandado nada. Había sido yo quien le había pedido algo de tiempo cuando Gabriel volvió, y Max me lo había concedido, pero incluso durante esos días me había mandado un mensaje al día para ver cómo estaba. Estos últimos días solo había oído el canto de los grillos.

Así que, al fin, había tomado la iniciativa y le había mandado un mensaje el día anterior para preguntarle cómo iba el viaje. Esperaba que el mensaje hiciera que todo volviera a la normalidad. Me había respondido con un mensaje breve, aunque educado, que me hizo sentir que no debía seguir forzando la conversación. La inquietud que había empezado a sentir cuando habíamos hablado por teléfono se había convertido en ansiedad en toda regla.

A las siete, cuando llamó a la puerta de mi apartamento, tenía las manos empapadas en sudor.

—Hola.

Max me dio un beso al entrar y eso hizo que se me calmaran bastante los nervios.

—¿Qué tal el vuelo?

—Bien.

—¿Quieres una copa de vino?

—Si me acompañas.

Por supuesto, me iba a tomar una copa de vino. De hecho, ni siquiera me apetecía compartirlo, quería bebérmelo directamente de la botella.

Max me siguió hasta la cocina y se sentó en uno de los taburetes de la isla mientras yo sacaba las copas del mueble y el vino de la nevera.

—¿Has podido solucionar todo lo que tenías pendiente en el viaje?

—Sí.

Me molestaba mucho que no me hubiera dicho por qué había vuelto a California tan pronto. No sé por qué, pero me moría de ganas por saberlo. Llené una de las copas y se la acerqué por la encimera, mirándolo a los ojos.

—¿Qué quería el equipo que hicieras que no ha podido esperar?

Bajó la mirada al vino y respondió:

—Nada. Tenía que ocuparme de unas cosas. Ya he encontrado una casa.

Me quedé congelada con la copa a medio camino de la boca.

—¿Te has comprado una casa?

—No —dijo, negando con la cabeza—. He decidido alquilarla durante una temporada para ver si me gusta la zona y si quiero vivir allí.

En California me había pedido que lo acompañara el mes siguiente para seguir mirando propiedades. ¿Había cambiado de opinión y ya no quería saber qué pensaba? A lo mejor no lo había planeado. Así que, una vez más, intenté deshacerme de la sensación de inquietud.

—¿Y qué tal? ¿Es un piso o una casa?

—Una casa. Está en las colinas. Es bonita. Tiene tres habitaciones y una piscina con vistas. Es de una actriz que se va a Europa a grabar dos películas, así que me la ha alquilado totalmente amueblada durante un año. Después de eso ya miraré algo más permanente.

«Algo más permanente». Se me hizo un nudo en la garganta, pero forcé una sonrisa.

—Suena bien. ¿Y cuándo empieza el contrato de alquiler?

—El uno de julio.

Sentí que se me caía el mundo a los pies.

—Vaya. Eso es dentro de nada.

Bajó la mirada y asintió.

—Sí.

El temporizador de la cocina sonó para avisarme de que ya se había precalentado. Agradecí la distracción momentánea y aproveché la oportunidad para disimular lo que sentía porque probablemente se me veía en el rostro, como si fuera un cartel de neón. Me di media vuelta, agarré la bandeja de los fogones y la puse en el horno, después jugueteé con los botones para conseguir algo más de tiempo antes de tener que volver a mirar a Max.

—He hecho pollo a la milanesa y *risotto* —le dije—. He metido el pollo al horno solo para calentarlo.

Cuando ya no tenía nada más que decir, me bebí la copa de vino y me serví otra.

—¿Te apetece que nos sentemos en el comedor para esperar? —Empecé a caminar antes de que me respondiera, pero él me agarró de la mano.

—Oye. —Me miró detenidamente—. ¿Estás bien?

Asentí.

—La noche que nos conocimos me dijiste que no se te daba bien mentir porque tu cara te delataba. Supongo que hasta ahora no has mentido, porque es cierto que se te da como el culo.

Tiró de mí hacia él y me apartó un mechón de la cara.

—Acércate. ¿Qué te pasa?

—Nada, es solo que… —Negué con la cabeza— ha sido una semana muy difícil. Y la idea de que te vayas tan pronto… es una mierda.

Max sonrió con dulzura.

—¿Qué ha pasado esta semana?

No sabía por qué se me hacía raro contarle que había cortado con Gabriel. Puede que fuera porque, como ya no teníamos ninguna barrera, nuestra relación había cambiado. Esperaba que fuera un cambio a mejor, pero respiré hondo antes de contestar:

—Gabriel me dijo que todo había sido un error. Que quería que volviéramos a tener una relación exclusiva.

—Vale…

—Le dije que yo no quería. Entonces me dijo que siguiéramos como hasta ahora, pero le dije que para mí las cosas habían cambiado y que quería romper.

Noté que los brazos de Max se relajaban alrededor de mi cintura. Parecía haberlo pillado desprevenido. Puede que lo hubiera sorprendido, pero había imaginado que estaría más contento. No se veía ni un atisbo de sonrisa en su rostro. Vi que su expresión se tornaba sombría.

—¿Estás segura de que es lo que quieres? —preguntó, al fin.

Asentí.

—Le tengo mucho cariño, pero merezco más de lo que me puede ofrecer. Por fin me he dado cuenta de que nos faltaba algo, incluso antes de que hiciera lo que hizo y se fuera a Londres.

Max seguía demasiado callado. No dejaba de mirarme, y eso me ponía de los nervios. No quería seguir dando rodeos, así que decidí poner las cartas sobre la mesa.

—Fuiste tú quien hizo que me diera cuenta de que nos faltaba algo. Nunca pensé que pasaríamos tanto tiempo juntos y que te convertirías en alguien tan importante para mí. Aunque supongo que a veces las cosas suceden así. —Respiré hondo—. No quiero que lo nuestro se acabe cuando te vayas, Max.

Noté que sus brazos, que hasta el momento me habían rodeado, aunque ligeramente, cayeron a ambos lados de su cuerpo.

«Madre mía. Él no quiere».

Le había dicho que estaba enamorada de él y había reaccionado soltándome. Mi mecanismo de protección se activó antes de que mi corazón o mi cerebro pudieran reaccionar. Reculé.

—Dios mío. No sientes lo mismo que yo.

—Georgia. —Max intentó cogerme, pero levanté las manos.

—No pasa nada. Lo entiendo. De verdad que no pasa nada. —Me dirigí hacia la cocina, me puse un guante de horno y saqué el pollo, que solo llevaba dos minutos calentándose y todavía necesitaba otros quince, pero tenía que hacer algo, lo que fuera.

Max se acercó por detrás y me puso las manos en los hombros, pero me libré de ellas, fui hacia la nevera y empecé a sacar cosas sin sentido: una botella de vino, aunque la nuestra todavía estaba por la mitad; queso rallado, aliño para la ensalada, una lechuga, mantequilla... No me hacía falta nada de eso.

Max me observaba desde el otro lado de la cocina, donde lo había dejado.

—No he hecho ensalada. Voy a hacer una.

—Georgia, cariño, vamos a hablar.

«Cariño». Por algún motivo, que me llamara cariño me enfadó. Me detuve en seco.

—No me llames cariño.

Max se pasó una mano por el pelo.

—¿Podemos hablar un momento?

—¿De qué quieres que hablemos? Tu cara ya habla por ti.

—No es cierto, así que ¿por qué no me dejas hablar?

—Claro.

Me agarró de las caderas y, sin darme cuenta, me levantó y me sentó en una silla al lado de la encimera. Me sujetó la cara con las manos y sentí que mis emociones se apoderaban de mí. Estaba a punto de llorar.

—Yo tampoco esperaba conocerte, Georgia. Me gustas mucho. Muchísimo. De hecho, no se me ocurre nada de ti que no me guste. Lo único que te fallaba era el capullo de tu novio. Pero ahora... —Negó con la cabeza—. No hay nada en absoluto que no me guste de ti. Eres inteligente, preciosa, sabes quién eres y lo que quieres y no te da miedo luchar por ello. Creo que eso es lo que más me atrae de ti, que no tienes miedo. Incluso con lo que acaba de pasar. Estás para comerte desnuda, pero no te hace falta estar desnuda para ser *sexy*.

Aunque lo que me había dicho sonaba muy bien, sabía que a continuación venía un pero.

Max tragó y agachó la cabeza.

—Pero se suponía que lo nuestro iba a durar solo un verano.

—Y también se suponía que yo me iba a casar en primavera. Son cosas que pasan. Todo cambia. Lo que había sido la opción correcta hace unos meses puede no serlo hoy. Me he dado cuenta de lo importante que es no aferrarse a una decisión para el resto de tu vida.

—Siento haberte hecho pensar que esto podía ser algo más.

Negué con la cabeza.

—No lo entiendo, Max. ¿Por qué no? Si todo lo que acabas de decir es cierto, si sientes por mí lo que dices sentir, entonces, ¿por qué no podemos tener algo más de lo que habíamos planeado?

Volvió a evitar mirarme a los ojos.

—No puede ser, Georgia.

—Mírame a los ojos, por favor.

Max levantó la cabeza y nuestras miradas se encontraron. No sabía qué quería encontrar exactamente en sus ojos, a lo mejor algo que había pasado por alto, que no me correspondía. Sin embargo, encontré lo contrario. Tenía los ojos cargados de amor, pero también de tristeza, dolor e ira.

Eso solo me sirvió para confundirme todavía más.

—¿Estás enfadado porque te pedí que te fueras el día que vino Gabriel?

—No.

—No ha pasado nada entre nosotros. Comimos juntos en un restaurante al día siguiente y hablamos. No pasó nada más.

—No estoy molesto. Sé que no pasó nada.

—¿Cómo lo sabes? ¿Cómo sabes que no pasó nada?

Me miró fijamente a los ojos.

—¿Cómo iba a pasar algo?

Aunque no me pareció una respuesta, era cierto. ¿Cómo iba a pasar algo entre uno de nosotros y otra persona cuando teníamos lo que teníamos? Parecía físicamente imposible.

—¿Sientes algo por mí? —susurré.

—Claro que sí.

—¿Entonces? Necesito un motivo, porque me da la sensación de que me falta una pieza del puzle, y ya sabes cómo soy. Me pasaré toda la vida intentando averiguar qué es.

Max se quedó callado un buen rato. Al fin, respiró hondo y negó con la cabeza agachada.

—No estoy interesado en tener algo más de lo que tenemos ahora.

—Mírame, Max. Y dímelo otra vez. —Alargué la mano hacia su cara para que me mirara a los ojos.

Me miró fijamente antes de decir:

—No quiero nada más, Georgia. Lo siento.

Sentí como si me hubieran dado una bofetada. Me levanté rápido de la silla y casi me caigo del impulso. Max alargó una mano, como si quisiera evitar que me cayera.

Alcé las manos y le dije:

—No.

—Georgia.

Sentí que los ojos se me empezaban a llenar de lágrimas, que amenazaban con salir como una tormenta. Pero no se lo permití. En lugar de llorar, me deshice del nudo que tenía en la garganta y enderecé la espalda.

—No pasa nada. Solo quiero… sentarme. Dame un minuto y ahora acabo de preparar la cena.

—¿Prefieres que me vaya? —preguntó con tono suave.

Negué con la cabeza.

—Estaré bien. Solo necesito un poco de espacio.

⋙⋘

La cena fue, cuanto menos, incómoda. Me limité a responder cuando me hablaba, pero no tenía la energía suficiente para mantener una conversación de verdad. Después, lo recogimos todo envueltos en más silencio. Me quedé de pie delante de la encimera de la cocina y rellené la copa. Max no quiso más vino.

—Gracias por la cena.

—De nada —respondí, con la mirada perdida en el vino—. ¿Quieres que nos sigamos viendo hasta que te vayas de aquí a unas semanas?

Max frunció el ceño.

—El cabrón egoísta que llevo dentro sí quiere, pero no quiero ponértelo más difícil. Me adaptaré a lo que tú quieras.

No sabía qué diferencia había entre despedirnos hoy o dentro de un mes. El daño ya estaba hecho, me había enamorado de él.

—Creo que me gustaría disfrutar del tiempo que nos queda.

Max suspiró. Parecía aliviado.

—¿Puedo darte un abrazo?

Asentí.

Se acercó con indecisión, como si pensara que me iba a echar atrás, y me miró a los ojos para pedirme permiso antes de rodearme con los brazos. Apoyé la cabeza en su pecho, justo encima de su corazón. Aunque parezca una locura, estar en sus brazos me hacía sentir que todo iba a salir bien, incluso cuando él era la causa de mi dolor. Por el momento, podía dejar que me hiciera sentir mejor en lugar de pensar en qué haría cuando él ya no estuviera conmigo y nada pudiera ayudarme.

Esa noche, fue la primera vez que nos acostamos en la cama como la gente normal. Solíamos dejarnos caer en una lucha por quitarnos la ropa el uno al otro, pero ese día Max se desnudó solo y yo me cambié en el cuarto de baño, como habría hecho si no tuviera compañía. Me metí en la cama sin un ápice de pasión, como había hecho durante tantos años con Gabriel.

Me tumbé de lado, de espaldas a Max, que se acurrucó detrás de mí. Aunque mi cabeza solo quería dormir, el hecho de tener el torso firme de Max contra mí hizo que mi cuerpo me traicionara. Se me erizó el bello y se me endurecieron los pezones al notar su aliento cálido en el cuello. Me quedé inmóvil y con los ojos cerrados, intentando ignorar las ganas que tenía de clavarle las uñas en la espalda. Sin embargo, cuando noté su erección contra el culo, se me hizo imposible. Respiré hondo y solté el aire, frustrada.

—Lo siento —susurró—. No lo hago a propósito, te lo juro. Pensaba que podría controlarlo, pero por lo visto tengo tanto autocontrol como un niño de doce años.

Sonreí con tristeza.

—No pasa nada.

Max apoyó la frente sobre mi hombro.

—Voy a… darme una ducha. Para tenerlo todo bajo control.

«Estupendo». Ahora tenía el cuerpo de escándalo de Max pegado al mío, una erección dura como una piedra contra el culo y la imagen de él masturbándose en mi ducha. Puede que eso le viniera bien para aliviarse, pero a mí no me ayudaría ni lo más mínimo.

—Si no... —dije restregándole el culo— podemos buscar una solución.

Max gruñó.

—Joder, Georgia. ¿Estás segura?

No lo estaba. Pero quedarme en la cama frustrada tampoco haría que me sintiera mejor, así que respondí bajándome los pantalones y las bragas.

Max me dio un beso en la nuca e intentó girarme hacia él, pero yo no quería. Negué con la cabeza y le dije:

—Házmelo así, por detrás.

Se quedó quieto.

—¿Por qué?

No quise pensar en el motivo; de hecho, no quería ni hablar, solo quería lo que quería. Me dio rabia que no se desnudara y fuera al grano. ¿No era esto lo que él quería de nuestra relación?

—No quiero hablar. ¿No puedes limitarte a follarme como te pido?

Max no se movió ni dijo nada.

Después de unos treinta segundos, cuando pensaba que me diría que no, se bajó los pantalones. Alargó la mano hacia mi clítoris y empezó a dibujar pequeños círculos. Pero eso tampoco me apetecía. Le agarré la mano que tenía entre mis piernas e hice que me sujetara el cuello.

—Estoy tomando la píldora, y no quiero ni preliminares ni condones. Estoy limpia y te creo si me dices que tú también. ¿De acuerdo?

Hubo otra larga pausa antes de que me agarrara del cuello con fuerza. Luego noté que con la otra mano se abría paso entre nuestros cuerpos para introducirse en mi interior.

—Abre las piernas —dijo, seriamente—. Pon esta por encima de la mía.

Le obedecí y antes de que pudiera volver a ponerme cómoda, Max me penetró. Mi cuerpo lo anhelaba, pero no estaba preparado todavía, así que me dolió un poco cuando entró. Aunque eso era justo lo que quería, sentir un poco de dolor. En ese momento, cualquier muestra de dulzura o cariño me habría destrozado.

Sin embargo, Max seguía siendo demasiado delicado. Se introducía en mi interior unos cuantos centímetros y retrocedía para intentar no hacerme daño cuando yo quería lo contrario. Por eso, en la siguiente embestida, eché el culo hacia atrás con tanta fuerza como pude y me introduje la erección hasta el fondo.

Max dijo entre dientes:

—Joder.

—Dame más fuerte.

Él retrocedió antes de volver a mi interior con más fuerza.

—Más fuerte.

Nos volvimos salvajes. Cada vez que se retiraba, le pedía más, hasta que nuestros cuerpos no hacían más que golpear el del otro. Tenía un nudo en el pecho por tantas emociones y me daba la sensación de que lo único que me podría ayudar sería un orgasmo tan fuerte que me hiciera estremecer. La cama se tambaleaba, yo me retorcía salvajemente, nuestros cuerpos estaban empapados en sudor.

—Más fuerte.

—Joder, Georgia. Me voy a correr.

—Ni se te ocurra. Todavía no.

Gruñó y salió de mi interior. Pensé que iba a parar, pero, de repente, me puso boca abajo. Colocó una mano sobre mi vientre y me hizo levantar el culo. Cuando me apoyé sobre los codos e intenté ponerme a cuatro patas, me presionó hacia abajo con la mano.

—No. No quieres que te mire, así que levanta el culo y pon la cara sobre el cojín.

Se puso de rodillas, me cogió por las caderas y acometió contra mí por detrás. Cuando me empezó a acariciar el clítoris, fue como si una bomba hubiera detonado en mi interior. Me contraje alrededor de él y gemí contra el cojín, que amortiguó el sonido.

Max me embistió dos veces más y gruñó ferozmente al eyacular en mi interior.

Luego, se puso boca arriba y se quedó tumbado a mi lado, jadeante. Yo dejé la cara enterrada en el cojín para que no viera las lágrimas que me empezaban a caer por el rostro cuando se me hizo imposible seguir conteniéndolas.

# Capítulo 25

## *Max*

—¿En serio trabajas aquí o solo vienes para escapar de tu mujer?

Otto negó con la cabeza y escribió algo en una libretita.

—Estoy comprobando el estado de los asientos, guaperas. Lo hacemos dos veces al año.

—Ya, claro. Seguro que es eso.

—¿Dónde está tu amiga tan guapa hoy? ¿Se ha espabilado y te ha dejado?

Reí.

—Me alegra ver que estás de tan buen humor como siempre.

Se levantó del asiento y fue al siguiente.

—Planta el culo en el E cuarenta y cuatro —dijo, señalando—. No tiene tornillos y cuando te sientes te caerás. Te irá bien recordar que la gente que viene a gritar tu nombre paga doscientos dólares por unos asientos de mierda.

Otto estaba a unas ocho o nueve filas de distancia, así que subí por las escaleras y me senté en el asiento del pasillo al otro lado para dejarlo hacer su trabajo.

—¿Cómo estás?

—Bien. He acabado el tratamiento y estoy recuperando la fuerza. —Dobló las manos—. Todavía siento hormigueo, pero puedo apañármelas si eso significa que me queda más tiempo. Aunque he decidido dejar el trabajo. Ayer comuniqué mi dimisión.

—¿Has conseguido otro trabajo?

—No. Mi mujer me ha convencido para que hagamos el viaje por carretera del que llevamos hablando desde que nos casamos. Su hermano tiene una autocaravana que nunca usa, así que iremos hasta California por la ruta del norte y volveremos por el sur. Puede que tardemos tres semanas o tres meses. Ya veremos.

—Me alegro por ti. Suena genial.

—Quería trabajar tanto como pudiera para ahorrar dinero para mi Dorothy, para cuando yo ya no esté. Pero me ha dicho que prefiere pasar más tiempo conmigo y tener menos dinero en el banco. —Negó con la cabeza—. Me había empecinado, pero cuando me preguntó qué querría yo en su lugar, me di cuenta de que el dinero no importa. —Me señaló con la barbilla y preguntó—: ¿Tú qué? ¿Has venido un miércoles, que no tienes que trabajar, para darnos alguna noticia? ¿Me vas a contar que te vas a otro equipo o voy a tener que leerlo en los periódicos?

Sonreí.

—De hecho, a eso he venido. El trato ya está cerrado, así que probablemente firmaré el contrato la semana que viene y luego lo anunciaré en una rueda de prensa.

—¿Estás contento? ¿Has conseguido lo que querías?

Si me hubiera preguntado tres meses antes, habría dicho que sí sin dudar. Esas últimas semanas sentía que ni todo el dinero del mundo me conseguiría lo que quería. Pero asentí.

—Es un contrato muy bueno.

—Me alegro mucho. ¿Cómo está tu amiga la inteligente?

Sonreí.

—Está bien.

—¿Se va a mudar a California contigo o vais a ser una de esas parejas pijas que viven cada uno en una costa?

Mi expresión respondió por mí.

—Ay, Jesús. No pensáis tener una relación a distancia, ¿verdad? Puede que sea un carca, pero las parejas tienen que acostarse en la misma cama.

Negué con la cabeza.

—Solo estamos disfrutando del verano.

Frunció el ceño y sus cejas peludas se unieron para formar lo que parecía una oruga.

—¿No estás enamorado de ella?

—Es complicado.

—Ah. —Asintió—. ¿Es complicado? Lo entiendo. Esa es la excusa que ponen los jóvenes para escurrir el bulto.

—A veces, lo mejor que puedes hacer por la persona que quieres es dejarla ir.

Otto soltó una carcajada.

—¿Eso de dónde lo has sacado, de una tarjeta de felicitación barata? No sabía que eras un blandengue.

—¿Blandengue? No hagas que me levante y le pegue una paliza a un viejo.

Hizo un gesto de desestimación con la mano y gruñó algo que no escuché.

—Dime, ¿qué piensas del intercambio de Radiski? —Sabía que así podría cambiar de tema. Otto pensaba que Radiski era el portero más sobrevalorado de la liga y acababa de conseguir un contrato multimillonario.

Durante la siguiente hora y media, seguí a Otto de una fila a la siguiente mientras comprobaba el estado de los asientos y hablaba sobre todos los fichajes e intercambios de la temporada. Cuando llegó su descanso para la comida, decidí irme.

Caminamos juntos hacia la salida, le tendí la mano y le dije:

—Volveré a pasarme antes de que te vayas.

—De acuerdo.

Nos estrechamos las manos, pero Otto no la soltó, se la quedó para llamar mi atención y me miró fijamente a los ojos.

—¿Por qué no le haces un favor a este viejo moribundo y me dejas que te dé un consejo?

—Dime.

—Sea lo que sea eso que te parece tan complicado, no lo es en realidad. No esperes a tener sesenta años y a estar muriéndote para darte cuenta de que la vida es muy sencilla. Si estás al lado de la gente a la que quieres, tendrás una vida plena hasta el final, llegue cuando llegue el momento.

⫸⫷

Mi relación con Georgia no volvió a ser lo que era después de la conversación de aquella noche. Seguíamos pasando tiempo juntos y la mayoría de la gente no se habría dado cuenta de que habíamos cambiado, pero yo lo notaba. Había un muro entre nosotros que no había estado antes, algo que impedía que me sintiera tan cerca de ella como siempre. Lo entendía, claro, pero era difícil de aceptar. Mi cuerpo pedía que me retractara y le dijera que haría lo que hiciera falta para que lo nuestro funcionara. Pero no lo hice porque, en el fondo, sabía que estaba haciendo lo mejor para ella.

El siguiente sábado la fui a buscar para llevarla a cenar. Nuestra mesa todavía no estaba preparada, así que fuimos al bar y pedí una bebida. Mientras esperábamos, dos chicas que no parecían tener la edad legal para beberse las copas que llevaban me reconocieron.

—¡Madre mía! Eres Max Yearwood, ¿verdad? —preguntó una de ellas.

Sonreí con educación y asentí.

Se levantaron de los taburetes que estaban al lado de Georgia, y se pusieron delante de mí.

—Me encantas. Te lo suplico, dime que te vienes a California. Estamos de visita en Nueva York, pero somos de Santa Bárbara.

Mi fichaje se iba a anunciar en unos días, pero no quería correr el riesgo de que lo filtrara una fan en las redes sociales.

—No hay nada decidido todavía —respondí.

La chica más alta se llevó una mano al corazón y dijo:

—Caray, en persona eres todavía más guapo.

Dirigí los ojos hacia Georgia y luego volví a la mujer.

—Eres muy amable, pero estoy en medio de una cita.

Por primera vez, las dos chicas se dieron cuenta de que había alguien a mi lado. Miraron a Georgia de arriba abajo, y una de ellas le preguntó:

—¿Eres su mujer?

Georgia negó con la cabeza.

—¿Su novia?

Mi mirada y la de Georgia se encontraron de nuevo. Ella frunció el ceño y negó con la cabeza.

La chica alta, la más agresiva, metió la mano en el bolso y me alargó una tarjeta de presentación.

—Si acabas en Los Ángeles y quieres que alguien te enseñe la zona, puedes llamarme.

Levanté la mano.

—No hace falta, gracias.

Se encogió de hombros y preguntó:

—¿Puedo por lo menos hacerme una foto contigo?

—Mejor que no. Como ya he dicho, estoy en una cita.

Por suerte, la camarera se acercó y nos interrumpió.

—Su mesa está lista, señor Yearwood.

—Gracias. —Asentí con la cabeza para despedirme de las chicas y le ofrecí la mano a Georgia—. Ha sido un placer.

Cuando nos sentamos, Georgia seguía callada.

—Siento que hayas tenido que ver eso.

Se colocó la servilleta sobre el regazo y dijo:

—No pasa nada. Deberías haber aceptado la tarjeta. Eran muy guapas.

Fruncí el ceño bruscamente.

—Ni se me ocurriría.

Georgia dibujaba ochos en la condensación del vaso de agua.

—¿Te acuerdas de que cuando nos conocimos te dije que tenía que intentar no dar tantas vueltas a las cosas?

—Sí, claro.

—Pues me he pasado toda la semana angustiada por algo y creo que ya tengo la solución.

Teniendo en cuenta cómo había empezado la conversación (con dos mujeres que vivían en California intentando darme sus números de teléfono), tuve un mal presentimiento. Pregunté:

—¿Sobre qué has tomado una decisión?

Levantó la mirada y respondió:

—Creo que será mejor que dejemos de vernos ya.

El corazón me dio un vuelco.

—¿Cómo? ¿Por qué? ¿Es por lo que acaba de pasar?

Georgia dijo que no con la cabeza.

—No. He estado pensando esta semana y… se me hace muy difícil. Es como intentar quitarte despacio una tirita. Necesito quitármela ya y empezar a sanar.

«Mierda». Me obligué a mirarla a los ojos, pero no estaba preparado para lo que vi en ellos. Sus preciosos ojos verdes estaban cargados de dolor y no sabía cómo no podía haberme dado cuenta hasta ese momento, pero se le marcaban las ojeras debajo del maquillaje. Normalmente ni siquiera se maquillaba. Me entraron ganas de vomitar.

Solo quería convencerla de que siguiéramos viéndonos hasta el final, porque faltaban apenas unas pocas semanas. Puede que fuera por mi enorme ego del que todo el mundo me hablaba, pero pensé que podría convencerla si me lo proponía. Sin embargo… eso sería muy egoísta.

«Joder. Joder. Joder».

No me quedó más remedio que aceptar. Lo mínimo que podía hacer era ponerle las cosas más fáciles. Así que tragué saliva para deshacerme del nudo que tenía en la garganta y asentí.

—De acuerdo, lo entiendo. —Esperé un minuto y cuando vi que no decía nada, le pregunté—: ¿Quieres irte? No hace falta que cenemos juntos.

—No, no pasa nada. Ya estamos aquí. Además, disfruto mucho de tu compañía.

«Menos mal».

—Vale.

—¿Te importa si no hablamos del tema y disfrutamos de la cena?

Durante la siguiente hora estuvimos hablando de mi viaje a California, de la nueva gama de productos de exterior que quería empezar a desarrollar y de que las mujeres que cuidaban de mis perros iban a usar mi apartamento para hacer las golosinas para perros cuando me fuera, porque todavía me quedaban seis meses de contrato.

Todo el tiempo sentí que estaba caminando por la pasarela de madera de un barco pirata, esperando a saltar y ahogarme. Cuando se acercó la camarera y nos preguntó si queríamos echar un vistazo a la carta de postres, nos sonreímos con complicidad y dijimos que sí. Todavía no estábamos preparados para que se acabara la velada.

Al fin, los clientes del restaurante empezaron a irse, y cuando la camarera vino por tercera vez a ver cómo íbamos desde que nos habíamos acabado el postre, nos rendimos.

Estábamos a unas pocas manzanas del apartamento de Georgia, y me alegré de que me dejara acompañarla a casa. Sin embargo, en el recibidor del edificio, pulsó el botón del ascensor y se giró hacia mí.

—Creo que deberíamos despedirnos aquí.

Se me cayó el mundo a los pies, pero asentí e intenté sonreír.

—Vale.

Georgia me tomó las manos, tenía los ojos llenos de lágrimas.

—Solo quería decirte que, aunque ahora estoy muy dolida, no me arrepiento del tiempo que hemos pasado juntos.

Intenté deshacerme del nudo que tenía en la garganta y le sostuve la cara con las manos.

—Lo único de lo que podría arrepentirme de todo esto es de cómo ha acabado, cariño.

Las lágrimas le empezaron a caer por la cara en el mismo momento en el que se abrieron las puertas del ascensor. Me agarró la mano que tenía sobre su rostro y me dio un beso en la palma.

—Adiós, Max.

Me incliné hacia ella y rocé mis labios con los suyos.

—Adiós, Georgia.

Se subió al ascensor, pero no pude darme la vuelta y marcharme, así que cerré los ojos y dejé que se fuera.

# Capítulo 26

## *Max*

En las siguientes semanas pasaron muchas cosas. Firmé un contrato astronómico para jugar en un equipo que tenía muchas opciones de clasificarse, viajé a California para anunciarlo en directo, luego tuve dos días de ruedas de prensa y, finalmente, volví a Nueva York para guardar en cajas las cosas del apartamento. Todavía quedaba mucho para que empezaran los entrenamientos, pero como ya no tenía nada que me retuviera allí, pensé «a tomar por culo» y contraté a una empresa de mudanzas para que se llevaran mis cosas. Luego compré por internet un vuelo a California para dentro de unos días.

Debería haber estado eufórico de tener tan buena suerte. La mayoría de la gente tenía que trabajar toda una vida para conseguir lo que yo iba a ganar en un año. Además, tenía al alcance de mi mano todo lo que había soñado desde el momento en el que me puse mis primeros patines. Pero me sentía infeliz. Era un desgraciado.

Mi madre estaba en Boston porque había ido a ver a mi hermano y a sus hijas, y se suponía que yo iba a visitarla. Pero, teniendo en cuenta que me costaba hasta tenerme en pie, no quería obligar a nadie a soportar mi mal humor, así que la llamé y le dije que tenía que hacer muchas cosas y que sería mejor que fuera a verla a Washington la semana siguiente, cuando ya me hubiera instalado en la costa oeste.

Decidí salir a correr.

No sabía cuánto había corrido, pero cuando estaba a unos dos o tres kilómetros de casa, se puso a llover. No era una llovizna, sino que cayó una buena, pero me pareció apropiado. Cuando volví, pasé por el Madison Square Garden. Glenn, uno de los miembros de seguridad con los que me llevaba bien, estaba fuera, refugiado bajo el saliente mientras se fumaba un cigarrillo. Había trabajado la noche que conocí a Georgia. Me saludó con la mano, así que me detuve.

—Yearwood, maldito traidor —dijo con una sonrisa—. Pensaba que ya estarías en la otra punta del país, de fiesta en fiesta con estrellas de cine y actrices jóvenes.

—Muy pronto. —Apoyé las manos sobre las rodillas y me agaché para recuperar el aliento—. ¿Qué haces aquí? Pensaba que solo trabajabas en el turno de noche.

—Por fin han abierto una vacante en el turno de día. ¿Recuerdas a Bernie, el tío con la perilla pelirroja y el pelo blanco?

—Sí, sé quién es.

—Pues ahora trabaja en mantenimiento, en el puesto de Otto —comentó, negando con la cabeza—. Es una pena lo de ese tío, ¿verdad?

—¿A qué te refieres?

—A lo de Otto. He supuesto que ya lo sabías, nos mandaron un correo a todos los del equipo.

—Yo ya no soy del equipo. ¿Qué le ha pasado?

—La semana pasada pilló un resfriado y, al cabo de unos días, lo ingresaron en el hospital con neumonía. Ayer lo conectaron a un respirador. Los antibióticos no surten efecto y tiene el sistema inmunitario fatal por culpa de la quimioterapia.

«Mierda».

—¿Sabes en qué hospital está?

—En el Saint Luke's.

—Gracias. Tengo que irme. Me alegro de verte, Glenn. Cuídate.

—Hola. Busco a Otto Wolfman.

La enfermera señaló hacia la izquierda, a una de las habitaciones de cristal.

—Está en la cama número cuatro.

La unidad de cuidados intensivos era una sala grande con una enfermería en el centro y pequeñas habitaciones individuales de cristal por todo el perímetro. La puerta corredera de la habitación de Otto estaba abierta y había una mujer sentada al lado de la cama. Cuando me vio, se levantó y salió.

—Hola. ¿Es usted la señora Wolfman? —pregunté.

—Sí.

—Soy Max Yearwood, soy amigo de Otto, del Madison Square Garden.

Sonrió y dijo:

—Ya sé quién eres. Otto no hace más que hablar de ti y nunca se pierde tus partidos. Te adora.

Le devolví la sonrisa.

—¿Está segura de que soy yo? Siempre me llama «capullo».

La señora Wolfman se echó a reír.

—Así es como sabes que le caes bien, cuando te insulta.

Miré por encima de su hombro hacia Otto. Estaba enchufado a muchos monitores y goteros.

—Me acabo de enterar de lo que ha pasado. ¿Cómo está?

Negó con la cabeza y respondió:

—Me temo que no muy bien. Tiene sepsis, probablemente a causa de la neumonía.

—Lo vi hace poco y parecía que estaba muy bien.

—Sí. La neumonía nos tomó por sorpresa. Tiene cáncer de pulmón, así que se resfría con frecuencia. Pensábamos que estaba resfriado hasta que le dio mucha fiebre. Se extendió muy deprisa porque tiene el sistema inmunitario muy débil por la quimioterapia.

—¿Le parece bien que pase a verlo unos minutos?

La señora Wolfman sonrió.

—Le encantaría. Había pensado ir a por un café, hay un Starbucks en el recibidor, así que os dejo solos unos minutos.

—Gracias —respondí, asintiendo.

—¿Quieres que te traiga un café?

—No, gracias —sonreí—. Otto odia el café del Starbucks.

—Lo sé, créeme, pero a mí me gusta mucho. Te diré una cosa... —Me hizo un gesto para que me acercara—. Tengo unos cuantos vasos desechables blancos en el armario. A veces, voy a por café del Starbucks y lo cambio a uno de esos vasos para no tener que oírlo quejarse durante media hora de lo carísimo que es.

Me eché a reír.

—Siempre lo dice.

Me dio unas palmaditas en el hombro y dijo:

—Ahora vuelvo.

Cuando la señora Wolfman se fue, me quedé de pie en la puerta, sin saber qué hacer o decir. Una enfermera se acercó para añadirle otro gotero. Mientras lo hacía, le habló en voz alta y le dijo lo que estaba haciendo. Cuando se iba, la detuve y le pregunté:

—¿La oye?

Tenía una sonrisa amable.

—Puede ser. Mucha gente recuerda conversaciones de las visitas cuando se despiertan, pero depende del caso. Prefiero pensar que me pueden oír y les cuento lo que hago. Hay algunos estudios que indican que a los pacientes les ayuda oír las voces de sus seres queridos. Dicen que puede despertar el cerebro y hacer que se recuperen antes. —Señaló a Otto con la cabeza y dijo—: Adelante. Puede parecer raro al principio, pero prueba a contarle tu día.

Asentí.

—De acuerdo, gracias.

Me senté al lado de la cama y observé el montón de cables y monitores.

—Hola, viejo —dije con una sonrisa triste—. Tenía pensado venir a despedirme antes de mudarme, no hacía falta que hicieras todo esto para que viniera. La enfermera me ha dicho que a lo mejor reconoces las voces y he pensado que si me paso de amable a lo mejor te confundo, así que voy a ser tan encantador como siempre.

Me quedé callado y pensé en el día que conocí a Otto, hacía siete años.

—Te voy a decir una cosa, pero si te acuerdas cuando te despiertes, negaré que lo he dicho. La cosa es… que siempre me hacía ilusión verte después de los entrenamientos. Siempre me has recordado a mi padre. Él era mi mayor admirador, pero no le daba miedo ser realista. En mi primer año, cuando entré en el equipo, estaba resentido. Pensaba que estarían contentos de haberme fichado, que ya había demostrado lo que valía con los resultados de la universidad y con el dinero que me habían ofrecido en el contrato. No sabía que a veces invertían diez o quince años en un novato famoso que resultaba ser una decepción. Había un tal Sikorski que me dio una buena paliza el primer año y empezamos a llevarnos mal en el hielo. Un día, después del entrenamiento, cuando estaba en el banquillo pensando en que nos habíamos vuelto a pelear, te acercaste con una escoba y me preguntaste si me quería casar con él. Te miré como si estuvieras loco y te dije que no era mi tipo. Y entonces me dijiste algo de lo que siempre me acordaré: «Hay batallas que no vale la pena pelear». Me dijiste que dejara de perder el tiempo en las tonterías que se interponían entre mi destino y yo. —Negué con la cabeza—. Y lo entendí. Estaba derrochando toda mi energía en una pelea que no tenía que ganar y que hacía que me olvidara de cosas realmente importantes, como que tenía que mejorar en el hielo.

Me quedé un rato mirando los números del monitor, observando los latidos de su corazón.

—Por cierto, hace un rato he conocido a la señora Wolfman. Creo que no hace falta que te diga que es demasiado guapa y simpática para un cascarrabias como tú.

Oí una risa detrás de mí y, cuando me di la vuelta, vi que la mujer de Otto estaba de pie en la entrada. Llevaba dos vasos de café en la mano.

—Gracias. Ahora ya entiendo por qué sois amigos, él también es mucho de hacer comentarios de ese tipo.

—Lo siento. No sabía que había vuelto.

—No pasa nada —dijo con una sonrisa—. A Otto le gusta que la gente sea así, honesta. —Entró a la habitación y me dio el café—. Sé que me has dicho que no querías nada, pero tú siempre le llevabas café a Otto, así que he querido devolverte el favor.

Asentí y dije:

—Gracias.

Durante las dos siguientes horas, la señora Wolfman y yo compartimos anécdotas sobre Otto. Me dijo que la única persona que conseguía sacar su lado tierno era su hija. Por lo que me contó, la veneraba y siempre hacía todo lo que le pedía. Como una vez que, en séptimo curso, la niña tenía problemas con el álgebra y la señora Wolfman le dijo a Otto que no la dejara salir a jugar hasta que acabara los deberes. Otto llegaba a casa antes que su mujer y tenía que obedecer. Parecía que lo había hecho, hasta que un día la profesora los llamó preocupada porque los deberes de la niña eran cada vez peores y hasta la caligrafía parecía descuidada. Se ve que Otto había empezado a hacer los deberes de la niña mientras esta iba a jugar, pero resultó que a Otto se le daba peor el álgebra que a su hija.

Me alegré mucho de haber ido. La señora Wolfman parecía disfrutar contando historias. Sin embargo, cuando la enfermera llegó y nos pidió que saliéramos para poder asear a Otto, pensé que había llegado el momento de irse.

—¿Le importa si le doy mi número de teléfono y así me puede avisar si pasa algo? —le pregunté—. Me mudo en unos días, pero volveré antes de marcharme, si le parece bien.

—Me parece genial. Gracias, Max.

Guardé mi número de teléfono en su móvil, me despedí de ella y, antes de irme, me giré y le dije:

—Señora Wolfman.

—Dime.

—El otro día, Otto me dijo que dejaba su trabajo para viajar por el país con usted. Me dijo que tenía una vida plena, porque tenía con él a la persona a la que amaba. No solo sentía debilidad por su hija.

Ella sonrió.

—Creo que puede que también tuviera debilidad por un jugador de *hockey* que yo me sé. Aunque nunca te lo dijera.

Dos días después, la señora Wolfman me llamó para decirme que Otto había fallecido.

# Capítulo 27

## *Georgia*

El viernes por la noche, Maggie me obligó a salir. Hacía por lo menos tres semanas desde que había visto a Max por última vez, pero seguía sin tener ganas de hacer nada. Aunque mi mejor amiga no era de las que aceptan un no por respuesta. Me dijo que íbamos a ir a una galería de arte, que me parecía mucho mejor que ir a un bar para solteros, pero cuando llegamos a «La Galería», me di cuenta de que me había tomado el pelo.

Había cuadros en las paredes, pero el sitio también era un bar, y estaba a rebosar de gente.

—Me habías dicho que íbamos a una galería de arte.

Maggie se encogió de hombros y dijo:

—Es que esto es una galería. Cambian la exhibición una vez al mes. A ver, ¿qué quieres tomar?

Fruncí el ceño.

—Agua.

—Marchando un *lemon drop* Martini. Buena elección. —Me guiñó el ojo y desapareció.

Suspiré. Como había cuadros en las paredes, me acerqué al que tenía justo delante. Era un cuadro abstracto de una mujer. Mientras lo miraba, se me acercó un chico, que señaló la obra con la cabeza y me preguntó:

—¿Qué te parece?

—No sé mucho de arte.

Sonrió.

—Bueno, ¿qué sientes al contemplarlo?

Lo miré un poco más y respondí:

—Creo que tristeza.

Asintió y señaló el que había al lado.

—¿Y cuando miras este?

—Lo mismo.

—Vaya —dijo, riendo—. Ese se llama *Felicidad.* —Me tendió la mano y me dijo—: Soy Scott Sheridan, el autor de los cuadros.

—Madre mía, lo siento, no quería insultar tu obra. Creo que es por mi estado de ánimo, he estado bastante triste últimamente.

Se echó a reír.

—No me has insultado. El arte hace que la gente sienta cosas diferentes. Si te ha hecho sentir algo es que he hecho bien mi trabajo. —Señaló hacia el bar con el pulgar y me preguntó—: ¿Puedo invitarte a una copa? He de confesar que una de las ventajas de exponer aquí es que el alcohol es gratis, así que no tendré que pagar.

Sonreí.

—No, gracias. Mi amiga ya ha ido a por nuestras bebidas.

—A ver, hasta el momento te he preguntado si te gusta mi obra y te he invitado a una copa. ¿Debería completar el triplete de clichés preguntándote si eres de por aquí?

—Vivo aquí. ¿Y tú?

—Vivo en Los Ángeles, solo estoy en Nueva York de visita.

Se me ensombreció el rostro. Los Ángeles. Por lo menos había conseguido no pensar en Max durante dos o tres minutos enteros. Por suerte, Maggie se acercó con las bebidas y no tuve que seguir conversando a solas con el chico.

—¿Quién es? —preguntó Maggie, señalando a Scott con la cabeza mientras me daba la copa.

—Scott es uno de los artistas que exponen hoy.

—Encantada de conocerte, Scott. —Maggie inclinó la cabeza hacia un lado y sonrió con picardía—. El camarero, muy amablemente, me acaba de decir que no nos acerquemos a ti.

Dice que siempre vienes y finges que eres uno de los artistas y que no vives aquí, pero que en realidad trabajas de camarero en el Café Europa, en la calle Sesenta y seis.

El chico puso mala cara, se dio media vuelta y se fue.

Abrí la boca de par en par.

—¿En serio? Joder.

Maggie negó con la cabeza.

—Será asqueroso. No entiendo a algunos tíos. ¿No saben que existe Tinder? Hay muchas chicas que solo quieren un lío de una noche, ¿por qué hacen estas cosas?

Negué con la cabeza y dije:

—No pienso volver a salir con nadie nunca más. Ni siquiera me interesaba el tipo ese, pero me he tragado que era el autor de los cuadros y que vivía en Los Ángeles. ¿En serio soy tan inocente?

—No, pero él es un cabrón de cuidado.

Suspiré y di un trago a la bebida.

—Echo de menos a Max.

—Lo sé, cariño.

—A lo mejor me equivoqué al decirle que teníamos que dejar de vernos antes de que acabara el verano. Tendría que emborracharme y quedar con él para follar.

Maggie hizo una mueca.

—Ya se ha ido. Esta mañana, creo.

Fruncí el ceño.

—¿Cómo lo sabes?

Se mordió el labio inferior y respondió:

—No te iba a decir nada, porque parecía que cada día estabas un poco mejor, pero lo vi ayer.

—¿Lo viste? ¿Dónde?

—Delante de nuestras oficinas.

—¿Qué hacía ahí?

Maggie dio un traguito a la bebida y dijo:

—Mirar fijamente hacia nuestro edificio.

—¿Cómo dices?

Respiró hondo y dijo:

—¿Recuerdas que sobre las once fui a la imprenta?

—Sí.

—Vale, pues, cuando salí del despacho, me di cuenta de que había un chico al otro lado de la calle. Llevaba una gorra y gafas de sol y se parecía a Max. Pensé que me lo estaba imaginando, pero cuando volví media hora más tarde, el tipo seguía allí, observando el edificio. Así que crucé la calle sin que se diera cuenta para verlo más de cerca. Y resultó que era él.

—No lo entiendo. ¿Estaba ahí delante, sin más?

Asintió.

—Lo saludé y le pregunté qué hacía. Creo que pensó en mentirme, pero al final me dijo que estaba esperando a que salieras a comer. Le dije que entrara a verte, porque habíamos pedido comida a domicilio, pero dijo que no quería molestarte, que no tenía pensado decirte nada cuando salieras. Solo quería verte una vez más antes de irse.

—¿Y tenía pensado quedarse allí plantado y luego qué? ¿Observarme en silencio como un acosador?

Maggie asintió.

La historia no tenía sentido.

—¿No te dijo nada más?

—Le pregunté por qué no iba a despedirse en persona, pero dijo que no quería ponerte las cosas más difíciles. Pensé que tenía razón, así que no te dije nada porque justo empezabas a venir a trabajar sin los ojos hinchados de llorar.

Negué con la cabeza.

—Pero eso es precisamente lo que no entiendo. Si le importo lo suficiente para que se quede mirando el edificio durante horas para verme, ¿cómo es posible que no quiera por lo menos intentar tener una relación a distancia?

—No lo sé. Ojalá te lo pudiera decir.

—¿Eso fue todo? ¿No te dijo nada más?

—Le pregunté que cuándo se iba y me dijo que hoy, que había decidido irse antes y no sé qué de un partido benéfico que tenía en unas semanas, como si ese fuera el motivo por el que se iba. —Negó con la cabeza—. Entonces le dije que era un cobarde y un capullo y me fui.

Sonreí con tristeza. Parecía algo que típico de Maggie.

—¿Estás enfadada porque no te he dicho nada?

—No. Entiendo por qué lo has hecho. Sé que intentabas protegerme.

Me pasó el brazo por el hombro.

—Bien. Pues a empinar el codo. Porque esta noche vamos a pillar el pedo de nuestras vidas y a dar calabazas a los tíos que se nos acerquen.

Tres horas más tarde, habíamos conseguido completar la misión. Apenas era medianoche, cuando la gente joven empieza a salir, pero yo ya arrastraba las palabras y estaba más que lista para acostarme. Maggie me acompañó a casa para asegurarse de que llegaba bien y decidió quedarse a dormir en el sofá en lugar de irse a su casa al otro lado de la ciudad. Me dio mis pantalones de chándal favoritos y una camiseta del cajón y, en cuanto me cambié, me arropó en la cama, como si fuera una niña pequeña.

—¿Estás bien? No vas a vomitarme encima, ¿verdad? ¿Quieres que te traiga un cubo o algo?

—Sí, pero para las lágrimas.

Sonrió.

—¿Crees que tendrás las lágrimas extrasaladas después de los margaritas?

—No, porque he bebido Martinis, no margaritas.

—Mierda, es verdad. —Rio—. Llevan azúcar en el borde, no sal.

—¿Puedo preguntarte una cosa?

—Lo que quieras.

—¿Crees que Max sigue enamorado de su ex?

Maggie frunció la cara.

—¿A qué viene eso? Nunca me has mencionado a ninguna de sus ex. ¿Había tenido alguna relación seria recientemente?

—No, recientemente no. Salió con una chica durante dieciocho meses hace un par de años. Pero estoy intentando entender por qué no me dio ningún motivo para no querer que lo intentáramos. Lo único que tendría sentido es que no quisiera hacerme daño, como cuando tú no me contaste que lo viste ayer. Cuando quieres a alguien, intentas no hacerle daño. Por eso he pensado que a lo mejor está enamorado de otra.

Maggie frunció el ceño.

—No sé por qué no quiere estar contigo, pero sí sé una cosa. Ha perdido lo mejor que ha tenido en su vida.

—Gracias, Maggie —dije con los ojos llenos de lágrimas.

# Capítulo 28

## *Max*

*Diez años antes*

—Me estáis tomando el pelo. —Mi madre entró a la consulta del médico, me vio sujetarme los pañuelos llenos de sangre contra la nariz y negó con la cabeza.

Señalé a Austin y dije:

—Ha empezado él.

Austin miró a mi madre con ojos de cachorrito y contestó:

—No tengo fuerzas para empezar nada.

—Ay, cariño —dijo mi madre, acariciándole la espalda—. ¿Te encuentras bien?

—¡Pero si el que está herido soy yo!

Austin me sonrió desde detrás de mi madre. «Qué cabrón». El doctor Wallace entró a la consulta con el historial médico.

—Siento haberos hecho esperar.

Mamá se sentó entre nosotros. Habíamos viajado hasta California hacía unos días para conseguir una segunda opinión sobre el aneurisma de Austin. Había ido con ellos para hacerle compañía a mi hermano, aunque mi madre había decidido tomar el mando cuando por fin logré convencerlo de que le contara qué pasaba.

—Gracias por recibirnos tan rápido, doctor Wallace —dijo mi madre.

—Claro. —Se sentó detrás de su mesa y dijo—: ¿Por qué no vamos al grano ya que habéis venido hasta aquí y ya os he hecho esperar bastante? He echado un ojo a los documentos que me ha enviado tu médico de Boston, a la resonancia que te hiciste el mes pasado y a la que te has hecho esta mañana. —El doctor Wallace miró directo a mi hermano—. Me temo que estoy de acuerdo con el doctor Jasper, chico. Hay que extirpar el aneurisma.

Mi hermano frunció el ceño.

—¿Y qué pasa si no quiero que me operen?

El doctor Wallace abrió el cajón y sacó lo que parecía ser una pajita con algo colgando. Sonrió y dijo:

—Disculpa la demostración tan simple, pero es que cada vez que enseño a los pacientes imágenes anatómicas en la tableta se empiezan a agobiar. A veces, los métodos más simples y tradicionales son los mejores. Uso las pajitas del McDonald's. Son buenas y gruesas, así que no se me hace difícil meterles el globo.

Colocó la pajita en posición horizontal. Tenía un corte en el medio, del que salía un poco de látex rojo. Dijo:

—Esta es la arteria que va a tu corazón. —Señaló el látex que asomaba por el corte y continuó—: Esto es el aneurisma. —Pinzó uno de los lados de la pajita y se llevó el otro a la boca—. El aire es la corriente sanguínea. —Cuando sopló, el trozo de globo que asomaba por el corte empezó a crecer. Pinzó el otro lado de la pajita cuando el globo alcanzó el tamaño de una pasa—. Esto es una corriente sanguínea normal. Pero esto es lo que pasa cuando la presión arterial aumenta. —Introdujo más aire en la pajita y, con la presión, el globo se volvió del tamaño de una pelota de golf—. Al final, el globo se hincha demasiado y puede estallar si no tienes nada que tape el agujero, así que la sangre empieza a llenar los ventrículos. No lo digo para asustarte, pero si el aneurisma revienta es un proceso complicado, y las probabilidades de que la operación salga bien son mucho menores en comparación a cuando lo extirpamos quirúrgicamente.

—¿Es inevitable que reviente?

—Eso no lo sabemos. Hay gente que se pasa la vida sin saber que tiene un aneurisma. Todo depende del tamaño y de lo rápido que crece. Si el tuyo fuera pequeño, te aconsejaría que esperaras, pero no es el caso. Es muy grande y ha crecido en el último mes desde que te hiciste la primera resonancia, chico.

Austin miró a mi madre y le preguntó:

—¿Qué tamaño tenía la de papá?

Ella frunció el ceño y respondió:

—No lo sé.

Mi hermano volvió a mirar al doctor.

—¿Cuánto dura la recuperación?

—Tendrías que quedarte unos días en el hospital. La mayoría de los pacientes vuelven a hacer vida normal a las cuatro o seis semanas, pero la recuperación total lleva unos dos o tres meses.

Austin respiró hondo y preguntó:

—¿Qué riesgos tiene?

—Los más graves son la hemorragia o la infección. La anestesia siempre supone un pequeño riesgo, pero para alguien sano y joven como tú, es un riesgo mínimo hoy en día. Es una operación que hacemos muy a menudo.

Mi hermano me miró y preguntó:

—¿Tú qué harías?

—Ya te lo he dicho, yo me operaría. No quieres que siga creciendo y que te reviente en medio de la operación como le pasó a papá. Además, ya te cuesta hacer vida normal. ¿Quieres vivir así?

—No, pero quiero vivir.

Negué con la cabeza.

—Ya sabes lo que pienso. Si no puedes vivir como quieres, ya estás muriendo.

Austin me miró durante un buen rato antes de asentir y girarse hacia el doctor.

—¿Cuándo empezamos?

El doctor Wallace sonrió.

—En cuanto lo consulte con la enfermera encargada de la programación te digo cuál es la primera fecha disponible.

—Muchas gracias, doctor Wallace —dijo mi madre.

Asintió y añadió:

—Una cosa más. No sé si se lo ha comentado el doctor Jasper, pero sería buena idea que Max y el resto de sus hijos se hicieran una resonancia.

—¿Para ver si tienen aneurismas de la aorta abdominal?

El doctor asintió.

—Y aneurismas en general. Su marido tuvo uno y Austin también. Cuando uno o dos familiares de primera generación los tienen, recomendamos a los demás, padres e hijos, que se hagan las pruebas. Hay un gran riesgo de que tengan lo que llamamos aneurismas familiares.

# Capítulo 29

## *Max*

—He comprado entradas para el partido benéfico que tienes la semana que viene —dijo mi madre—. He pensado que podría llegar un día antes y pasar más tiempo contigo y así me enseñas la casa nueva.

—Te dije que tenía entradas gratis. No me acordé de reenviarte el correo.

—Es un acto benéfico. Quería colaborar.

Asentí y di un golpecito con el tenedor al estofado que mi madre hacía cada vez que iba a verla. Normalmente me encantaba.

—¿Estás bien, Max?

—Sí, estoy bien.

Mi madre me miró fijamente con lo que mis hermanos y yo, de pequeños, habíamos apodado «la mirada maternal». Era más fuerte que el suero de la verdad. No teníamos ni idea de cómo lo hacía, pero con una simple mirada, siempre conseguía sacarnos lo que fuera que nos preocupaba. Era como si ella ya supiera la verdad y estuviera esperando pacientemente a que se la contáramos.

Suspiré y me pasé una mano por el pelo.

—Echo de menos a Georgia.

Mamá me dio una palmadita en la mano.

—¿Qué ha pasado? Pensaba que estabais muy bien y que teníais algo especial.

—Sí —respondí, encogiéndome de hombros.

—Entonces, ¿por qué la echas de menos? Toma un vuelo y ve a verla. Todavía falta para que empiecen los entrenamientos, ¿no?

—Sí, pero no quiere verme.

—¿Os habéis peleado?

Negué con la cabeza y dije:

—No es eso.

—Entonces, ¿qué es?

Fruncí el ceño y miré a mi madre a los ojos.

—No quiero hacerle daño si... ya sabes.

Su rostro cambió cuando comprendió a qué me refería.

—Ay, no, Max. ¿Se lo has comentado?

No me hizo falta responder. Miré a mi madre, que cerró los ojos.

—Max —dijo, negando con la cabeza—, ¿por qué no se lo has dicho?

—Porque Georgia es una chica fiel y muy cabezona. Me diría que no importa, pero sí que importa, sobre todo si...

—¿Así que has decidido tomar tú la decisión por ella?

—Es por su bien.

—Y una mierda.

Parpadeé con rapidez. Mi madre nunca decía palabrotas.

—Acepté que decidieras no operarte porque es tu cuerpo y tu decisión. Acepté que quisieras seguir jugando al *hockey* porque siempre ha sido el amor de tu vida, aunque es lo peor que puedes hacer porque no dejan de darte golpes en la cabeza y eso podría causar una ruptura o incluso matarte. Pero no pienso quedarme aquí sentada y aceptar que te alejes de la mujer a la que quieres porque crees que tienes que ser un caballero y protegerla. ¿La quieres?

Asentí y agaché la cabeza.

—Entonces, ¿cómo puede importarte tan poco lo que ella quiera? En vuestra relación había dos personas, pero actúas como si solo importaras tú.

—Solo intento hacer lo correcto, mamá. Quiero lo mejor para ella.

Se volvió a sentar y suspiró.

—Entiendo que lo has hecho con buena intención, pero tú no puedes decidir qué es lo mejor para nadie más que para ti. ¿No crees que me habría gustado decidir que no jugaras a *hockey* porque es demasiado peligroso? ¿Qué habría pasado si hubiera ido a hablar con los de tu equipo y les hubiera contado lo que tienes? No te habrían permitido jugar. Sabes que es así…

—Es diferente.

—¿Por qué?

—Porque jugar al *hockey* solo me perjudica a mí.

Mi madre me miró fijamente y me preguntó:

—¿Ah, sí? Entonces, ¿si te dan un golpe en la cabeza y te mueres, el único que sufriría serías tú?

Suspiré. Tenía la cabeza hecha un lío desde que me había ido de Nueva York. Había perdido a Georgia y luego Otto había muerto, justo cuando había decidido dejar el trabajo para pasar más tiempo con su familia. No podía evitar pensar en que había perdido su oportunidad porque había esperado demasiado, y yo estaba haciendo exactamente lo mismo. Desde la muerte de mi hermano, nunca había dudado de mi decisión, hasta ahora.

Dije en voz baja:

—A lo mejor tendría que operarme.

Los ojos de mi madre se llenaron de lágrimas.

—¿Lo dices en serio?

Asentí y respondí:

—Le he estado dando muchas vueltas. Incluso cuando me retire, en el futuro, siempre tendré esa incertidumbre en la cabeza. Además, está creciendo.

Mi madre puso los ojos como platos.

—Madre mía. ¿Cómo lo sabes?

—Me hice una resonancia hace un mes, más o menos, cuando estuve en California. Fui al médico que operó a Austin y nos hizo las pruebas.

—¿Es la primera vez que vas al médico desde que te lo diagnosticaron?

Volví a asentir.

—¿Tienes síntomas?

Negué con la cabeza.

—Pensé que… no sé lo que pensé. A lo mejor pensaba que habría desaparecido o algo así. Quería saber cómo estaba.

Mi madre sonrió con tristeza.

—Lo quisiste saber por Georgia.

—Puede. Supongo que sí. —Me quedé en silencio, tenía la mente hecha un lío—. Soy un cobarde. Hice que Austin se operara, pero ahora que es mi turno no me atrevo.

Mi madre negó con la cabeza.

—¿Qué dices? ¿Hiciste que Austin se operara?

—Cuando le diagnosticaron, me preguntó qué haría si fuera él. —Tragué y noté un regusto salado en la garganta—. Le dije que me operaría y le prometí que no iba a dejarle morir.

Mi madre me observó el rostro.

—Dios mío. ¿Y llevas todos estos años cargando con la culpa? ¿Por qué no me lo dijiste?

—¿Qué querías que te dijera: «Oye, mamá, Austin ha muerto por mi culpa»?

—Tu hermano era muy inteligente, y tenía veintiún años cuando se operó. Él tomó la decisión. Lo sé porque le costó mucho y hablamos bastante del tema. Le preguntó al doctor lo mismo que te preguntó a ti, y el médico le dijo que él se operaría si estuviera en la misma situación.

—Pero confió en mí.

—Cariño, tú no tienes la culpa de que tu hermano muriera. Lo sabes, ¿verdad?

Cuando vio que no respondía, alargó el brazo y me agarró la mano.

—Austin se ahogaba cuando caminaba. Decidió operarse porque no podía seguir viviendo así. Sé que teníais muy buena relación, pero no decidió operarse por lo que le dijiste. Y nadie podría haber imaginado que reaccionaría mal a la anestesia cuando lo operaran.

Negué con la cabeza.

—Aunque, a diferencia de Austin, no tengo síntomas, haber perdido a Georgia me ha hecho sentir que ya no puedo tener una vida plena.

—¿Qué te ha dicho el médico?

—Lo mismo que me dijo hace diez años. Que todas las operaciones son arriesgadas, pero que es un riesgo mínimo, porque hoy en día es una operación rutinaria y que la probabilidad de que me pase lo mismo que a Austin es mínima, porque me han operado antes con anestesia y no he tenido complicaciones. El riesgo en mi caso es que tengo el aneurisma en el área del cerebro que controla la motricidad, y si hubiera una hemorragia, podría tener problemas de fuerza o coordinación.

—La otra vez nos dijeron que sería algo temporal.

Asentí.

—Sí. Dijeron que, si ocurriera, podría hacer rehabilitación. Pero, seamos honestos, tengo veintinueve años. Las probabilidades de volver a estar como estoy ahora en el equipo si eso ocurriera son pocas. No soy mucho más rápido ni ágil que el siguiente en la lista para ocupar mi puesto.

—¿Y hay riesgo de ruptura?

—Ahora el riesgo de ruptura es mayor porque el aneurisma ha crecido, pero, aun así, todavía se considera un riesgo moderado.

—Es un riesgo moderado para la gente corriente a la que no le sube la presión arterial en cada entrenamiento, o para la gente que no recibe golpes constantes en la cabeza con un palo de *hockey.*

No respondí, porque tenía razón. Siempre supe que tenía un riesgo muy elevado de ruptura por mi trabajo. Pero el *hockey* lo era todo para mí, así que nunca había dudado de mi decisión. Lo habría arriesgado todo por seguir jugando, pero últimamente, el *hockey* ya no me parecía lo más importante.

Negué con la cabeza y dije:

—No sé qué hacer. No puedo intentar tener algo con Georgia cuando sé que me pongo en peligro cada día en el trabajo.

No quiero hacerle eso. Pero, si me opero, puede que no vuelva a jugar a *hockey* profesionalmente.

Mi madre frunció el ceño y preguntó:

—Parece que tienes que tomar una decisión muy importante. ¿Qué te importa más?

Me pasé los siguientes días deambulando. Había hecho que me enviaran el coche de Nueva York a Los Ángeles, pero todavía no había llegado, así que alquilé un todoterreno, cogí a los perros y conduje por la costa en busca de algo. ¿El qué? No lo sé. A lo mejor buscaba una solución, una señal que me dijera qué hacer. Pero nada me había llamado la atención todavía.

Cada día me aventuraba sin ningún plan y conducía hasta que veía algo interesante. Hasta el momento, había estado en Malibú, en el Parque Nacional Sequoia y en el muelle de Santa Mónica. No pude evitar pensar que, si Georgia viviera allí conmigo, visitaríamos algunos de esos lugares en nuestras próximas vacaciones en la ciudad.

Esa mañana, decidí conducir hacia el sur. No sabía todavía hacia dónde iba, pero cuando vi los carteles de la playa para perros Rosie's, pensé que no podía ignorarlos.

Pasé la tarde con los chicos, caminando por la orilla, donde podían correr con libertad. Había un área comercial cerca de la zona, así que, cuando acabamos, pasamos por allí para ver si podía encontrar agua para ellos y algo de comida para mí.

A media manzana de donde había aparcado, encontré un local de pollo frito que era perfecto porque tenía mesas en el exterior, así que me senté en una mesa. Cuando acabé de comer y nos preparamos para irnos, vi un local dos tiendas más allá y cuando me di cuenta de qué era, me fijé en él.

«Eternity Roses».

¿En serio?

¿Cuál era la probabilidad de que encontrara una de las tiendas de Georgia? Me acerqué y miré el escaparate un rato, eché un vistazo a los productos que tenían expuestos, aunque sin prestarles atención. Entré.

—¿Puedo pasar con los perros?

La dependienta respondió con una sonrisa:

—Solo si me dejas que juegue con ellos.

—Vale.

Salió de detrás del mostrador y los perros se abalanzaron sobre ella. Cuatro le lamió la cara y, para no ser menos, Fred empezó a correr en círculos, persiguiéndose la cola.

La dependienta se echó a reír.

—Madre mía, son una monada.

—Gracias.

—¿Puedo ayudarte en algo?

No quería explicarle por qué había entrado, así que pensé que podía mandarle a mi madre un ramo de flores por haberme aguantado el otro día, a pesar de mi humor miserable.

—Si no te importa, quiero mirar qué tenéis. Me gustaría mandarle un ramo a mi madre, pero todavía no sé cuál.

—Claro. Tómate el tiempo que necesites. Yo me encargo de distraer a estos pequeñines mientras echas un vistazo. —Señaló hacia una pared con estantes de cristal donde había varios ramos expuestos—. Todos esos ramos de ahí los tenemos en la tienda y los puedes pedir del color que quieras. Pero si quieres algo más concreto, podemos preparar uno personalizado. Lo puedes tener en dos o tres días. ¿Lo quieres para una celebración especial? ¿Para un cumpleaños o para alguien enfermo?

—No, más bien lo llamaría un regalo de agradecimiento por soportarme.

Sonrió.

—Esos son los mejores. Si necesitas inspiración, tenemos también una tableta en el mostrador en el que puedes ver los ramos personalizados que han pedido, y una colección de mensajes en la que encontrarás desde poemas a mensajes románticos o divertidos.

Recordé que Georgia me había dicho que le encantaba escribir los mensajes cuando abrió la empresa, así que eché un vistazo a la tienda y luego no pude evitar dirigirme a la tableta.

Bajé hasta la categoría «Porque sí», pulsé y empecé a leer. Había frases divertidas, algunas obscenas y algunas muy cursis. No pude evitar reír cuando llegué a una escrita por «Maggie P»:

*Los mejores amigos son como hacerte pis encima.*
*Todo el mundo lo ve, pero solo tú sientes el calorcito.*

Sin duda, tenía que ser la Maggie a la que yo conocía. Después de un rato, dejé de leer los mensajes y me fijé solo en el nombre de la persona que los había escrito. Supongo que esperaba encontrar alguno escrito por Georgia. No encontré ninguno, pero cuando llegué abajo del todo y vi uno de F. Scott Fitzgerald, recordé que Georgia me había dicho que siempre tenía sus libros con notas al lado de la caja registradora porque las frases del autor definían qué era el amor para ella.

*Siempre*
*fuiste*
*tú.*
F. SCOTT FITZGERALD

La leí una y otra vez. No sabía si era la señal que había estado buscando, pero no tenía la menor duda de que era cierto. Para mí siempre había sido Georgia, y al final, cuando me llegara el momento, no quería echar la vista atrás y arrepentirme. Puede que esas tres sencillas palabras sí fueran una señal.

Por eso, cuando me subí al coche para volver a casa, decidí aceptar el consejo de Georgia. Cogí el móvil y bajé por los contactos hasta que llegué a uno de los últimos y le di a «llamar».

—Hola, soy Max Yearwood. Quiero pedir cita con el doctor Wallace.

Unos días después, llegó el día del partido benéfico de *hockey*. Había usado la excusa del partido para que mis hermanos vinieran a Los Ángeles y, como mi madre había llegado el día anterior, estábamos todos reunidos. No era algo que pasara a menudo, solo en Navidad. El partido no empezaba hasta las siete, y había planeado contarles a todos la noticia mientras desayunábamos, pero cuando me desperté, tenía un dolor de cabeza horrible. Había pasado unos días de mucha tensión, así que mi cerebro había decidido pagarlo conmigo. Me tomé un par de analgésicos y pospuse la noticia hasta la hora de comer.

Cuando las ensaladas y los bocadillos que había pedido llegaron, todos nos reunimos alrededor de la isla de la cocina.

—Bueno —dije, aclarándome la garganta—, quería aprovechar que estáis todos aquí para hablar con vosotros.

—Vas a salir del armario, ¿verdad? —dijo mi hermano Will, reclinándose en el asiento—. Lo sabía.

—¿Qué? No.

—Si has vuelto a las apuestas, te aseguro que serás el único jugador que empiece el partido de *hockey* ya machacado —añadió Tate.

—Más vale que no sea una mierda de esas de acoso —comentó Ethan.

Mi hermano Lucas dijo, asintiendo:

—Pues yo creo que es por un vídeo porno. La verdad es que no me apetece mucho verte las pelotas en las noticias, tío.

Negué con la cabeza.

—¿Qué coño os pasa?

—Will se me cayó una vez y se dio un golpe en la cabeza —comentó mi madre—. Pero los demás no tenéis excusa. Dejad que hable.

Reí.

—Gracias, mamá.

La habitación se quedó en silencio, todos los ojos apuntaban hacia mí. «Mierda. Decirlo se me va a hacer más difícil de lo que había imaginado».

Respiré hondo.

—Me operan el martes que viene.

Mi madre sabía más que los demás, así que lo entendió antes de que dijera nada más. Se acercó a mí y me dio una palmada en el dorso de la mano.

—¿De qué? —preguntó Will—. ¿Te vas a hacer una cirugía de alargamiento de pene?

—No, imbécil. De algo de lo que a ti no te podrían operar porque es un órgano que no tienes. Del cerebro. He decidido que me extirpen la aneurisma. Ha crecido y creo que ya va siendo hora.

—Joder —dijo Tate—. ¿Estás bien?

—Sí —respondí, asintiendo.

—¿Lo saben los del equipo? —preguntó Ethan.

—Todavía no. Se lo diré a mi agente mañana por la mañana. He pensado que él me puede aconsejar cómo llevar el tema.

—¿Qué ha dicho el médico? —preguntó Tate.

—¿Quién te va a operar? —preguntó Will.

—¿Cuánto tiempo lleva la recuperación? —añadió Ethan.

Durante la siguiente hora, comimos y les conté todo lo que me había dicho el doctor, respondí todas sus preguntas. Cuando parecieron quedar satisfechos, me disculpé un momento y fui al lavabo de mi habitación para coger los analgésicos. Luego salí al balcón para tomar un poco de aire fresco.

Tate me siguió y me vio tomarme las pastillas.

—¿Qué tomas?

—Analgésicos. Llevo unos días con dolor de cabeza y no consigo que se me pase.

Asintió y dijo:

—Es por el estrés.

Me acabé una botella de agua y dije:

—Necesito que me hagas un favor.

—Lo que sea.

—Si las cosas van mal y… ya sabes. Quiero que me prometas que irás a decírselo a Georgia en persona antes de que se entere por las noticias.

—Todo saldrá bien. Pero sí, claro. Te lo prometo.

Respiré hondo y asentí.

—Gracias.

—¿Y si todo sale bien qué harás con el tema de Georgia? ¿Vas a coger al toro por los cuernos para intentar recuperarla?

Sonreí.

—No lo voy a intentar. La voy a recuperar.

Tate me puso una mano sobre el hombro y me preguntó:

—¿Sabes cuándo te das cuenta de que quieres a alguien de verdad?

—¿Cuándo?

—Cuando la idea de pasar la vida sin esa persona te da más miedo que una neurocirugía.

# Capítulo 30

## *Georgia*

Cuando abrí la puerta de casa a las seis de la mañana, Maggie entró con rapidez.

—¿Has visto las noticias?

Llevaba unos pantalones de pijama con corazones grandes rojos y una camiseta en la que ponía «V de San Valentín», pero la palabra «Valentín» estaba tachada y debajo ponía «Vodka».

Llevaba el pelo recogido en la parte alta de la cabeza y lo que parecía ser la máscara de pestañas del día anterior corrida bajo los ojos.

—No, ¿por qué? —pregunté—. ¿Has cogido el metro con esas pintas? Tienes aspecto de chiflada.

Sacó su móvil y me dijo:

—Max tuvo un accidente anoche.

Se me paró el corazón.

—¿Qué? ¿A qué te refieres?

Escribió algo en el teléfono y me lo dio. La noticia mostraba una pista de *hockey* con un grupo de jugadores arrodillados mientras los servicios de urgencias atendían a otro que estaba tirado en el suelo. El reportero decía:

> «En el partido de *hockey* benéfico contra el Alzheimer de esta noche, Max Yearwood, el nuevo miembro de los L. A. Blades, se ha desplomado mientras intentaba hacer un *Slap Shot*. No chocó

con nadie y, de momento, parece que el accidente no se debe a una lesión. Lo llevaron al hospital Cedars Sinai, donde los médicos han informado de que está estable, pero grave. Todavía no sabemos qué hizo que el jugador de los All Star perdiera la consciencia».

—Madre mía. ¿Qué quiere decir que está «estable, pero grave»?

—Lo he buscado cuando venía. Quiere decir que seguramente sigue en la UCI, pero que tiene las constantes vitales estables.

Estaba que me subía por las paredes.

—¿En la UCI? ¿Qué le puede haber pasado?

—No tengo ni idea. Pero hoy tienes la reunión en el centro con los del banco y he pensado que si te enterabas de camino te preocuparías, así que he venido a decírtelo yo.

Me senté y le devolví el móvil a Maggie.

—¿Qué hago? No tiene familia en el estado, imagínate que está solo. ¿Debería ir?

—No lo sé. O sea, ya no estáis juntos, así que, técnicamente, no es tu responsabilidad. Además, puede que lo hayan exagerado en las noticias. A lo mejor se ha desmayado porque estaba deshidratado o vete a saber, quizá se ha lesionado el tobillo y eso ha hecho que se caiga y se dé un golpe en la cabeza.

—Ya, puede que sí… —Sentía una presión en el pecho que me impedía respirar—. Bueno, pero lo voy a llamar por lo menos.

—Son las tres de la madrugada en California.

—Mierda. —Suspiré—. Es cierto. Bueno, tengo la reunión a las ocho, así que iré y, para cuando haya acabado, ya serán las diez más o menos, y allí las siete, así que lo llamaré para ver cómo va todo.

—Vale.

—¿Me dejas el móvil otra vez? Quiero volver a ver el vídeo.

Esta vez amplié la imagen de Max tumbado en el hielo e ignoré al reportero. Max no se movía, estaba tumbado en el suelo, completamente inmóvil mientras los paramédicos le atendían. Me sentí peor que antes. Puede que ya no fuéramos pareja, pero si le pasara algo, nunca me lo perdonaría. Era culpa mía que se hubiera ido tan pronto a California.

>>><<<

—Maldita sea —gruñí mientras subía por las escaleras del metro.

Max no me respondía al teléfono. Lo había llamado en cuanto había salido de la reunión, y ya habían pasado veinte minutos. Las dos veces que lo había llamado, había dado tono, pero al final me había saltado el contestador. La primera vez no le había dejado un mensaje, pero pensé que quizá debería.

—Hola, Max. Soy Georgia. He visto en las noticias que te has desmayado en el partido. Decían que estabas grave pero estable. Solo quería ver qué tal estás. ¿Me puedes llamar o mandar un mensaje cuando tengas un minuto? —Me quedé callada—. Espero que estés bien.

Mi oficina estaba a dos manzanas. Había tenido un nudo en el estómago toda la mañana, y el hecho de que Max no contestara al teléfono no ayudaba. Caminé por la concurrida acera absorta, y cuando llegué al despacho no recordaba el trayecto desde la estación. El viaje de treinta segundos en el ascensor solo me causó más ansiedad; en el ascensor no tenía cobertura y no quería que Max me llamara y no poder contestar. En cuanto se abrieron las puertas, salí rápidamente y no despegué los ojos del teléfono al pasar por delante de recepción.

—¿Georgia?

La voz me resultó familiar, pero no supe de quién era hasta que me giré.

—¿Tate?

Al principio me tranquilizó ver al hermano de Max porque pensé que podría contarme qué le había pasado y cómo estaba.

Sin embargo, cuando me fijé en su aspecto, el alivio desapareció. Tenía el pelo, que solía llevar peinado meticulosamente, hecho un desastre y levantado por los lados, como si se hubiera pasado horas tirando de él. Tenía las ojeras muy marcadas y su piel bronceada se había vuelto grisácea y amarillenta. Me entraron náuseas.

—¿Podemos hablar?

—¿Cómo está Max? ¿Está bien?

Tate frunció el ceño. Miró a la recepcionista, que nos observaba fijamente y preguntó:

—¿Tienes un despacho o algún sitio más privado donde podamos hablar?

Tardé un poco en responder, pero al fin conseguí asentir. Tuve que concentrarme mucho para poner un pie delante del otro y guiarlo hasta el despacho. En cuanto entramos, cerró la puerta y me giré de inmediato hacia él.

—¿Max está bien?

—¿Nos podemos sentar, por favor?

Negué con la cabeza.

—Me estás asustando, Tate. ¿Está bien?

Soltó un suspiro tembloroso y negó con la cabeza.

—Lo están operando ahora mismo, pero la cosa no pinta bien.

El despacho empezó a dar vueltas a mi alrededor y pensé que me iba a desmayar. Tate tenía razón, tenía que sentarme. Con la mano en el vientre, me senté en una de las sillas para invitados que había al otro lado del escritorio.

—¿Qué ha pasado?

—Tenía un aneurisma y se ha roto.

Me llevé una mano a la boca.

—Madre mía. Un aneurisma como Austin. Y como vuestro padre.

Tate asintió y se sentó delante de mí.

—Sí, los aneurismas pueden ser genéticos. Cuando descubrimos que Austin tenía uno, el médico nos recomendó a todos que nos hiciéramos las pruebas. Max fue el único de los hermanos que también tenía.

—¿Os hicisteis todos las pruebas cuando se lo diagnosticaron a Austin? ¿Eso quiere decir que hace diez años que Max lo sabe?

Tate asintió.

—Él lo tiene en el cerebro, en el área responsable de la motricidad. Por eso, si se operaba, corría el riesgo de sufrir daños y... no poder volver a jugar al *hockey* nunca más. —Tate negó con la cabeza—. Lo peor de todo es que estos últimos diez años se ha negado a ir al médico y a hacerse la prueba hasta que, el mes pasado, decidió que había llegado el momento. La semana pasada concertó la cita para la cirugía. Lo iban a operar el martes, pero ayer, mientras jugaba, el aneurisma se rompió. Hacía unos días que tenía dolor de cabeza, pero lo atribuyó a los nervios por la operación. Al parecer, tenía una hemorragia y los dolores lo estaban advirtiendo.

—¿Pueden solucionarlo con la cirugía?

—Lo están intentando. Las primeras veinticuatro horas son cruciales. Los médicos han dicho que como el aneurisma se rompió, las probabilidades de que no sobreviva a la operación son de un cuarenta por ciento. Y, si sobrevive, tiene un sesenta y seis por ciento de probabilidades de tener secuelas: podrían verse afectadas sus habilidades motoras o... algo peor.

Me puse de pie.

—¿Vas a ir al hospital? Te acompaño.

—He tomado un vuelo de madrugada para venir a hablar contigo, pero en cuanto acabemos me vuelvo al aeropuerto.

—¿Has venido hasta aquí para contármelo?

Tate asintió.

—Le prometí a mi hermano cuando decidió operarse que si las cosas no iban bien, vendría a decírtelo en persona. Eres la razón por la que decidió operarse.

—¿Yo? Si ya no estamos juntos.

—Lo sé. La operación podía hacer que perdiera algo que le encantaba: el *hockey*. Cuando patinaba, la presión arterial le subía y eso hacía que el riesgo de ruptura del aneurisma fuera mayor. No quería cargarte con esa incertidumbre. Pero luego descubrió que había algo que quería más que el *hockey*, a ti, y decidió arriesgarse para no perderte.

Las lágrimas me empaparon las mejillas.

—Tenemos que irnos, quiero estar allí cuando salga del quirófano.

Tate asintió.

De camino al aeropuerto, mi administrativa nos compró los billetes para el siguiente vuelo que encontró, aunque íbamos un poco justos. Pasamos por el control de seguridad, corrimos por el aeropuerto e intentamos llegar antes de que cerraran las puertas de embarque. Creo que ninguno de los dos respiró hasta que estuvimos sentados en nuestros asientos. Como habíamos comprado los billetes a última hora, no estábamos sentados juntos. Mi asiento estaba a unas diez filas por detrás del de Tate, aunque estar sola me permitió asimilar todo lo que me había contado.

¿Cómo no me había dado cuenta? Había encontrado una tarjeta de visita del neurólogo cuando estábamos en California, por el amor de Dios. Y Max no me pudo decir por qué no quería que intentáramos lo nuestro. Ahora lo entendía todo; no quería hacerme daño porque seguir jugando al *hockey* era peligroso. Me tendría que haber dado cuenta de que intentaba protegerme. Era un hombre testarudo y cabezota, pero también era noble y bueno. No sabía si tenía más ganas de decirle lo mucho que lo quería o de regañarlo por lo que había hecho.

Esperaba poder hacer ambas cosas.

≫≫≪≪

Me detuve en seco al ver el rostro de la madre de Max en la UCI.

—¿Georgia? —Tate se dio cuenta de que ya no lo seguía, pero no vio que su madre estaba delante de una cortina cerrada, con la cara pálida como un fantasma—. ¿Qué pasa?

Negué rápidamente con la cabeza, pero no conseguí decir nada.

Me tomó de la mano y me dijo:

—No te preocupes. Ha sobrevivido a la operación. Tenemos que ir paso a paso.

Tate siguió mi mirada y su rostro cambió al ver a su madre.

—Joder. —Se pasó una mano por el pelo y añadió—: Dame un minuto.

Me quedé esperando en medio de la UCI mientras Tate se acercaba a su madre. En cuanto lo vio, la mujer se lanzó a sus brazos y se echó a llorar.

Las lágrimas me cayeron silenciosas por las mejillas. «No puede ser... no es posible».

Tate se separó de su madre y habló con ella. Me miró cuando ella se limpió las lágrimas, levantó un dedo y pasó al otro lado de la cortina. Cuando volvió a salir, estaba igual de pálido que ella. Vi que tragaba antes de volver a mi lado. Esperé sin mover ni un músculo.

Soltó el aire que había contenido en las mejillas.

—Han tenido que inducirlo al coma. Tiene el cerebro inflamado, es algo muy común después de la operación que le han hecho, es la única manera de controlar la inflamación. Así que, básicamente, le han desconectado el cerebro para que pueda recuperarse. —Tate se mofó—: Tiene mucho sentido, cuando lo pienso. Porque la única manera de impedir que luchara por lo que quería era noquearlo.

—¿Cuánto tiempo va a estar en coma?

—No lo saben.

Respiré hondo y me sequé las lágrimas.

—¿Puedo ir a verlo?

—No tiene muy buen aspecto, Georgia. Tiene la cara hinchada y está conectado a muchas máquinas. Claro que puedes ir, pero es mejor que te prepares.

Miré hacia las cortinas corridas que rodeaban al hombre al que amaba.

—¿Cómo me preparo?

Tate frunció el ceño y respondió:

—Ojalá lo supiera.

Nos acercamos a su madre, que sonrió y me abrazó.

—Gracias por venir.

—Claro.

Me miró fijamente a los ojos y me dijo:

—Te quiere muchísimo.

Sonreí con tristeza.

—Y yo a él.

Tate preguntó desde mi lado:

—¿Quieres que te acompañe?

Negué con la cabeza y dije:

—No, solo necesito un minuto.

—Puedes quedarte con él el tiempo que quieras, cariño —comentó su madre, acariciándome la espalda.

Respiré hondo un par de veces, asentí y pasé al otro lado de la cortina.

El corazón se me paró en seco. Tate me había advertido, pero nada me podría haber preparado para algo así.

Max parecía otro. Si no hubiera estado escondido detrás de una cortina, habría pasado de largo y habría seguido buscando a un hombre fuerte y guapo. Tenía la piel grisácea y la cara muy hinchada. Había tubos y cables conectados por todas partes y el trozo de cabeza por encima de las cejas vendado. Sin embargo, lo que más miedo me dio fue su inexpresividad. Hasta ese momento no me había dado cuenta de que era su personalidad lo que le iluminaba el rostro. Ya fuera una sonrisa de oreja a oreja, una sonrisa tímida o el ceño fruncido, era una persona muy alegre y expresiva. Pero en ese momento tenía un aspecto...

No quería ni pensarlo.

Tenía que hacer de tripas corazón y ser fuerte por él hasta que pudiera luchar por sí mismo. Me acerqué y le cogí la mano.

—Hola, soy Georgia. Estarás bien, Max. Eres la persona más fuerte que he conocido en mi vida y saldremos de esta juntos. —Tomé aire y le estreché la mano—. Te quiero, Max. Te quiero más que a nada y nunca te lo he podido decir. Así que quiero que te mejores para que pueda mirarte a los ojos y asegurarme de que lo sabes. —Negué con la cabeza—. También tengo que regañarte por haberme escondido todo esto. No pienses que te vas a librar de la bronca porque te hayan operado. Estoy segura de que ya lo sabes.

La cortina hizo ruido detrás de mí y Tate se acercó.

—He venido a ver si estabas bien.

Durante las siguientes doce horas, la familia de Max y yo nos quedamos a su lado. Los doctores fueron yendo y viniendo, las enfermeras ajustaron los monitores y le cambiaron los goteros, pero Max seguía igual. Ni mejoró ni empeoró. Los médicos dijeron que no esperaban que mejorara a corto plazo, que necesitaba tiempo para descansar y curarse. A medianoche, los hermanos de Max se reunieron y entre todos hicimos un horario para que no estuviera solo en ningún momento, pero que todos pudiéramos descansar. Tate, su madre y yo íbamos a ir a casa de Max a descansar unas horas.

Sin embargo, cuando estábamos saliendo de la UCI, recordé algo.

—¿Me esperáis un momento?

Will, el hermano de Max, estaba junto a él cuando volví al otro lado de la cortina.

—¿Quieres que os deje a solas un minuto? —me preguntó.

Dije que no con la cabeza y busqué en el bolso.

—No, es que me he olvidado de darle esto. —Saqué a Yoda y lo puse en la mesita que había al lado de la cama.

—¿Es suyo?

Asentí.

—Sí, me lo dio la noche que nos conocimos.

Will rio.

—Si tenía alguna duda de que estabas hecha para él, Yoda acaba de convencerme. Max lo supo desde el momento en el que te conoció.

Sonreí y respondí:

—Yo también lo supe. Aunque me constó un poco admitirlo.

—Vigilaré al pequeñín. Ve a descansar.

—Buenas noches, Will. Buenas noches, Max.

# Capítulo 31

## *Max*

Estaba roncando.

Lo primero que vi al abrir los ojos fue a Georgia. Tenía la cabeza apoyada sobre mi hombro, en la cama del hospital, estaba acurrucada en posición fetal a mi lado. Y la tía estaba roncando.

Sonreí. «Creo que a partir de ahora ese será mi sonido favorito».

Miré a mi alrededor en la habitación oscura, confundido. No recordaba cómo había llegado allí, aunque, por algún motivo, sí recordaba dónde estaba. Me venían a la cabeza imágenes desordenadas.

Recordaba haberme sentado en el banquillo para atarme los cordones antes de empezar el partido benéfico.

Recordaba a gente hablándome mientras dormía. Los podía oír, pero sus voces parecían lejanas, como si me hablaran a través de una espesa pared de niebla.

Recordaba pitidos. Y a alguien que me limpiaba la cara. Y recordaba que me habían transportado en una camilla. Y a las enfermeras riendo con Georgia mientras… hacían algo. Y recordaba el número noventa y seis. ¿Qué quería decir ese número?

Tenía la garganta seca y me dolía el cuello, pero no quería moverme y despertar a Georgia. Además, estaba agotado.

Estaba muy muy cansado. Creo que volví a dormirme un rato, porque cuando me desperté, Georgia ya no roncaba. Me estaba mirando. Nuestros ojos se encontraron y los suyos se abrieron como platos.

Se sobresaltó.

—Joder, ¿Max?

Tenía la boca tan seca que me costó hablar:

—Estabas roncando.

—¿Es broma? ¿Llevas semanas en coma y lo primero que dices al despertarte es que estaba roncando?

Sonreí.

—Y se te caía la baba.

Georgia se tapó la boca y se echó a llorar.

—Madre mía, Max. Pensaba que te íbamos a perder.

—Chsss… acércate.

—Tendría que avisar a la enfermera. O al doctor. O a los dos.

—Ahora, pero túmbate conmigo antes.

No dejaba de sacudir la cabeza y de llorar.

—Estás despierto de verdad. No me lo puedo creer. Me da miedo tumbarme porque a lo mejor estoy soñando y no sé qué pasaría si me quedara dormida otra vez y luego me despertara y siguieras en coma.

—Deja de darle tantas vueltas a las cosas.

—¿Te duele algo?

—Parece que me hayan dado una paliza. Pero eso no es nada nuevo.

Se acurrucó de nuevo en el hueco de mi brazo.

—Estoy muy enfadada contigo. Me lo tendrías que haber dicho, Max.

—Lo siento. Quería hacer lo correcto. Pero te lo compensaré.

—Que no te quepa la menor duda. Vas a tener cuarenta o cincuenta años para compensármelo.

Sonreí.

—Lo dices como si fuera un castigo, pero a mí me parece el paraíso, cariño.

—¿Sabes cuántos días has estado en coma?

Negué con la cabeza, pero recordé los números otra vez.

—¿Noventa y seis días?

—¿Noventa y seis? No. Has estado dieciocho días en coma. ¿A qué viene el noventa y seis?

Me encogí de hombros y respondí:

—Recuerdo haber oído ese número.

Georgia puso cara de confusión, pero su rostro cambió cuando lo entendió.

—¿Noventa y seis? —Señaló hacia la ventana—. Debes de habernos oído hablar de ellos.

Me giré hacia donde señalaba y entrecerré los ojos. El alféizar estaba lleno de muñequitos.

—¿Qué es todo eso?

—Son las noventa y seis figuras de acción originales de *La guerra de las galaxias*. La primera de todas es la de Yoda que me diste la noche que nos conocimos. El resto te las han mandado los amigos y compañeros del equipo. Algunos doctores también han traído algunas. —Negó con la cabeza y añadió—: No puedo creer que nos estuvieras oyendo y que recuerdes la conversación. ¿Recuerdas algo más?

Le conté los instantes desordenados que recordaba.

—Vaya. Es increíble. Y no puedo creer que estés despierto. Me encantaría tumbarme y acurrucarme contigo, pero creo que es importante que llame a la enfermera para que compruebe que estás bien. Además, tengo que avisar a tu madre. Estaba preocupadísima, como todos.

Asentí.

—De acuerdo, pero ven un momento. Acerca la cara.

Georgia se inclinó hacia mí y nuestras narices se tocaron. Tenía la sensación de que los brazos me pesaban muchísimo, pero conseguí acariciarle la mejilla con la mano. Los ojos le brillaban de felicidad.

—Yo también te quiero, cariño.

Se llevó una mano al pecho y preguntó:

—¿Me oíste?

—Por supuesto. Es el motivo por el que seguí luchando.

Ocho días después, por fin me dieron el alta. Y mi familia tardó una semana más en volver a sus casas. Me sabía mal que hubieran puesto sus vidas en pausa durante un mes, pero me moría de ganas de estar a solas con Georgia.

No podía andar muy bien. Me iba a llevar bastante tiempo recuperar la fuerza, así que me quedé sentado en el sofá mientras ella acompañaba a la puerta al último invitado que se marchó. Cuando regresó, la casa se quedó en silencio. Se acercó caminando hacia mí.

—¿Lo has oído?

Georgia se giró y me preguntó:

—No, ¿el qué?

La tomé del brazo y tiré de ella hacia mí.

—Has gemido.

Se echó a reír.

—No recuerdo haber gemido.

—A lo mejor solo era una premonición. —Toqué el botón de sus vaqueros—. ¿Por qué llevas tanta ropa?

—Déjame pensar, ¿porque tu hermano se ha ido hace dos segundos?

Le desabroché los pantalones.

—Espero que hayas cerrado con llave.

—Tienes que estar seis semanas sin hacer esfuerzos.

—Son entre cuatro y seis semanas desde la operación, y ya han pasado más de treinta días. Estamos dentro del tiempo permitido.

Georgia se mordió el labio.

—Es que no quiero que te hagas daño.

—No me haré daño, ¿sabes por qué?

—No.

—Porque tú te vas a encargar de todo. Móntame, cariño.

Reconocí el brillo de deseo en sus ojos.

—Vale, pero tienes que dejarme que me ocupe de todo de verdad. Como vea que intentas tomar el control…

Puse cara de inocente y le agarré el cuello con la mano, como sabía que le gustaba.

—¿Quién, yo?

Nos quitamos la ropa con rapidez. Ella se desnudó primero y luego me ayudó. Podría haberme quitado la ropa solo, pero me gustaba tenerla de rodillas delante de mí y ver cómo me quitaba los pantalones. Me arañó los muslos con las uñas cuando me bajó los calzoncillos, y se sentó a horcajadas encima de mí. Sentí el calor húmedo que irradiaba su entrepierna en la base de la erección.

—Te deseo —gruñí—. Necesito sentirte, joder.

—Y yo a ti.

Georgia puso las manos sobre mis hombros y se puso en cuclillas. Alargué una mano entre nuestros cuerpos, me agarré el pene y lo guie hasta su interior húmedo. Tuve que hacer acopio de todo mi autocontrol para no embestirla con las caderas y tomar las riendas. Tenía tantas ganas de follármela que me temblaban los brazos.

Se dio cuenta y me preguntó:

—¿Estás bien?

—Mejor que nunca, cariño.

Tardó un momento en colocarse correctamente y luego empezó a moverse de delante hacia atrás para que la penetrara hasta el fondo; era la mejor y la peor sensación del mundo a la vez. Georgia era el amor de mi vida e intentar contenerme era una tortura.

Arqueó la espalda, se sujetó a mis rodillas, que le quedaban por detrás, y empezó a mover la cadera en círculos. Cuando gimió mi nombre, me volví loco. Perdí la puta cabeza. A la mierda lo de tomárselo con calma. Si iba a morir, quería morir justo como estaba: en el interior de la mujer con la que quería pasar el resto de mi vida. Así que empecé a acometer su cuerpo con el mío y adoptamos nuestro ritmo particular.

—Max… —gritó.

—Yo también estoy a punto, nena.

Queríamos llegar al éxtasis a la vez. Nunca había sentido tanto placer, era perfecto, real. Georgia se tensó a mi alrededor y me cogió del pelo mientras repetía mi nombre una y otra vez.

Luego puso los ojos en blanco y vi que el orgasmo la consumía. Cuando se le empezó a relajar el cuerpo, la empujé una vez más y sucumbí.

Cuando acabamos, los dos jadeábamos. Puede que solo hubiera durado un par de minutos, pero había tenido el mejor orgasmo de toda mi puta vida. Georgia se desplomó sobre mí y empecé a acariciarle el pelo.

—¿Estás bien? ¿Te duele algo? —susurró.

Le di un beso en la parte alta de la cabeza y respondí:

—Estoy bien, te lo prometo.

Ella suspiró.

—Todavía estoy enfadada contigo.

—Si siempre que te enfadas me lo demuestras así, te aseguro que te haré enfadar a menudo.

Me dio un golpe en el hombro.

—Me dejaste y me rompiste el corazón.

—Lo sé. Y prometo que pasaré el resto de mis días compensándotelo.

Mi hermano le había contado a Georgia que, justo antes de que pasara todo, había decidido operarme. Pero me di cuenta de que ella no sabía qué me había llevado a tomar esa decisión.

—¿Te contó Tate lo de mi escapada a Long Beach?

Levantó la mirada hacia mí, tenía la nariz arrugada.

—¿Long Beach? No, pero ahí es donde tengo la tienda.

—Lo sé. Cuando rompimos, tenía muchas dudas. Sentía que no había tomado la decisión correcta, pero no quería arriesgarme a hacerte daño, así que empecé a hacer escapadas para pensar y aclararme. Un día, acabé en Long Beach. Llevé a los perros a pasear por la playa, paramos a comprar agua y me encontré con tu tienda.

—¿Ah, sí?

—Sí, así que entré y eché un vistazo. La dependienta me enseñó los ramos y me comentó que teníais una base de datos con sugerencias de citas para las tarjetas. Entonces recordé que me habías dicho que antes sugerías frases a la gente que no sabía qué escribir.

—Sí. En la primera tienda que abrí tenía unos cuantos libros de F. Scott Fitzgerald en los que había marcado y anotado las citas que más me gustaban.

Asentí.

—Había estado conduciendo de un lado a otro intentando saber qué hacer y al final resultó que la respuesta estaba en una de las citas que elegiste hace tantos años.

—¿De verdad?

—Sí. «Siempre fuiste tú».

Se le llenaron los ojos de lágrimas y sonrió.

—Para mí también siempre fuiste tú.

# Epílogo

## *Georgia*

*Dos años después*

Esta noche ha sido agridulce.

He estado observando la pista desde el reservado del propietario. Toda la familia de Max estaba allí, deambulando por la sala. Habría preferido estar más cerca, pero Celia y Miles Gibson insistieron en invitarnos a todos para la gran noche y no pude negarme. En realidad, Miles era el jefe de Max, pero Celia y yo nos habíamos hecho muy buenas amigas. Me invitaban a menudo a ver los partidos desde aquí arriba, aunque desde que Max volvió a jugar, he sentido ganas de estar más cerca del hielo.

Max había tenido un par de años complicados, con muchas idas y venidas. Después de la operación, le llevó casi un año entero recuperarse para poder volver a jugar, e incluso después de incontables horas de recuperación y de entrenamientos para recobrar la fuerza, Max reconocía que, aunque estaba en forma para salir a la pista, no jugaba al mismo nivel que lo había hecho antes. La ruptura del aneurisma había causado complicaciones a largo plazo y la peor de todas había sido que se le habían dañado los nervios y los tejidos del cuello, eso había hecho que la recuperación después de los partidos fuera cada vez más larga.

Por ese motivo, el partido de esta noche era el último. El guaperas Yearwood se retiraba a la madura edad de treinta y un años. Lo había decidido él, no se lo habían pedido los del equipo, y así era como había querido retirarse: por su propio pie.

Aunque no iba a ir muy lejos. Durante el año que Max no había podido jugar, había seguido yendo a los entrenamientos para todos los partidos y se había convertido en una especie de ayudante extraoficial del entrenador. Durante ese tiempo, el entrenador jefe había reconocido que Max era útil en el hielo y fuera de él, así que, aunque Max dejara de jugar al *hockey*, en septiembre empezaría a ejercer de entrenador de fuerza y preparador físico para los Blades. Su trabajo consistiría en mejorar al máximo el rendimiento de los jugadores, algo en lo que era todo un experto. Lo mejor de todo era que solo tendría que trabajar en los entrenamientos y que no tendría que viajar sin parar como los jugadores.

Yo seguía teniendo el despacho en Nueva York, aunque normalmente trabajaba a distancia desde California, como había hecho desde el primer momento en el que llegué allí para la operación de Max. Al principio lo hice porque él me necesitaba mientras se recuperaba, pero acabé enamorándome del lugar. Siempre llevaría Nueva York en el corazón, pero me encantaba el ambiente relajado de California. Estar a punto de perder a Max me había hecho darme cuenta de cuáles eran mis prioridades. Al parecer, no tenía la agenda demasiado ocupada para mantener una relación, aunque tuve que priorizar la relación por encima del resto de cosas.

Cuando sonó el pitido final, se me llenaron los ojos de lágrimas. Como no era un partido eliminatorio, el resultado de esta noche no afectaba a su clasificación, aunque, sin duda, ayudaba con el buen ánimo de todos. Los compañeros de Max lo rodearon y empezaron a saltar y a celebrar el fin de una larga carrera de diez años. Por lo general, los espectadores abandonaban el estadio en cuanto acababa el partido, pero esta noche nadie se levantó de sus asientos. Esperaron a que Max alzara su *stick* por encima de la cabeza y a que diera su última vuelta por el hielo. Cuando acabó, todos se pusieron en pie para aplaudirle.

No pude dejar de llorar mientras lo miraba. En la pantalla gigante le enfocaron la cara sonriente mientras patinaba y saludaba. Cuando llegó a la sección en la que me encontraba, levantó la vista, guiñó un ojo y se le marcaron los hoyuelos, que seguían volviéndome loca. Las cosas habían vuelto al punto de partida: la noche que lo conocí vi su cara iluminarse en la pantalla y la volví a ver en ese momento, al final de su carrera y al principio de lo que el futuro tuviera previsto para nosotros. «Ha sido la mejor cita de mi vida».

Tate, el hermano de Max, se acercó a mí y me rodeó los hombros con el brazo.

—Deja de preocuparte tanto. Está feliz —dijo—. Los primeros meses, cuando aún no se sabía si podría volver, no imaginaba cómo iba a sobrevivir sin jugar al *hockey*. Pero ahora ya se ha hecho a la idea y en gran parte ha sido gracias a ti, Georgia. Has hecho que se dé cuenta de lo que le importa y ahora se muere de ganas de empezar el negocio de construcción con troncos de Austin. Me ha dicho que lo vas a ayudar. Madre mía, solo con que vaya la mitad de bien que el negocio de las rosas, haréis que Austin se sienta muy orgulloso.

Me limpié las lágrimas y dije:

—Ya tengo todo el maquillaje corrido, no lo empeores, Tate.

Sonrió y me estrechó el hombro. Un minuto después, Maggie se puso a mi otro lado. Estaba saliendo con uno de los compañeros de equipo de Max al que había conocido en una barbacoa en nuestra casa el verano pasado y del que no se había querido despegar desde entonces. A mí me había salido la jugada redonda, porque eso quería decir que pasaba tiempo en California y que a veces viajábamos juntas para ir a ver los partidos.

—¿Cómo lo llevas? —me preguntó.

Suspiré.

—Como suponía.

Mi mejor amiga sonrió y dijo:

—¿Quieres bajar conmigo a la pista? Celia me ha dicho que Miles va a decir unas palabras. Y tendrías que estar allí cuando salga Max.

Asentí.

—Sí, vamos.

Enseñamos los pases que nos daban acceso a todo el recinto, nos dirigimos hacia la pista y nos quedamos de pie al lado de la salida. Los jugadores seguían de celebración cuando Miles Gibson, el propietario del equipo, entró a la pista. Llevaba un micrófono en la mano e hizo un gesto a todos para que se callaran y otro a Max para que se dirigiera al centro del estadio.

—Buenas noches a todos. Creo que no hace falta que os recuerde que este ha sido el último partido de este chico como jugador. Max Yearwood deja el hielo después de una carrera de diez años y de seiscientos setenta y dos goles. Eso quiere decir que es el primero de los quince jugadores que más goles han marcado, aunque algunos de ellos han estado el doble de tiempo en el equipo.

Una mujer en las gradas gritó:

—¡Te quiero, guaperas!

La gente se echó a reír y eso hizo que otros aprovecharan la ocasión para profesar su amor por Max. Él negó con la cabeza, bajó la mirada al suelo y se pasó una mano por la nuca, como si le diera vergüenza, aunque yo sabía que su ego había disfrutado de cada minuto de la noche.

Finalmente, Miles recuperó el control del público y prosiguió:

—¡Caray! Y luego dicen de los hombres. —Soltó una risita—. Con respecto a eso, quería aprovechar para agradecer a Max su dedicación al equipo. Aunque solo ha estado unos años con nosotros, se ha convertido en una parte esencial de la familia de los Blades, y nos complace mucho anunciar que, aunque no lo vayáis a ver en el hielo el próximo año, lo veréis fuera de él. Max Yearwood deja de jugar con los Blades, pero la temporada que viene estará con nosotros como entrenador.

El público enloqueció de nuevo. Miles dejó que la gente celebrara durante un minuto y luego los volvió a callar.

—Como parece que no os intereso tanto como el chico al que tengo al lado, le voy a pasar el micrófono al hombre del momento. Damas y caballeros, aquí tenéis a Max Yearwood.

«Madre mía». No tenía ni idea de que Max iba a dar un discurso, y creo que él tampoco lo sabía, porque me lo habría comentado. Me habría puesto de los nervios si me hubieran puesto en una situación tan comprometida. Hablar en público era una de las tareas que todavía tenía pendientes de la lista que le había entregado a Max.

Sin embargo, a él no pareció importarle. Agarró el micrófono y saludó al público como el animador nato que era.

—Muchas gracias —dijo, pasándose una mano por el pelo—. Vaya, pensaba que esto sería mucho más fácil, pero es difícil despedirse de algo que ha sido tu pasión desde los cuatro años. —Miró a su alrededor en el estadio—. Todavía recuerdo la primera vez que fui a un partido de *hockey*. En mi familia somos seis hijos y mi padre solía ir a los partidos con mis hermanos mayores, pero era mi cumpleaños, y cumplía nada más y nada menos que cuatro años. Así que mi padre decidió llevarme a mí y al hermano que va justo delante de mí, Austin.

Hizo una pausa y respiró hondo, bajó la mirada al hielo un par de segundos. Probablemente pensaba en que ninguno de los dos seguía aquí. Cuando levantó la mirada, tragó y señaló hacia la última fila de las gradas.

—Nos sentamos en la penúltima fila. Recuerdo que estuve sentado en el filo del asiento todo el partido y que me cautivó lo rápido que los jugadores patinaban. Ese fue el día que le dije a mi padre que quería dedicarme a esto. —Max se dio una palmada en el pecho—. Y mi padre me tocó aquí y me dijo: «Como quieras, pero esto es lo que hace a un jugador de *hockey*, hijo. Cualquiera puede patinar». De eso hace ya veintisiete años, pero esas siguen siendo las palabras más sabias que me han dicho sobre este deporte. En el *hockey* lo más importante es el corazón.

Hizo una pausa, respiró hondo otra vez y siguió tocándose el pecho.

—Fue por ese corazón que he vuelto este año. Pero también es por él que sé que ha llegado mi hora. Por eso, hoy quiero agradeceros a todos los años que me habéis dado. Os habéis convertido en mi familia, y por eso quiero poner punto final a mi carrera sobre el hielo entregándoos un trozo de mi corazón.

Se giró hacia el lateral de la pista donde yo estaba y sonrió.

—Por favor, ¿alguien puede ayudar a mi chica a venir? No es muy amiga del hielo, ni con patines ni con esos zapatos tan *sexys* que lleva hoy.

Puse los ojos como platos. Pero antes de que tuviera tiempo de entrar en pánico, uno de los compañeros de Max ya me había abierto la puerta que daba a la pista y otros dos me ofrecieron un brazo para acompañarme. Miré asustada a Maggie para que me ayudara, pero solo sonrió.

—Ve a por él, amiga.

Cuando me di cuenta, estaba caminando por la pista de hielo, acompañada de dos tíos enormes con patines. En el centro del estadio, me entregaron a Max y se alejaron.

Max vio la cara que tenía y me preguntó, sonriendo:

—Estás de los nervios, ¿verdad?

Asentí y él se echó a reír.

Miré a las gradas, a toda la gente que me observaba, y todas las voces se apagaron a la vez. No se oía ni una mosca. No sabía si lo estaba imaginando o no, pero cuando me giré hacia Max, me di cuenta de por qué se había callado todo el mundo. Max se había arrodillado.

«Madre mía». Me tapé la boca con una mano temblorosa.

Max me tomó la otra y la besó.

—Georgia Margaret Delaney. Estoy loco por ti desde el día que me hice pasar por tu cita.

Negué con la cabeza y respondí:

—Eso es porque estás loco de verdad.

Max me estrechó la mano y continuó:

—Lo único que me ayuda a soportar la idea de retirarme del *hockey* es saber que me esperas al otro lado. Me has dado fuerza y el coraje para cambiar, no solo mi profesión, sino para cambiar como persona. Quiero envejecer contigo, Georgia.

Agarró algo que tenía a su lado en el hielo, una caja roja de terciopelo y un… Yoda. Max tenía una colección impresionante, sobre todo después de su paso por el hospital, pero la figura que tenía en la mano tenía la oreja rota. Parecía el que había llevado conmigo desde que nos conocimos. Max vio que observaba la figurita y dijo:

—Sí, es el tuyo. Lo tomé anoche de tu bolso sin que te dieras cuenta. Pensé que me vendría bien un amuleto. —Me guiñó un ojo—. Tú no necesitas tener suerte, porque ya me tienes a mí.

Max me puso una mano en la mejilla y me di cuenta de que le temblaba. Aunque presumía de seguridad y era un chulo, mi chico duro y fuerte estaba nervioso, y eso hizo que se me derritiera un poco más el corazón. Tomó aire y lo soltó con una sonrisa antes de abrir la cajita. Dentro había un anillo con un diamante de corte esmeralda.

—Georgia, eres el motivo por el que sonrío al levantarme y al acostarme todos los días. Hoy quiero pedirte que me hagas sonreír para siempre. ¿Qué te parece, cariño? ¿Quieres casarte conmigo y hacerme el hombre más feliz del mundo?

Me incliné hacia él, le agarré las mejillas y puse la frente sobre la suya.

—¡Sí! Sí quiero casarme contigo.

Max me besó con fuerza. En algún lugar en la distancia, oí el rugido del público.

Cuando dejamos de besarnos, me susurró:

—Te quiero, nena. Hemos recorrido un largo camino desde la propuesta de verano a algo de verdad, ¿no crees?

—Y que lo digas.

—Me alegro muchísimo de que no hayas tenido que darle muchas vueltas.

Sonreí y contesté:

—Solo tengo que darle vueltas a las cosas de las que no estoy segura. Pero cuando se trata de ti, la única pregunta que tengo sobre nuestra vida juntos es: ¿podemos empezar ya?

# Agradecimientos

A vosotros, los lectores. Muchas gracias por acompañarme en este viaje. Espero que la historia de Max y Georgia os haya ayudado a evadiros un ratito, ¡y que volváis pronto a conocer a los siguientes personajes!

A Penelope: escribir es una profesión solitaria, pero no cuando tienes a una amiga contigo en cada paso del camino. Gracias por hacer este viaje conmigo siempre.

A Cheri: gracias por tu amistad y apoyo. ¡Espero que el 2022 vuelva a encauzarnos!

A Julie: gracias por tu amistad y sabiduría.

A Luna: han cambiado muchas cosas con los años, pero siempre puedo contar con tu amistad y ánimo. Gracias por estar siempre ahí, incluso a las cinco de la mañana.

A mi grupo de lectores de Facebook, Vi's Violets. ¿Un grupo con más de veintidós mil mujeres inteligentes (y algunos hombres geniales) a quienes les encanta hablar de libros todos juntos en un mismo sitio? Qué suerte tengo. Cada uno de vosotros es un regalo. Gracias por vuestro apoyo.

A Sommer: gracias por darte cuenta de lo que quiero, a veces antes de que yo lo sepa.

A mi agente y amiga, Kimberly Brower: gracias por estar ahí siempre. Cada año me ofreces una nueva oportunidad. ¡Me muero de ganas de ver qué es lo próximo que se te ocurre!

A Jessica, Elaine y Julia: ¡gracias por mejorar mis imperfecciones y ayudarme a brillar!

A Kylie y Jo en Give Me Books: ni siquiera recuerdo cómo lo hacía antes de que me ayudarais, ¡y espero no tener que descubrirlo nunca! Gracias por todo lo que hacéis.

A todos los blogueros: gracias por inspirar a los lectores a darme una oportunidad y por estar ahí siempre.

Con mucho amor,
Vi

Chic Editorial te agradece la atención dedicada a
*La propuesta de verano,* de Vi Keeland.
Esperamos que hayas disfrutado de la lectura
y te invitamos a visitarnos
en www.chiceditorial.com,
donde encontrarás más información
sobre nuestras publicaciones.

Si lo deseas, también puedes seguirnos
a través de Facebook, Twitter o Instagram
utilizando tu teléfono móvil
para leer los siguientes códigos QR: